文庫

黄金の壺／マドモワゼル・ド・スキュデリ

ホフマン

大島かおり訳

kobunsha classics

光文社

Title : DER GOLDNE TOPF
1814
DAS FRÄULEIN VON SCUDERI
1819
Author : E. T. A. Hoffmann

目次

黄金の壺／マドモワゼル・ド・スキュデリ

黄金の壺——新しい時代のおとぎ話《メールヘン》——

第一の夜話

大学生アンゼルムスの災難――副学長パウルマンの衛生煙草と金緑色の蛇

昇天祭[1]の日の午後、ちょうど三時のこと、ひとりの若い男がドレスデン市の黒門《シュヴァルツェス・トア》を走りぬけるなり、そのまま一直線に、物売りのしわくちゃ婆さんのりんごや菓子の籠《かご》に飛びこんでしまいました。運よく踏みつぶされずにすんだ品々もすっかりあたりにとび散って、街の腕白どもがわっと歓声をあげて、この粗忽者《そこつもの》がばらまいてくれた獲物をぶんどりあう。老婆の悲鳴に、まわりの菓子や火酒売りの女たちは、屋台を放りだして若者をとりかこみ、罵詈雑言《ばりぞうごん》を浴びせかける。若者は腹が立つやら恥ずかしいやらで口も利けず、かくべつふくらんでもいない小さな財布をさし出すばかり、老婆はそれをひったくると、すばやくふところにしまいこみました。そこでびっしり詰めかけていた人垣もほどけて、若者がそそくさと逃げ出すと、その背中に老婆の声が飛んだのです。

「そうさ、走ってゆけ——走るがいいさ、サタンの餓鬼め——ガラスの中へ、もうすぐおまえはガラスに閉じこめられるのさ！」

老婆のしゃがれたわめき声には、どこかぞっとするひびきがあって、道ゆく人びとはおどろいて足をとめ、ようやくあたりにひろがりかけた笑い声も、一瞬にして鳴りをひそめました。

大学生アンゼルムス（ほかならぬその若い男）は、老婆の奇っ怪な言葉がどういう意味かまるでわからないながらも、なにやら身の毛のよだつ思いがして、自分に集まった好奇のまなざしから逃れようと、いっそう足を速めました。着かざった人びとの群《むれ》をかきわけてゆくと、あっちこっちでささやく声が耳にはいります。

「かわいそうに、あの若者——なんとまあ、あんないやな女にぶつかって！」

じつに妙なぐあいに、老婆のあの不可解な言葉のせいで、さっきの滑稽な事件は一転していくらか悲劇的な気配をおびてしまって、みんなはそれまでまるで目立たなかった男に同情の目をそそいだのです。ご婦人がたは、内心の憤懣《ふんまん》の炎でいちだんと表情のひきしまった若者のととのった顔立ちや、その逞《たくま》しい身体つきに心うごかされて、彼の不作法さかげんも、およそ流行とは縁のない服装も、大目に見てやる気になりました。なにしろ彼のくすんだ青灰色の燕尾服ときたら、流行の型なんぞ聞きかじりにしか知らない仕立屋の手になったような代物で、その下のぞんぶんに着ふるされた安ものの黒繻子《くろじゅす》のズボンのおかげで、全体はいささか教師じみたスタイルになっていて、これまたいまの彼の挙動とはいかにもちぐはぐな感じでした。

大学生はリンケ温泉園《バート》に通じる並木道のはずれ近くにたどりついたときには、息も切れぎれでした。しかたなく歩みをゆるめはしたものの、顔をあげる勇気はない。あいかわらず自分のまわりでりんごや菓子がおどっているのが目にちらつくし、女の子のだれかれが送ってくる好意あるまなざしにも、黒門のところでの意地わるい笑い声が反射しているとしか思えません。こうしてリンケ温泉園の入口にたどりついた彼は、晴着姿の人たちがぞくぞくとはいってゆくのを、うらめしげにながめました。中からは管楽器の楽の音がひびいてくるし、陽気な客たちのざわめきはますますにぎやかになってきます。あわれな大学生アンゼルムスの目に、あやうく涙がにじみそうになり

1　キリストの昇天を祝うこの祭日は復活祭の四〇日後で、春たけなわの時季に当たる。

ました。昇天祭はいつも彼にとって、かくべつにくつろげる祭日、だからこの日も、人並みにリンケ天国の悦楽にあずかろうと、そう、ラム酒入りコーヒー半ポットと、濃厚《ドッペル》ビールの一本ぐらいはひっかけるつもりで、この贅沢のために身分相応な額以上の金をもって出てきたのです。ところがあの不運なりんご籠事件のせいで、ふところはすっかり空っぽ。コーヒーも、濃厚ビールも、音楽も、めかしこんだ娘たちをながめるのも——要するに——夢に描いた愉しみのいっさいが、水の泡と消えてしまったのです！　彼はのろのろとそこを通りすぎて、とうとうエルべ河ぞいの道にはいってゆきました。ちょうどそこには人っ子ひとりいません。石塀《いしべい》からつき出ている接骨木《にわとこ》[2]の木陰に、気持のよさそうな芝生をみつけると、そこに腰をおろして、親しくしている副学長パウルマンからもらった衛生煙草[3]をパイプにつめました。

すぐまえには、美しいエルべの流れの黄金《こがね》色の波がさざめき、そのむこうには、壮麗なドレスデンの都のそこかしこの塔が、霞《かすみ》たなびく大空にすっくと誇らかにそびえ立ち、その空のもすそは花咲く野原とみどり萌える森々へとつらなり、夕もやの奥に浮かぶ険しい山並みは、はるかかなたのボヘミアの存在を告げています。でも大学生アンゼルムスは、陰気な顔でぼんやり目のまえを見つめたまま、もくもくと煙草をふかすばかり、しまいにはその不機嫌が声になって吐き出されました。

「ほんとにおれは、ありとあらゆる災難苦難をしょいこむように生まれついたんだ！――一度だって豆の王様[4]になったことはなし、丁か半か[5]ではいつも当てそこない、パンを落とせばかならずバターをぬったほうが下になる始末、だがな、こんな不平はどうでもいい。しかし悪魔の誘いをはねつけて大学に入ったというのに、いつまでたってもどじな万年学生だなんて、これこそおそるべき非運というものじゃないか。――いったいおれが、おろしたての新調の上着に、のっけから脂のしみをつけたり、邪魔な釘の頭にひっかけて、いまいましい鉤裂《かぎざ》きをつくったりしないですんだこ

2　接骨木はスイカズラ科の落葉大低木で、春には円錐状の白い花房が咲く。ドイツの民間伝承では、薬効があるせいで生命の木とされる一方で、「死の木」ともみなされていた。

3　安煙草のことをいう当時の学生用語。

4　一月六日の主顕節の祝いには子どもたちは「王様のケーキ」と呼ばれる菓子をもらうが、そのなかには豆が焼き込んであるものがあり、それに当たった幸運児をこう呼ぶ。

5　いくつかの硬貨を手に握って、「偶数か奇数か」と言って相手に硬貨の数を当てさせるゲーム。

とがあるか？　宮中顧問官どのや奥方に会って挨拶するときだって、帽子がおれの手からふっとんでしまったり、つるつるの床に足をとられてぶざまに転んだりしなかったことがあるか？　ハレの町にいたころから、市《いち》の立つ日にはいつもきまって壺をこわしちゃ、三グロッシェンから四グロッシェンも弁償させられたじゃないか。それというのも、悪魔がおれに命令して、まるでレミングみたいにまっしぐらに突進させるからなんだ。学校にしろ、ひととの約束にしろ、いちどでも時間に間に合ったことがあるか？　半時間も早めに家を出て、戸口に立って把手《とって》に手をかけたところでだめなんだ。いざ定刻に中にはいろうとすると、悪魔のさしがねで頭から洗面器の水をぶっかけられるか、戸口から飛び出してきたやつと正面衝突をやらかすかで、果てしない喧嘩にまきこまれ、おかげで約束もなにもおっぽり出すはめになる。

　ああ！　将来の幸福の夢よ、おまえたちはどこにいってしまったのか！　おれだってこの土地で枢密秘書官ぐらいにはなれると自負していたんだ。ところがおれの不幸の星は、いちばん有力な後援者の敵意を買うよう仕向けたじゃないか。――紹介されて会いに行ったあの枢密顧問官が、短く切った髪をお嫌いだということは知っていた、だから床屋にたのんで、おれの頭のうしろに苦心のすえ、小さなまげ[6]をつけてもらったんだ。ところが最初のお辞儀で、不運にも紐が切れて飛んじまって、おれを嗅ぎまわっていた陽気な狆《ちん》ころのやつめ、キャンキャン歓声をあげて、落ちたまげをくわえて枢密顧問官のところにもっていくじゃないか。おれは仰天してあとを追った拍子に、彼が朝食をとりながら仕事をしていたテーブルにぶつかっちまったものだから、茶碗も皿もインク壺も——撒《ま》き砂入れ[7]までも、ガラガラガチャンとなだれ落ち、書き上げたばかりの報告書はチョコレートとインクびたし。

『きみ、なんてことをするんだ』

と、かんかんに怒った枢密顧問官はおれをドアの外に突き出した。

副学長のパウルマンは書記官の職にありつけそうな望みを抱かせてくれたが、それがなんになる？　おれにつきまとう不幸の星が、そんなことを許すはずがない！

そこへもってきて、今日のことだ！

6　この髪型は、モーツァルトの肖像に見られるように、後頭部で束ねた髪に短い弁髪風のまげ（ピッグテール）を結びつけたもの。この時代にはルイ王朝風のかつらはすでに流行がすたれていたが、法官などの地位を象徴する職能用として残っていた。

7　インク乾燥用の砂を入れる箱。

おれはお気に入りの昇天祭を心ゆくまでたのしく祝うつもりだった。それなりの出費も惜しまないつもりだった。リンケ温泉園でほかの客とおんなじに、いばって声を張りあげられたはずなんだ。

『給仕《マルケール》、濃厚《ドッペル》ビール一本——極上のやつをな！』

そして夜おそくまでゆっくりすわって、そのうえ、めかしこんだきれいな娘たちのグループのあれこれを、ぐっと近くから眺められたにちがいない。そしたらおれにも元気が出て、まるで別人のようになっていただろう。そうだとも、うまくいけば娘のだれかが、『いま何時ごろかしら？』とか、『いま演奏しているのは、なんという曲？』とか、訊《き》いてくれるかもしれない、そしたらおれは、グラスをひっくり返したり椅子にけつまずいたりせずに、身のこなしも軽やかにさっと立ちあがって、軽く会釈しながら一歩半ほど進み出て言うんだ。

『失礼ながら、マドモワゼル、あれは〈ドナウの乙女〉の序曲です』

『もうすぐ六時の鐘が鳴るところですよ』

そういうおれを悪くとる人間がいるだろうか？——いるもんか！娘たちはいたずらっぽく笑って、顔を見合わせるにきまってる。おれが勇気をだして、世慣れたもの言いも、ご婦人がたのあつかい方も、ちゃんと心得ているところを見せてやると、いつも娘たちはそうするからな。ところが悪魔のやつめ、おれの足をあのいまいましいりんごの籠なんぞに向けさせやがって。おかげでおれは、たったひとりで衛生煙草なんぞを――」

ここで大学生アンゼルムスのひとりごとは、すぐそばの草むらでおこった妙なざわめきに中断されました。その音はすぐに、頭上にしげる接骨木《にわとこ》の枝や葉に這いのぼっていきます。あるときは、葉むらをゆする夕風の音のよう、あるときは、枝の小鳥たちがふざけて小さな翼をパタパタさせながら愛撫しあう音のよう。――やがてこんどは、花々が小さな水晶の鈴と化して鳴り出したかのような、さざめき、ささやきあう音。アンゼルムスは一心に聴きいりました。するとどういうわけかその音は、なかば風に吹き消されたひそかな言葉となって聞こえてくるのです。

「するっとくぐって――するっとはいる――枝のあいだ、花のあいだを、するり、くるり、ひらり――さあ、いもうとたち――いもうとたち――光をあびてブランコしましょ――さっと上に――さっと下に――夕日がさしこみ、夕風がそよぐ――露がこぼれ――花がうたう――わたしたちもうたいましょ、花や枝といっしょに――もうすぐ星が出る――もう、おりなきゃね――するっとくぐって、するっとはいる、それ、するり、くるり、ひらり――」

こういう調子で意味のわからぬおしゃべりがつづきます。

「やっぱりただの夕風だ、それが今日はちゃんと人に通じる言葉をささやいているんだ」と大学生アンゼルムスは考えました。

その瞬間、頭の上のほうで、透明な水晶の鈴が鳴らす三和音のような音がひびきました。見上げると、金緑色にかがやく蛇が三匹、からだを枝にまきつけて、小さな頭を夕日に向かってさしのべています。するとまたさっきとおなじささやきが聞こえ、蛇たちは葉むらや小枝をするするとのぼりおりして、そのすばやい動きのために、まるで接骨木《にわとこ》の茂みは、その暗い葉むらに幾千ものきらめくエメラルドをまき散らしているかのよう。

「これは夕日だ、接骨木《にわとこ》の茂みに光がたわむれているのさ」

そう思ったとたんに、またあの鈴の音がひびき、一匹の蛇がアンゼルムスのほうに小さな首をさしのべているのが目に入りました。衝撃が電流のように全身を走り、胸の奥が震えます――じっと見上げると、うつくしい暗青色の双のひとみが、いいしれぬ憧れをこめてこっちを見おろしています。彼の胸は、これまで味わったことのない無上の歓びと深い苦しみの感情に、張り裂けんばかりでした。熱い想いでなおもそのひとみに見入っていると、水晶の鈴は愛らしい三和音をもっとつよくうち鳴らし、エメラルドのきらめきは幾千もの小さな炎となって降りそそぎ、かがやく金糸の尾を引きながら彼をつつみこみました。接骨木《にわとこ》の茂みが揺れて、語りかけてきます。

「おまえはわたしの木陰に憩《いこ》い、わたしの香りがおまえをつつんだ。なのにおまえは、わたしのことばがわからなかったね。愛の火をともされたとき、香りこそ、わたしのことば」

夕風がそっと吹きすぎながら言います。

「わたしはおまえの額をなでた、なのにおまえは、わたしのことばがわからなかったね。愛の火をともされたとき、わたしの息こそ、わたしのことば」

夕日が雲間から射して、光が言葉となって燃えたちます。

「わたしはおまえに金色のかがやきをふりそそいだ、なのにおまえは、わたしのことばがわからなかったね。愛の火をともされたとき、熱いかがやきこそ、わたしのことば」

うつくしい双のひとみに深く見入れば見入るほど、憧れはますます熱くなり、思慕はますます燃えあがりました。するとあらゆるものが、よろこばしいいのちに目覚めたかのように躍動しはじめました。あたりの木や草の花々はこぞって匂いたち、その香気は幾千ものフルートのうたう妙《たえ》なる歌声のよう、その歌のこだまは、空を飛ぶ金色の雲にのって、はるかな国々へと運ばれていきます。

しかし太陽の最後の光もみるみる山かげに消えて、たそがれのヴェールが地上をすっかりおおったとき、はるかかなたから呼ぶような低いしわがれ声が聞こえてきました。

「――おおい、そこでなにをひそひそしゃべっている？　――おおい、山かげに消えた光をほしがっているのはだれだ？　――日向ぼっこはもうじゅうぶん、歌もじゅうぶん――おおい、茂みと草をくぐってこい――草をくぐり、河をくぐってこい！　――おおい――おおい――おりてこい――おりてこーい！」

しだいにその声は遠い雷のつぶやきのように消えてゆき、水晶の鈴は、するどい音をたてて砕け散りました。しずまりかえったなか、アンゼルムスの目に、三匹の蛇がからだをきらめかせながら、エルベ河のほうへ草むらをすべりぬけてゆくのが見えます。蛇たちが水音かるく流れにとび込むと、そのあとの波間からぱっと一条の緑の炎があがって、街に向かってななめの方角に、光の尾をひいて消えていきました。

第二の夜話

大学生アンゼルムスが頭のおかしい酔っぱらいと思われたこと——エルベの舟遊び——楽長グラウンの華麗なるアリア——コンラーディの健胃リキュールと、ブロンズに化けたりんご売りの老婆

「あの人、ちょっと頭がおかしいみたい！」

こう言ったのは堅実そのものの中流家庭婦人、家族との散歩の帰りがけに大学生アンゼルムスの狂態に足をとめ、腕ぐみしてじっとながめていました。この男ときたら接骨木《にわとこ》の幹をかき抱いて、その枝葉にたえまなく呼びかけているのです。

「ああ、もう一度でいい、光ってくれ、かがやいてくれ、いとしい金の蛇たち、もう一度でいい、鈴のような声をきかせてくれ！　もう一度でいい、愛らしい青いひとみをぼくに向けてくれ、せめてもう一度。さもないと苦しさと憧れのあまり、死んでし

まいそうだ！」

こう言いながら胸の底からせつなげにうめき、吐息をつき、じりじりして接骨木《にわとこ》の幹をゆすぶるのですが、木は答えるかわりにかすかに葉をざわめかすばかり、まるで大学生アンゼルムスの苦悩をぞんぶんにせせら笑ってでもいるようです。

「あの人、ちょっと頭がおかしいみたい」

堅実なるご婦人のこの言葉に、アンゼルムスは深い夢からゆりおこされたか、それどころか氷のような冷水をぶっかけられて一気に目が覚めたかのようで、ようやくいま、自分がどこにいるのかを思いだし、奇妙な化けものにからかわれて大声でひとりごとを叫んでいたことに気がつきました。うろたえてご婦人に目をやり、それからやっと地面にころがっていた帽子を拾うと、あわてて立ち去ろうとしました。そのまに、その家族のあるじもそばに寄ってきて、抱いていた子どもを草のうえにおろし、ステッキにもたれてこの大学生をあきれ顔でながめていましたが、大学生の落としたパイプと煙草入れをひろいあげると、差し出しながら話しかけてきました。

「暗がりでそんな愁嘆場を演じて、人をおどろかしちゃいけませんよ、飲みすぎただけのことでしたらね——おとなしく家にかえって、横におなりなさい！」

大学生アンゼルムスは身も世もなく恥じ入って、泣き出さんばかりに「ああ！」とひと声。

「まあ、まあ」と、堅実なる市民はつづけます。「いいじゃないですか、だれにだってあることですよ。たのしい昇天祭の日となれば、心もうきうき、つい飲みすぎてしまう。神に仕える人にだって、そういうことはありますよ――あなたもその方面を志しておいでのようですな。――ところですみませんが、あなたの煙草をパイプに詰めさせていただけませんかな、あいにく、わたしのを切らしてしまって」

男がそう言ったのは、アンゼルムスがもうパイプと煙草入れをポケットにしまいかけているときでした。男は悠然とパイプを掃除し、それからやはりゆっくりと煙草を詰めはじめます。通りがかりの娘たちが何人も寄ってきては、アンゼルムスをじろじろ見ながらさっきの婦人とひそひそ話し、くすくす笑いあいます。アンゼルムスにしてみれば、棘《いばら》か焼け釘の上に立たされている気分で、彼は煙草入れを返してもらうなり、一目散に逃げだしました。ふしぎなものを見たことなど、すっかり記憶からけしとんで、頭を占めているのは、接骨木《にわとこ》の木陰でなにやらくだらぬことを大声でわめき散らしていたことばかり、しかもかねてから、ひとりごとを言う人間に内心嫌悪を感じていただけに、よけい始末がわるい。彼らの口をかりてしゃべっているのは悪魔だと、大学の学長は言いましたが、アンゼルムスもほんとうにそうだと思っていたのです。昇天祭の日に飲んだくれた神学生と思われるにいたっては、考えるだけでも我慢なりません。コーゼル公園わきのポプラの並木道へ入ろうとしたときです、うしろから声がかかりました。

「アンゼルムス君！　アンゼルムス君！　そんなにあわてて、いったいどこに行くのかね！」

彼は地面に根が生えたように立ちすくみました。いまにもまた新たな災難が降ってくるにちがいない。声はまた聞こえました。

「アンゼルムス君、もどってきたまえ、ここの河べりで待っているよ！」

ようやくアンゼルムスは、呼んでいるのは親しく付き合っている副学長のパウルマンだと気がつきました。エルベ河に引き返してみると、副学長はふたりの娘と事務官ヘールブラントをつれて、いましも小舟《ゴンドラ》に乗りこもうとしているところで、いっしょにエルベを舟で渡って、郊外のピルナにある彼の家でひと晩すごさないかと言うのです。アンゼルムスはたいそうよろこんで誘いに応じました。そうすれば、今日一日つきまとっている悪運から逃れられると思ったのです。一行が流れに乗りだすと、おりしも対岸のアントン公園のあたりで花火がはじまりました。しゅるしゅると打ち上げ花火が天空高くかけのぼり、その燃えさかる星がどかんとはじけては、無数の炎と光芒をふりまきながら散ってゆきます。アンゼルムスは櫂《かい》をにぎる船頭のかたわらにすわって、物思いにふけっていましたが、空に飛び散る火花と炎が水のおもてに映るのを見て、あの金色の蛇たちが流れを泳ぎわたっているかと思えました。接骨木《にわとこ》の木陰で見たあのふしぎな光景が、にわかに生きいきと脳裡《のうり》によみがえり、あのとき胸を苦しくゆさぶり歓びにしびれさせた、あの言いようのない憧れ、あの燃えるような思慕に、またもとらえられました。

「ああ、またおまえたちだね、金色の蛇よ、歌ってくれ、歌ってくれ！　おまえたちの歌を聞けば、またあのやさしく愛らしい、濃い青の目が見えてくる——ああ、おまえたちは河のなかにいたのか！」

大学生アンゼルムスはこう叫びながら、いまにも水に飛びこみそうな激しい身振り。

「旦那、気でもふれたんですか？」

船頭が叫んで、上着のすそをつかみました。そばにすわっていた娘たちはびっくりして悲鳴をあげ、舟の反対側へ逃げてしまう。事務官ヘールブラントが副学長パウルマンになにか耳うちし、パウルマンはあれこれ答えていましたが、アンゼルムスにわかったのはほんの数語でした。

「こんな発作――これまでなかっただろう？」

そのあとすぐにパウルマンは立ちあがって、副学長らしい、いささかもったいぶった深刻な表情でアンゼルムスの横に腰を下ろすと、手をとって話しかけました。

「どうしました、アンゼルムス君」

アンゼルムスは気もそぞろ、心の中でとほうもない葛藤が渦をまき、どうにもしずめようがありません。さっき金色の蛇のきらめきと思ったものが、じつはアントン公園の花火の反射にすぎないと、いまではよくわかっているものの、いまだかつて味わったことのない感情、歓びなのか苦痛なのか自分にもわからない感情が、胸をきりきりと締めつけます。そしていま、船頭の櫂《かい》に打たれた水が怒ったように波立ちざわめく音に、ひそやかなささやきの声が聞きとれるのです。

「アンゼルムス！　アンゼルムス！　わたしたちがいつもあなたのまえを行くのが見えないの？　――いもうとは、きっとまたあなたを見ている――信じるのよ――信じるのよ――わたしたちを信じるのよ」

するど水にうつる影の中に、みどりに燃える三すじの糸が見えるような気がしました。でも愁いに心ふたがれて水面《みなも》をのぞき、あの愛らしいひとみが波間からこちらを見つめてはいないかと目を凝らすと、それはただ、近くの家々の窓にともる明かりのいたずらだとわかります。だまりこくってすわったまま、心の葛藤とたたかっていると、副学長パウルマンがいちだんと語気をつよめて言いました。

「どうしました、アンゼルムス君」

大学生はすっかり気弱になって答えます。

「ああ、副学長先生、ついさっきリンケ温泉園の庭の塀ぎわにある接骨木《にわとこ》の下で、眠るどころか、ちゃんと目を開けたまま、世にもふしぎなものを夢に見たんです。ああ、それをご存じだったら、心ここにあらずのぼくのありさまを、おかしいとはお思いにならないでしょうに――」

「おい、おい、アンゼルムス君」パウルマンが口をはさみました。「きみはしっかりした若者だと、いつも思っていたんだがねえ、しかし夢を見るなんぞ――目を開けたまま夢を見て、あげくにいきなり水に飛びこもうとするなんぞ、――失礼だが、そりゃ頭のいかれたやつか、阿呆のすることですぞ！」

大学生アンゼルムスがこの友人の手きびしい言葉にしおれかえっていると、パウルマンの長女で、十六になる美しい娘ざかりのヴェローニカが、言いました。

「でもお父さま！　アンゼルムスさんはきっと、なにかとくべつな目にお遭いになったんだわ。それでたぶん、ほんとうは接骨木《にわとこ》の下で眠っていたのに、ご自分では目を覚ましていたと信じていらっしゃる。夢の中で起きたばかばかしいことが、まだ頭に残っているだけのことよ」

「それにですね、お嬢さん、副学長先生」と、事務官ヘールブラントが言葉を引きとります。「目が覚めていながら一種の夢想状態におちいることだって、あるんじゃないでしょうか？　げんにこのわたしだって、いつか午後のコーヒーのとき、そういうぼうっとした状態になりましたよ、本来それは、肉体的にも精神的にも消化をおこなっているときの状態でしてね、するとまるで霊感のように、行方不明になっていた書類のありかがひらめいたんです。ついきのうも、やっぱり同じようにして、大きくて立派なラテン語の花文字が、ちゃんと見開いた目のまえでひらひら踊りまわりましたよ」

「いや、ヘールブラント君」と、パウルマン。「どうもきみには、いつもそんな詩的傾向があるねえ。そういう人はえてして、荒唐無稽な幻想にとりつかれやすいんだよ」

それでも大学生アンゼルムスにとっては、酔っぱらいだの頭がおかしいだのとみなされて、このうえなく気が滅入っていただけに、味方をしてくれる人がいたのはうれしいことでした。あたりはもうかなり暗くなっていたのに、いまはじめて、ヴェローニカがじつにきれいな暗青色の目をしていることに気がつきました。とはいえそれで、接骨木《にわとこ》の茂みに見たあのすばらしい暗青色のひとみが思い出されたわけではありません。あのふしぎな体験は、いまでは脳裡からきれいさっぱり消えうせて、心は軽くうきうきと弾んできます。ついには調子にのって大胆になり、ゴンドラをおりるときには、さっき弁護してくれたヴェローニカにさっと手を差しのべたし、彼女が腕をかけてくれれば、もたもたせずにしっかり受けとめて、まことに如才なく家まで送っていったのです。ただしほんの一回だけ、足をすべらせ、それがたまたま全道中でたった一箇所しかなかった水溜りだったので、ヴェローニカの白い服にほんのちょっぴり泥をはねかけてしまいましたが。副学長パウルマンは、アンゼルムスのこの好ましい変化に気がついて、ふたたび彼に好意を抱き、さっき口にしてしまったきつい言葉のゆるしを乞うたのでした。

「たしかに！」と、彼は付け加えて言いました。「人間がある種の幻覚におそわれて、ひどく怯《おび》えたり苦しんだりする例はあるらしいね。しかしそれはやっぱり肉体の病だ。蛭《ひる》がいいそうだよ、尾籠《びろう》な話で申し訳ないが、尻に吸いつかせるとか。もう亡くなったが、さる高名な学者の説だ」

アンゼルムスはさっきの自分が酔っぱらっていたのか、気がへんになっていたのか、病気だったのか、じつのところ自分でもわからなかったものの、いずれにしても幻覚の起こりそうな気配はすっかり消えうせていたので、蛭の必要はまったくなさそうでしたし、きれいなヴェローニカに慇懃《いんぎん》のかぎりをつくすのに成功すればするほど、気分はますます晴れやかになってきました。簡単な食事のあと、いつものように音楽になって、アンゼルムスはピアノのまえにすわらされ、ヴェローニカが明るい澄んだ声をきかせました。

「お嬢さん」ヘールブラントが言いました。「あなたの声は水晶の鈴のようですね！」

「そんなことはない！」

アンゼルムスは思わず口走りました。どうしてこんなことを言ったか、自分でもわかりません。みんなはおどろき呆れて彼を見ました。

「水晶の鈴は、接骨木《にわとこ》の木ですばらしく鳴りひびくんだ、すばらしく！」

アンゼルムスはつぶやくように言う。するとヴェローニカが彼の肩に手をかけて訊きました。

「なんの話をしていらっしゃるの、アンゼルムスさん」

たちどころに彼はまた快活になってピアノを弾きだします。パウルマンは顔を曇らせて彼を見ていましたが、ヘールブラントは譜面台にさっと楽譜をのせると、楽長グラウン[8]作曲の華麗なアリアをみごとに歌ってみせました。アンゼルムスはもう何曲か伴奏をつづけ、さらにヴェローニカとフーガふうのデュエットをやりましたが、これは副学長パウルマン自身の作曲になるものだけに、一座の気分をこのうえなく引きたてたのでした。

かなり夜も更けたので、ヘールブラントが帽子とステッキを手に取ろうとすると、パウルマンが仔細ありげに近よって言いました。

「ところでヘールブラント君、きみが自分でアンゼルムス君に――ほれ！　さっきのあの話を――」

「ええ、よろこんで」

みんなが輪になって腰をおろすと、ヘールブラントはすぐにつぎのような話をはじめました。

「この土地にふしぎな変わり者の老人がいましてね、噂ではいろいろな魔術に首をつっこんでいるということですが、いまどきそんな人間がいるはずもない。わたしの見るところでは、むしろ熱心な古文書研究家で、そのかたわら化学実験もやっているのでしょう。わたしの言っているのはほかでもありません、枢密文書管理官リントホルストのことです。あの人はご存じのとおり、辺鄙《へんぴ》なところにある古い屋敷にひとりきりで暮らしていて、勤務のないときは自分の書庫か実験室に閉じこもって、ほかの者をいっさい寄せつけません。たくさんのめずらしい書物のほかにも、アラビア語やコプト語の原稿だの、これまで知られているどの言語にも属さないような奇妙な記号でしるされた原稿だのを、かなり所蔵している。彼はこういう原稿をうまく筆写して

8 フリードリヒ大王の宮廷楽長カール・ハインリヒ・グラウン（一七〇四～一七五九）は当時もなお有名だった。

もらいたいと言うんですが、それには、羽ペンで、しかも墨をつかって、このうえなく正確かつ忠実に、すべての記号を羊皮紙に書きうつせるだけの腕前の男が必要です。仕事は彼の家のとくべつな部屋で、彼の監督のもとですることになる。報酬は、食事のほかに、一日につきターラー銀貨一枚、筆写がうまくできあがれば、さらにかなりの謝礼をすると約束しています。仕事の時間は毎日十二時から六時まで、三時から四時までは休憩と食事。彼はこれまでにもすでに何人か若い人に、この原稿の筆写をやらせてみたのですが、どいつもこいつも落第で、とうとうわたしに、腕の立つ筆耕者を紹介してくれとたのんできたのです。そこでわたしはあなたのことを考えたんですよ、アンゼルムスさん。あなたがきれいな字を書くばかりか、羽ペンで優美にきれいな線画も描けることを知っていますからね。どうでしょう、いまの暮らしにくいご時世のことです、あなたがいつか職を得られるまで、毎日ターラー銀貨を一枚かせいで、そのうえ謝礼までもらう気がおありなら、あすの正十二時、文書管理官をお訪ねなさい、彼の住まいはご存じでしょう。――ただし、インクの染みをつけないようくれぐれもお気をつけなさいよ。写しに染みをつけたら、容赦なくはじめから書きなおさせられますし、原本のほうにつけようものなら、文書管理官どのはあなたを窓から放り出しかねませんよ、おこりっぽい人ですからね」

アンゼルムスはヘールブラントの斡旋《あっせん》を心からよろこびました。なにしろ彼はきれいな字を書き、羽ペンをじょうずに使いこなせるばかりではありません。能筆家としての腕によりをかけて筆写をするのは、まことに彼の情熱でもあったのです。そこで彼は恩人たちに言葉をつくして礼を述べ、あすの正午にまちがいなく出向くことを約束しました。その夜のアンゼルムスには、ぴかぴかの銀貨ばかりが目に浮かび、それらの鳴るうれしい音しか耳に聞こえませんでした。だからといって、だれが彼を責められましょう。かわいそうに彼は、気まぐれな不運にたたられて希望を裏切られてばかり、小銭一枚つかうにも思案投げ首、若いいのちが求めるあれこれの愉しみも我慢するしかなかったのです。

翌朝は早くから、鉛筆と、烏《からす》の羽ペンと、中国の墨をさがしだしておきました。これ以上の用具は、文書管理官だって考えつきはしないだろうと思える品々です。それから、先方の要求を満たす能力がある証拠として見せようと、自分の書の会心作とペン画を、とりわけ入念に吟味してととのえました。万事は順調にはこび、きょうの彼にはとくべつ幸運の星がついているらしく、ネクタイは一度できちんとあるべき形に結べたし、服の縫い目がはじけることもなかったし、絹の黒靴下にほころびもつくらなかったし、きれいにブラシをかけた帽子を落として埃だらけにすることもありませんでした。——要するに！——きっかり十一時半、大学生アンゼルムスは青灰色の燕尾服に黒繻子《じゅす》のシャツとズボン、ポケットには書とペン画の見本ひと巻きをおさめて、シュロス小路のコンラーディの店で極上の健胃リキュールを一杯——いや、二杯もひっかけていたのです。もうすぐここで、と彼はまだ空っぽのふところを叩きながら考えました、ターラー銀貨がいい音をたてるぞ。

文書管理官リントホルストの古色蒼然たる屋敷があるさびしい通りまでは、かなりの道のりでしたが、それでもアンゼルムスは十二時まえには玄関に着きました。さて、そこに立って、大きくてきれいなブロンズのノッカーをながめる。ところが、大気をふるわせて力強くひびきわたる十字教会の塔の時計の、最後のひと打ちを合図に、いざノッカーをつかもうとしたそのとき、ノッカーの金属の顔が、青い光をいやらしく放って、にたりと笑いました。なんとそれは、黒門わきのりんご売りの婆さんの顔ではありませんか！　尖った歯がしまりのない口の中でカタカタと鳴り、ののしり声が洩れてくる。

「このばか者めが——ばか——ばか——待て、待つんだ！　なぜ逃げた！　ばか者め！」

肝をつぶしたアンゼルムスはよろめいて後ずさり、門柱をつかもうとした手が呼鈴の紐をつかんで引っぱってしまいました。けたたましい音が鳴りひびき、ますます激しさをまして荒れ果てた家じゅうをかけめぐり、こだまとなって嘲笑《あざわら》います。

「いまにガラスに閉じ込められるぞ！」

恐怖が大学生アンゼルムスを鷲《わし》づかみにして、痙攣するような悪寒がからだじゅうをふるわせる。呼鈴の紐はだらりとたれさがったと思うと、白い透明な大蛇に変じて彼のからだに巻きつき、きりきりと締めあげ、もろくも押しつぶされた手足は音をたてて砕け、血管から血がほとばしり、それが透明な蛇のからだにしみこんで赤く染めていく。

「おれを殺せ、殺してくれ！」

恐怖のあまり叫ぼうとしても声にならず、喉がごろごろと鳴るばかり。——蛇は鎌首をもたげて、灼《や》けた金属のような、とがった長い舌をアンゼルムスの胸に当てる。刺すような痛みが、いのちの動脈を一撃のもとに断ち切り、彼は意識を失いました。

ふたたびわれにかえったとき、彼は自分の粗末なベッドに寝ていました。目のまえには副学長パウルマンが立っていました。

「まったくもって、なんというばかなまねをしたんだ、アンゼルムス君！」

第三の夜話

文書管理官リントホルストの一族の消息――ヴェローニカの青いひとみ――事務官ヘールブラント

精霊が水に目を向けると、水はざわめきたち、泡立つ大波となって、くろぐろと貪婪《どんらん》な口を開いて待ちかまえる淵の底へ、轟音とともに落ちていきましてな。花崗岩の絶壁が、勝ちほこる勝利者さながら、鋭くとがった頭をたかだかと並べて谷を守っておったのだが、やがて太陽があらわれて、その母のごときふところに谷をかき抱き、熱い腕《かいな》ではぐくむように、その光で包んで温めた。すると荒れた砂地の下でまどろんでいた無数の芽が、深い眠りから呼び覚まされ、みどりの若葉や茎を母にむかって差しのべた。そして木々の花やつぼみの中で、みどりの揺りかごに憩いつつほほえむ幼な児のように眠っていた花の子たちが、やはり母にゆり起こされて目を覚まし、その子たちをよろこばそうと母が幾千もの色に彩って送ってやった光でもって、それぞれに身を飾ったのだ。

しかし谷のまんなかには一つ、くろぐろとした丘があって、それは人間の胸のように、熱い憧れにみたされると、大きく波うったものじゃ——だが深い淵から、霧がもくもくと立ちのぼり、とほうもなく大きなかたまりとなって、母なる太陽の顔を意地わるく隠そうとした。すると太陽は嵐を呼びよせ、嵐は霧を吹きはらった。きよらかな陽の光がふたたび黒い丘にふれたとき、あまりの歓びに、炎のように紅い一輪のみごとな百合が咲きいでて、母のやさしい接吻を受けようと、愛らしい唇のようなその美しい花びらをひらいた。

そのとき、かがやくばかりの美丈夫が、この谷間に足を踏みいれた。これぞ若者フォスフォルス。紅百合は彼を見るなり、身を焦がす恋にとらわれて哀訴した。

「美しい若者よ、どうか永遠にわたくしのものになってください！　あなたが好きです、あなたに見捨てられたら、死ぬほかはありませぬ」

すると若者フォスフォルスは言った。

「美しい花よ、わたしもおまえのものでありたい、だがそうなれば、おまえは堕落した子どものように父も母も見捨て、遊び友だちも忘れて、いまのおまえの仲間のだれよりも、もっと大きくもっと強くなりたいと思うようになるだろう。いまおまえの全存在をやさしく温めている憧れは、引き裂かれて幾百もの光線となって、おまえを苦しめさいなむだろう。欲望は欲望を生むからだ。わたしがおまえに投げ入れる火花で燃えあがる無上の歓びは、ほんとうは救いのない苦しみ。その苦しみの中で、おまえはまたあらたに異種のものとなって芽を出すために滅びてゆく。——この火花は、想念なのだよ！」

「ああ！」と、百合は嘆いた。「いまこの身が、これほどの炎に焦がされているというのに、あなたのものになれないのでしょうか？　あなたがわたくしを滅ぼすとしても、いま以上にあなたを愛し、いまのようにあなたを見つめることはできないのでしょうか？」

そこで若者フォスフォルスは百合にくちづけした。するとまるで光につらぬかれたように、百合は炎となって燃えあがり、そこから異形《いぎょう》のものが立ちあらわれて、幼な友だちも、愛する若者をもかえりみず、たちまち谷を逃れ去り、無限の宇宙を飛びさまよった。若者は恋人を失って嘆き悲しんだ。彼とても、ひとえにこのうつくしい百合への無限の愛ゆえにのみ、このさびしい谷に分け入って来たのだからだ。花崗岩の岩たちも、若者の嘆きに心うごかされて頭《こうべ》をたれたが、その一つがふところを開き、そこから翼のある黒い竜が飛び出してきて、はばたきながらこう言った。

「おれの兄弟の金属たちはあの中で眠っているがね、おれはいつも目をあけて見張っている。おまえを助けてやろう」

竜は高く低く飛びまわりながら、百合から生まれた怪物をついにひっとらえると、丘の上に運んでおのれの翼でつつんだ。するとそれはふたたび百合にもどったのだが、消えやらぬ想念は彼女の心を千々に引き裂き、若者フォスフォルスへの愛は身を切るような悲嘆となって、あまりのことに、いつもは百合を見るのをたのしんでいた花々も、瘴気《しょうき》を吹きつけられたようにしおれて枯れてしまった。若者フォスフォルスは、幾千彩の光にきらめく甲冑《かっちゅう》に身を固め、竜とたたかった。竜が黒い翼で打てば、鎧《よろい》は冴えざえと鳴りひびき、その力づよい音に花々はふたたびいのちを得て、色もあざやかな鳥のごとくに竜のまわりを飛びかうと、竜は力萎《な》えて、地の底ふかくに姿をかくした。百合は自由の身となり、若者フォスフォルスが天上の愛の燃えるような思慕にみたされて彼女をかき抱けば、花も鳥も、峨々《がが》たる花崗岩の断崖さえも、高らかに讃歌をうたいつつ、百合を谷の女王としてあがめたのじゃ。

「失礼ですが、いかにもオリエントふうの壮大なつくり話ですねえ、文書管理官さん！」と、事務官ヘールブラントが言いました。「わたしたちがお願いしたのは、いつも聞かせてくださるような、あなたご自身の数奇な人生のお話、たとえばご旅行中の冒険談のような、ほんとうにあった話なんですがね」

「はてさて」と、文書管理官リントホルストは答えました。「いまお話ししたことこそ、わたしがお聞かせできるいちばんほんとうの話なのですぞ、みなさん。そしてある意味では、わたしの身の上話でもある。つまりわたしはその谷の生まれで、最後には女王となって谷を支配したあの紅百合は、わたしの曾、曾、曾、曾祖母、したがってわたしも、本来なら王子というところなのだが」

みんながどっと笑いました。

「そう、たんとお笑いなさるがいい」と、リントホルスト。「あんたがたには、わたしがむろんごくかいつまんでお話ししたことが、ばかばかしいつくり話と聞こえたかもしれませんな。しかしどう思われようと、あれはでたらめでもなければ、たとえ話でもない、正真正銘、まことの話ですぞ。しかし、わたし自身もそのおかげでこの世に生を享《う》けることができたあのすばらしい恋物語が、こうもあんたがたのお気に召さぬとはじめからわかっていたら、むしろ、きのう訪ねてきた弟から聞いた新しい話でも、お聞かせすればよかったですな」

「なんですって？　弟さんがおありなんですか、文書管理官さん？　──どこにおられます？　──どこでお暮らしですか？　──やはり王室の仕事を？　それとも隠棲の学者ですか？」

みんながいっせいに質問を浴びせかけました。

「いや！」と、文書管理官は落ちつきはらって嗅ぎ煙草をひとつまみしながら、冷ややかに答えます。「あいつはよからぬ側に走って、竜の仲間入りをしてしまった」

「なんておっしゃいました、文書管理官さん？」ヘールブラントが口をはさむ。「竜の仲間ですって？」

「竜の仲間？」

四方からこだまのように同じ声。

「さよう、竜の仲間。そもそもが、やけっぱちから出た行為でしたがね。みなさんご存じのとおり、わたしの父はごく最近死にまして、それからまだ、たかだか三八五年にしかならないので、わたしはこうしてまだ喪服を着ておるのだが、その父はお気に入りのわたしに、みごとな縞瑪瑙《しまめのう》を形見としてくれましてな、ところがそれを弟がどうしてもと欲しがった。わたしらふたりは、あろうことか父の亡骸《なきがら》のかたわらで大喧嘩をしたもので、死んだ父はとうとう我慢しきれなくなってとび起きると、たちのわるい弟を階段から突きおとした。これに怒った弟は、その足ですぐ竜のところに行ってしまった。いまはチュニス近くの糸杉の森で、有名な神秘の石榴石《ざくろいし》の番をしているのだが、ラップランドの夏の別荘へ引き移ったある巫術師《ふじゅつし》のやつめが、この石をねらっておる。だから弟は、この巫術師が庭で火蛇《サラマンダー》の温床の世話をしているほんの一五分ほどの隙をねらって、最近ナイルの水源で起こった耳よりな話をしに、おおいそぎで来てくれましたのじゃ」

またしても一座はどっと笑い声をあげましたが、大学生アンゼルムスはどうにも気味のわるい心地がしてなりません。文書管理官リントホルストのじっとすわったきびしい目をみるだけで、自分でもわけのわからぬ戦慄《せんりつ》が身の内を走るし、とりわけ、しわがれているのに妙に金属的にひびくその声には、どことなく妖しい迫力があって、骨の髄までぞっとさせられるのです。

事務官ヘールブラントがアンゼルムスをこのコーヒー店に連れて来たそもそもの目的は、今日のところは果たせそうもありませんでした。文書管理官の屋敷のまえであの事件があって以来、アンゼルムスはもういちど訪問をやりなおす気にはとてもなれずにいました。なにしろ、あのとき死なないまでも発狂してしまう危険をまぬがれたのは、ほんの偶然のおかげにすぎないと、信じきっていましたから。彼が玄関のまえで気を失って倒れ、ひとりの老婆が菓子やりんごの籠をわきに置いて彼になにやら手を出していたちょうどそのとき、副学長パウルマンが通りかかって、すぐに椅子駕籠《いすかご》を呼んで家に送りとどけてくれたのでした。

「ぼくをなんと思おうとかまいませんよ」と、アンゼルムスは言いました。「ばかと思おうと思うまいと、ご勝手に――もうたくさんだ！　――あのドアのノッカーから、黒門の魔法使いばばあのぞっとする顔が、にやりと笑いかけてきたんです。そのあとのことは言いたくもない。でももしあのとき正気にかえって、目のまえにあの呪われたりんご売りがいるのを見たら（ぼくになにやら手を出していた婆さんというのは、あいつにきまってる）、たちどころにぼくは卒倒するか、発狂するかしてしまったでしょうよ」

副学長パウルマンと事務官ヘールブラントがどんなに筋道だてて反論し説得しようとしても、なんの効き目もなく、青い目のヴェローニカでさえ、いまの一種の鬱状態から彼を引きはなすことはできませんでした。みんなはこんどこそ彼がほんとうに精神を病んでしまったと見て、なんとか気分を変えさせる方法はないかと思案のあげく、ヘールブラントの意見で、やっぱり文書管理官リントホルストのところでの仕事、つまり例の原稿の筆写よりほかに効果の望めるものはあるまいということになりました。ただ問題は、アンゼルムスをどうやってうまくリントホルストに引き合わせるかでしたが、ヘールブラントは、文書管理官が毎晩のようにさる有名なコーヒー店を訪れることを知っていたので、費用は自分がもつから毎晩そこへ行こうとアンゼルムスを誘い、ビール一杯とパイプ一服でねばっていれば、そのうちになんとか文書管理官とお近づきになって、筆写の仕事についても合意が得られるだろうともちかけました。アンゼルムスは心から感謝してこれを受けいれたのです。

「あの若者を正気にもどしてやったら、ヘールブラント君、神さまがきみに報いてく

9 椅子付きの箱の中に人を座らせて運ぶ輿のような乗り物。

ださるよ」と、副学長パウルマンは言いました。

「報いてくださいますとも！」

ヴェローニカは敬虔《けいけん》に天を仰いで同じ言葉をくりかえしながら、アンゼルムスはたとえ正気でなくとも、いまでもほんとうにすてきな若者だと、つよく心に思ったのでした。

さて、文書管理官リントホルストが帽子とステッキを手にドアを出ようとしたとき、ヘールブラントはいそいでアンゼルムスの手をつかむと、ふたりで文書管理官の行く手をふさいで話しかけました。

「枢密文書管理官どの、こちらは大学生アンゼルムスです。書にもペン画にもきわめてすぐれておりまして、あなたの貴重な原稿の筆写を望んでおります」

「それはまことにありがたい」

文書管理官はせかせかと答えると、兵隊ふうの三角帽子をひょいと頭にのせ、ヘールブラントとアンゼルムスをわきに押しのけて、大きな足音をたてて階段をおりていってしまい、ふたりはあっけにとられて突っ立ったまま、鼻先でガチャンと閉じて蝶番《ちょうつがい》のきしんでいるドアを見つめていました。

「まったく変わった老人だ！」と、ヘールブラント。

「変わった老人だ」

大学生アンゼルムスもおうむ返しに言いましたが、血管という血管が凍りついて、からだが彫像のようにこわばってしまった感じがします。ところが客たちはみんな笑って言いました。

「文書管理官は、きょうはまたかくべつにご機嫌だったけどなあ。でも、あしたになればきっとおとなしくなって、ひとことも口をきかず、パイプの煙の渦をにらんでいるか、新聞を読むかだろうさ。いちいち気にしちゃいけないよ」

「そのとおりだ」と、アンゼルムスは考えました。「あんなことを気にするやつがあるか！　文書管理官は、おれが原稿の筆写をする気があるのは、まことにありがたいと言ったじゃないか。――それにしてもヘールブラントは、なんだって彼が家に帰ろうとしているところにしゃしゃり出たのかな？　――いや、いや、根っこはいい人なんだ、あの枢密文書管理官リントホルストさんは。そしてけたはずれに自由豁達《かったつ》だ――あの独特なものの言い方が、ちと奇妙だがな――でもそんなことくらい、おれになんの差しさわりがある？　――あしたは十二時きっかりに行くぞ、たとえ百人のりんご売りばばあがブロンズに化けてかかってきたって、かまうものか」

第四の夜話

大学生アンゼルムスの憂鬱——エメラルドの鏡——文書管理官リントホルストが禿鷹《はげたか》となって飛び去り、大学生アンゼルムスはだれにも出会わずにすんだこと

ところで、好意ある読者よ、あなたご自身にずばり質問させていただきたいのですが、これまでの人生で、いつもの自分のすることなすことが、なにもかもいやでたまらなくなり、ふだんはとても重要で価値があると感じたり考えたりしていたものがすべて、にわかにばかばかしく、取るに足りないと思えてしまう、そういう数時間、それどころか数日、数週間を、経験したことがおありでしょうか？　そういうときは、どうしたらいいか、どっちを向いたらいいか、自分でもわからない。でも胸には、漠とした感情がふくらんでくる。精神のほうは、厳しくしつけられておどおどしている子どもみたいに、それをはっきり表現する勇気はないのだけれど、感情のほうには、

地上の悦楽の世界なんぞを踏み越えた一つの崇高な願望とでもいうようなものがあって、いつの日か、どこかで、この願望はきっと満たされるにちがいないと感じている。未知のなにものかへのこの憧憬《しょうけい》は、あなたがどこにいようと、そう、醒めたまなざしに会えばたちまち溶けて消えてしまう透明な姿の者たちの織りなす香《かぐわ》しい夢のように、いつもあなたをつつんで離れず、あなたは地上の自分をとりまくすべてのものに無感覚になってしまう。望みのない恋をする者さながら、あなたは暗い目をしてさまよい歩き、人びとがあれこれと群れつどっては賑やかにさわぐのを見ても、もうこの世には属さぬ者であるかのように、苦痛も歓びも感じない。好意ある読者よ、もしもこういう気分になったことがおありなら、大学生アンゼルムスのおちいっている状態も、ご自身の経験からおわかりになるでしょうね。

ともかく語り手たる私としては、親切な読者よ、これまでの話ですでに、大学生アンゼルムスの姿があなたの目のまえにまざまざと浮かびあがってきたと、願うばかりです。というのもじつのところ、彼の世にもふしぎな物語を書きつづろうとしているこの一連の夜話の中で、幽霊現象のように、ごくふつうの人間の日常生活をいきなり虚空に舞いあがらせてしまうような奇々怪々な話を、まだまだたくさんしなければならないので、あなたがしまいには、大学生アンゼルムスのことも、文書管理官リントホルストのことも、嘘っぱちだと思いはしまいか、そればかりか、副学長パウルマンや事務官ヘールブラントについてまで、すくなくともこういう尊敬すべき人物にはいまのドレスデンでちゃんとお目にかかれるにもかかわらず、実在するはずがないなどと不当な疑惑を抱くのではないかと、心配なのです。でも考えてもみてください、好意ある読者よ、はげしい衝撃のうちに無上の歓喜をも、深い恐怖をも呼びおこすような、すばらしい奇蹟にみちた妖精の国、そう、そういう国では、威厳のある女神がちらりとヴェールをもちあげて、私たちはそのかんばせを見たと思いこむ——けれども、そのきびしいまなざしから、ほほえみがふとこぼれることがよくあって、それは母親がいとし子とふざけているときの微笑のように、からかい半分の冗談、いろいろとややこしい魔法を弄して私たちと戯《たわむ》れているのです——そうですとも！　すくなくとも夢の中では精霊がしばしば扉を開いて見せてくれるあのふしぎの国には、好意ある読者よ、よく目を凝らしてごらんなさい、いわゆる日常生活で日ごろあなたの周囲をうろついているおなじみの人物がいるのではありませんか？　そうだとすると、あのすばらしい国はあなたが考えているよりずっと身近にあるのだと、信じてもらえますね。それこそまさに私が心から念ずるところ、大学生アンゼルムスのこのふしぎな物語をつうじて、わかっていただきたいところなのです。

さて、そういうわけでアンゼルムスは、まえにも言ったように、文書管理官リントホルストに会ったあの晩以来、夢見がちにぼんやり考えこむばかりで、日常生活の外面的な刺激にはすっかり無感覚になってしまいました。なにやら未知のものが胸の奥ふかくでうごめいていて、それが、あの歓びにみちた苦痛を——人間にもっと高次の存在を約束してくれるまさにあの憧憬を、ひきおこしているのを感じます。ひとりで野や山をさまよい歩くときがいちばんうれしい。自分をみじめな生活に縛りつけているものすべてから解き放たれて、ただひたすら、心の奥から立ちあらわれるさまざまな形象を見つめていると、いわば自分自身を取りもどすことができるのです。

こうしたある日、遠くまで散歩をしての帰り道、このまえ妖精につかまりでもしたように、いろいろと奇妙な光景を見たあのふしぎな接骨木《にわとこ》のそばを通りかかりました。なつかしい緑の芝生に妖しく引き寄せられるのを感じて、そこに腰をおろしたとたん、あのときこの世ならぬ恍惚にひたされてながめたもの、なにかの力で彼の魂から押し出されでもしたようなものが、またもや鮮やかな色をおびて目のまえに浮かんできました。あのときよりもっとはっきりと見えるほどです。あのやさしい青いひとみは、接骨木《にわとこ》のまんなかを這いのぼってゆく金緑色の蛇の目、あの細いからだをくねらせるたびに、彼を歓びと恍惚でみたしたあのすばらしい水晶の鈴の音がひびくのにちがいない。そこで彼は昇天祭のときのように、また接骨木《にわとこ》の幹をかき抱いて、梢にむかって叫びました。

「ああ、もう一度でいい、やさしいみどりの蛇よ、枝々を渡っておくれ、からみついておくれ、ぼくがおまえを眺められるように。——もう一度でいい、そのやさしいひとみでぼくを見てくれ！　ああ、ぼくはおまえに恋している。もどって来てくれないと、悲しさと苦しさで死んでしまう！」

すべては音もなく静まりかえったままで、ただ接骨木《にわとこ》ばかりがあのときと同じように、かすかに枝や葉をゆすっただけでした。でもアンゼルムスには、自分の心の奥でこうも激しく動き、限りない憧憬の苦痛で胸をこうも引き裂くものが何なのか、いまこそわかったような気がしました。

「そうだ、ぼくがおまえを心のかぎり、死ぬまで愛するということ、これなんだ。すばらしい金色の蛇よ、おまえなしでは生きられないということだ。おまえにふたたび会えず、心の恋人にできないならば、絶望の苦しみに死ぬほかはないということだ——でもぼくにはわかっているよ、おまえはいつかぼくのものになる。そのときには、すばらしい夢がもう一つの高次の世界からぼくに約束してくれていることすべてが、成就されるんだね」

それからというもの、大学生アンゼルムスは来る日も来る日も、夕日が金色の光を木々の梢にまき散らすころになると、接骨木《にわとこ》のもとに出かけていっては、やさしい恋人、金緑色の蛇をさがしもとめて、胸の奥からしぼり出すような哀れな調子で、茂みの中に呼びかけるのでした。

ある日のこと、いつものようにこれをまたやっていると、ゆったりした薄灰色《うすはいいろ》のマントに身を包んだ背の高いやせた男が、ふいに目のまえにあらわれて、大きな炎のような目で彼を見て言いました。

「もしもし——そこでなにを嘆き悲しんでおられるのかな？ ——おや、これはアンゼルムス君ではないか、わたしの原稿を筆写してくださるという……」

大学生アンゼルムスはその威力にみちた声を聞いて、すくなからずぎょっとしました。あの昇天祭の日に、「おおい、そこでなにをひそひそしゃべっている、云々」と呼んでいたのと、まさしく同じ声です。おどろきと怖れでアンゼルムスは言葉が出ません。

「さて、いったいどうなさったのかな、アンゼルムス君」と、文書管理官リントホルストはつづけました（薄灰色《うすはいいろ》のマントの男はだれあろう、彼だったのです）。「接骨木《にわとこ》になんのご用がおありかな？　それになぜ仕事を始めに、わたしのところにおいでにならんのかな？」

たしかにアンゼルムスは、あの晩はすっかりその気になったものの、勇を鼓して文書管理官の家をまた訪問しなおすことは、結局まだできないでいたのです。ところがいま、自分の美しい夢を破った声が、あのとき恋人を奪ったのと同じ憎たらしい声だと知った瞬間、一種の絶望感におそわれて、いきなり相手に喰ってかかりました。

「狂人扱いなさろうとなさるまいと、どうぞご勝手に、文書管理官さん！　ぼくはどうだってかまやしない。けれどぼくは、昇天祭の日、この木に金緑色の蛇がいるのを見たんだ——ああ、ぼくの魂の永遠の恋人！　彼女はすばらしい水晶の鈴の音で話しかけてくれた、ところがあなたが——あなたですよ、文書管理官さん！　河のむこうからおそろしい声でどなって、彼女を呼びもどしてしまったのは」

「どうしてまたそんな、わが助っ人君！」

リントホルストはじつに奇妙なほほえみを浮かべて、嗅ぎ煙草をひとつまみ取り出しながら、相手の言葉をさえぎりました。

アンゼルムスは、あのふしぎな出来事を切り出せただけでも、胸がすっと軽くなり、それに、あのとき遠くから雷のような声でどなったのは文書管理官その人だと断定してまちがいないように思えて、気をとりなおして言いました。

「では、昇天祭の日にぼくが出遭った宿命的な出来事をすっかりお話ししましょう、そのあとでなんとおっしゃろうと、なにをなさろうと、ぼくのことをどうお考えになろうと、お好きなように」

こうして彼は、りんごの籠に運わるく踏みこんでしまったことから、三匹の金緑色の蛇が河に逃げたこと、あげくに人から酔っぱらいか頭のおかしいやつかと思われたことまで、のこらず物語りました。

「これはすべて、ぼくがほんとうにこの目で見たことなんですよ。いまでもまだ胸の奥に、ぼくに話しかけてきたあの愛らしい声の澄んだ余韻が残っている。けっして夢なんかじゃない。恋こがれるあまりに死んでしまう定めでないのなら、ぼくはあの蛇たちを信じないではいられません。ですが文書管理官さん、笑いを浮かべていらっしゃるところを見ると、あなたもやっぱり、この蛇はのぼせきったぼくの想像力の産物にすぎないとお考えのようですね」

「とんでもない」と、文書管理官は落ち着きはらって答えました。「あんたが接骨木《にわとこ》の茂みに見た金緑色の蛇というのはな、アンゼルムス君、ほかでもない、わたしの三人の娘たちだ。そして末娘、ゼルペンティーナという名だが、その娘の青い目にあんたはすっかり惚れこんだようですな。もっともわたしには、昇天祭の日からそうとわかっていましたがね。家で仕事机に向かっていると、おしゃべりだの歌だの、あんまりうるさくなってきたもので、あのだらしのないおてんば娘どもに、もう家に帰る時間だぞと、呼ばわったのです。もう日も沈んだし、歌と日光浴でぞんぶんに気晴らしもできたのですからな」

アンゼルムスにとっては、かねて自分が予感していたとおりのことが、いまはっきりと言葉で言われたにすぎなかったのですが、あたりのものが、接骨木《にわとこ》の茂みも、石塀も、芝生もなにもかも、目のまえできゅうに音もなくぐるぐる回りはじめたような気がして、それでもなんとか気力をふるいおこして口をきこうとしました。ところが文書管理官は彼になにも言わせず、すばやく左手から手袋をはずすと、火花と炎を発して妖しくきらめく指輪の石を、アンゼルムスの目のまえにかざしました。

「これを見るといい、アンゼルムス君、あんたの喜ぶものが見えるはずだ」

アンゼルムスは目を凝らしました。すると、ああ、なんたるふしぎ！　石は燃えたつ光源のように周囲に光を放ち、張りめぐらされたその光線は明るくきらめく水晶の鏡となって、その中で三匹の金緑色の蛇が、さまざまな姿態で組んずほぐれつしながら踊りはねているではありませんか。無数の火花にきらめく細いからだが触れ合うたびに、水晶の鈴のようなすばらしい和音が鳴りひびく。まんなかの蛇が憧れと思慕をこめて、小さな首を鏡面にさしのべてくる。その濃い青いひとみが語っています。

「わたしがおわかり？　――わたしを信じてくださる、アンゼルムス？　――信ずることの中にだけ、愛はあるのよ――愛することがおできになる？」

「ああ、ゼルペンティーナ、ゼルペンティーナ！」

アンゼルムスはくるおしいほどの歓びにひたって叫びましたが、リントホルストがすばやく鏡に息を吹きかけると、光線は電気の火花のような音をたてて光源の中に引っ込んで、手にはただ小さなエメラルドがきらめいているだけ、それさえ文書管理官は手袋をはめて隠してしまいました。

「金の蛇たちをごらんになったかな、アンゼルムス君？」

「ああ！　見ましたとも！　それにやさしく愛らしいゼルペンティーナも」

「まあ、落ち着きなさい」文書管理官リントホルストはつづけました。「今日のところは、これでじゅうぶん。それに、わたしのところで仕事をする決心さえなされば、娘たちにしょっちゅう会える。というよりむしろ、仕事をきちんとやってくれれば、つまり、一つ一つの文字をこのうえなく正確にきれいに筆写してくれるなら、そのときはあんたにこの愉しみを堪能させてあげようと思っとるのじゃ。ところがあんたはいっこうにおいでにならん。事務官へールブラントはすぐにもあんたが来るとうけあったのにな。おかげでわたしは何日も待ちぼうけを食わされとる」

リントホルストの口からへールブラントの名が出たとき、アンゼルムスははじめてまた現実へもどってきたように感じました。おれはちゃんと地面に両の足で立っている、たしかにおれは大学生アンゼルムスで、目のまえにいる男は文書管理官リントホルストだ、と。この男が話すときの無関心そうな口調は、ほんものの巫術師《ふじゅつし》みたいに彼が呼び出したあのふしぎな現象とはひどく対照的で、どこかぞっとさせるところがあります。しかもその印象をいっそう強めているのが、彼の炯々《けいけい》たる眼光で、皺《しわ》だらけの顔の洞穴のような骨ばった眼窩《がんか》の奥で光るまなこが、刺すような視線を放っているのです。アンゼルムスはまたしても、いつかコーヒー店で文書管理官の奇想天外な話を聞いたときと同じ不気味な感じに激しくとらわれました。かろうじて自制していると、文書管理官がかさねて訊きます。

「さて、どうしておいでにならなかったのかな？」

そこで、玄関のところで遭遇した出来事の一部始終を話しました。「アンゼルムス君」と、聞きおわったところで文書管理官が言いました。「アンゼルムス君、あんたの話によく出てくるそのりんご売りの婆さんのことなら、わたしはよく知っている。けしからん女でな、わたしにもあれこれと悪ふざけをしかけてくるが、ノッカーのブロンズに化けて、せっかく訪ねてきてくれた人をおどかすとは、まったくたちがわるい、我慢ならん。アンゼルムス君、もしあした十二時にうちに来てくださって、そのとき、またもやあいつが笑ったりののしったりするようだったら、鼻づらにこの液体を少々ひっかけてやりなさるがいい。たちどころに降参するはずだ。では、これでご免こうむる、アンゼルムス君、わたしの足はいささか速いから、町までごいっしょにとお願いするわけにはいきますまい。——では、あした十二時にお目にかかるとしよう！」

文書管理官はアンゼルムスに黄金色の液体の入った小さなびんを手渡すと、足ばやに立ち去りました。しのびよる深い夕闇の中、歩くというよりも、谷に舞いおりてゆくように見えます。はやくもコーゼル公園の近くにさしかかったとき、ゆるやかなマントが風をはらんで、すそが一対の大きな翼のようにひろがってはためき、おどろきに打たれて見送っていた大学生アンゼルムスの目には、大きな鳥がいましも飛び立とうと翼をひろげた姿に見えました。

こうして夕闇に目を凝らしていると、にわかに鋭い鳴き声をたてて、一羽の薄灰色《うすはいいろ》の禿鷹《はげたか》が空に舞いあがりました。してみると、立ち去ってゆく文書管理官とばかり思っていたあの白い翼のものは、この禿鷹だったにちがいないという気がします。でもそうすると、文書管理官はいったいどこに消えてしまったのか、アンゼルムスには見当もつきません。

「でもあの人のことだ、人間の姿のままで飛んでいってしまったのかもしれないぞ、あの文書管理官リントホルスト氏は」と、彼はひとりごちました。「なにしろ、おれはわれとわが身で見もし、感じてもいるじゃないか、いつもならとくべつ珍奇な夢でしかお目にかかれないような、遠いふしぎな世界のおかしな住人たちが、いまじゃ、おれが目を覚まして動きまわっているときでも、おれの生活にやたらと踏みこんできては、おれを翻弄するのをな。——だが、いいさ、どうとでもなれ！——おまえはおれの胸の中で生きているんだ、燃えているんだ、やさしい、いとしいゼルペンティーナ、おれの内面を引き裂くこの限りない憧れをしずめられるのは、おまえだけだ。——ああ、こんどはいつ、おまえのやさしいひとみを見ることができるのだろう——いとしい、いとしいゼルペンティーナ！」

彼は大声でその名を叫んでしまいました。

「これはまたキリスト教徒らしからぬ不埒《ふらち》な名前だな」

彼のそばで低いつぶやき声がします。散歩帰りの男。おかげでアンゼルムスは自分がどこにいるかを思い出して、そそくさとそこを立ち去りながら、内心ひそかに思いました。

「副学長パウルマンか事務官ヘールブラントにいま出くわしたら、それこそとんだことだぞ」

でもどちらにも出会わずにすんだのでした。

第五の夜話

宮中顧問官アンゼルムス夫人——キケロの『義務について』——尾長猿その他の連中——リーゼばあや——秋分の日

「あのアンゼルムスときたら、まったくどうしようもないねえ」と、副学長パウルマン。「わたしの教えも訓戒もさっぱり効き目がない、なにひとつ自分に役立てようという気がないんだ。あれほど学校の成績はいいのだがねえ。なんと言っても、それがすべての基礎だが」

ところが事務官ヘールブラントは、いわくありげに狡《ずる》そうな笑みを浮かべて答えます。

「まあ副学長先生、しばらくはアンゼルムスをそっとしておいてやってください！あれは変人ですけれど、どうしてなかなか、見どころのある男です。つまり将来は、枢密秘書官か、宮中顧問官にさえなれそうな——」

「宮中――」と、副学長はあっけにとられて言いかけたまま絶句しました。

「まあ、落ち着いてください」ヘールブラントはつづけます。「わたしには、ちゃんとわかっているんですよ！　――じつは二日まえから、彼は文書管理官リントホルストのところで筆写をやっていましてね。文書管理官にゆうべコーヒー店で会ったら、『あんたはいい人を紹介してくれましたな――あれはものになりそうだ』と、こう言うんです。あの文書管理官がお偉方にどんなに顔が利く人か、それを考えてみてください――まあ、落ち着いて――一年たったらどうなるか、見ものですよ！」

言いおわると事務官は、あいかわらず狡そうににやにやしながらドアから出てゆき、あとに残った副学長はおどろきと好奇心で口もきけず、椅子に釘付けになっていました。

ところがこの会話は、ヴェローニカにはとくべつな印象を与えたのです。

「わたしには、まえからわかっていたことじゃないの」と、彼女は思いました。「アンゼルムスさんがとても頭のいい好ましい青年で、きっと偉くおなりになる方だって。わたしにほんとうに好意を寄せていらっしゃるのかどうか、知りたいわ。――でもエルベを舟で渡ったあの晩には、二度も手を握ってくださったじゃないの？　デュエットのあいだには、あんなにとくべつな、心の奥まで沁みとおるようなまなざしで、わたしをごらんになったじゃないの？　そうよ、好意を寄せてくださってるのよ！　――そしてわたしは――」

ヴェローニカは、若い娘がよくするように、晴れやかな将来の甘い夢にすっかり想いをゆだねました。わたしは宮中顧問官夫人になって、シュロス小路か、ノイマルクトかモーリッツ通りのすてきな家に住むんだわ――モダンな帽子、新しいトルコ製のショールが、きっとすばらしくよく似合う――優雅な部屋着をまとって、朝食を張り出し窓のところでとりながら、料理女にその日の必要な指示を出す――「でもその鉢ものの料理は失敗しないようにね、宮中顧問官さまの大好物なのよ！」――通りすがりの伊達《だて》男たちが横目でこっちを見上げる――言葉がはっきり聞こえる――「すばらしい女性だな、あの宮中顧問官夫人は。レースのボンネットがじつにお似合いだ！」――Y宮中顧問官夫人が使いをよこして、今日リンケ温泉園にお出かけになりませんかとたずねてくる――「たいへん残念でございますが、Z長官夫人のお茶会にうかがう約束がございますもので、どうぞ悪しからずお伝えくださいまし」――そこへ朝早く仕事で出かけていた宮中顧問官アンゼルムスがもどってくる。最新流行の服でぴしっと決めている。時鐘付きの金時計が鳴るのを聞きながら、「ほんとに、もう十時だ」と言い、それから新妻に接吻する。「ごきげんいかが、かわいい奥さま、きみにあげるものがあるよ、なにか、おわかりかな?」とおどけた調子で言って、チョッキのポケットから取り出したのは、最新型の細工のすばらしいイヤリング。それを、彼女がいつもつけているありふれた飾りとつけかえてくれる。

「まあ、なんてきれいな、すてきなイヤリング!」

ヴェローニカは大きな声で叫んでしまいました。そして手仕事を放り出して、ぱっと立ち上がると、ほんとうにイヤリングを鏡に映してみようとしたのです。

「いったいどうしたことだ」

副学長パウルマンは、ちょうど読みふけっていたキケロの『義務について』を手からとり落としそうになって言いました。

「こういう発作は、たしかにアンゼルムスに限らないようだな」

ちょうどそこへ、いつもの習慣に反して何日も姿を見せないでいた当のアンゼルムスが、ひょっこりやってきました。ヴェローニカがおどろいたことに、ほんとうにすっかり人が変わってしまっています。いつもの彼にはまったくなかった自信に満ちたきっぱりした口調で、彼の人生の風向きがこれまでとは全然ちがってきたのがはっきりした、ほかの人にはうかがい知れないすばらしい展望が開けた、と語るではありませんか。パウルマンが、ヘールブラントのいわくありげな言葉を思い出し、先ほどにもまして、おどろきに打たれてものも言えずにいるうちに、アンゼルムスは文書管理官リントホルストのところで急を要する仕事があるからと、手みじかに断りを言って、優雅な身のこなしでヴェローニカの手に接吻すると、はやくも階段をかけおりて姿を消してしまいました。

「いまだって、もうりっぱに宮中顧問官だわ」と、ヴェローニカは胸のうちでつぶやきました。「わたしの手に接吻してくださるのにも、いつものように足を滑らせてしまったり、わたしの足を踏んづけたりなさらなかった！　――とってもやさしい目でわたしをごらんになったわ――たしかに好意を寄せてくださっている」

ヴェローニカはまたもやさっきの夢想にふけりはじめました。ところが、宮中顧問官夫人の未来の家庭生活に登場する好ましい人物たちのなかに、いつでもひとり、敵意をもった者がぬっと顔を出して、嘲《あざけ》るような笑い声をたてて言うような気がします。

「ばかばかしい、くだらん話だよ、おまけにみんな嘘っぱちさ。アンゼルムスは宮中顧問官にも、おまえの亭主にもなるもんか。おまえはなるほど青い目と、ほっそりしたからだつきと、きれいな手をしちゃいるが、それでもあいつはおまえを愛しちゃいないよ」

するとヴェローニカは、からだの芯に氷水を浴びせられたようで、たったいまレースのボンネットやしゃれたイヤリングをつけた自分にうっとりしていた夢見心地は、深い恐怖感にけしとばされてしまいました。――涙が目からあふれそうになり、思わず声に出して言いました。

「ああ、ほんとうだわ、あの方はわたしを愛してはいらっしゃらない、わたしは宮中顧問官夫人にはなれっこないんだわ！」

「なんたるたわごと！　たわごと！」

副学長パウルマンはこう叫ぶなり、帽子とステッキをとって腹立たしげな足どりで出てゆきました。

「おまけに、お父さままで」

ヴェローニカは溜息をつき、そばで無関心に刺繍をつづけている十二歳の妹にまで、むしょうに腹が立ってきます。

そのうちにはや三時近くになりました。もう部屋を片付けて、コーヒーの支度をしなくてはいけない時間。オースター家の令嬢《マドモワゼル》たちが、仲よしのヴェローニカを訪ねてくることになっているのです。ところが、ヴェローニカが小簞笥《こだんす》を動かせばそのかげから、ピアノから楽譜を片付けようとすればその裏から、戸棚からカップを取り出してもコーヒーポットを取り出してもそのうしろから、あのいやなやつが、こびとの魔物のように飛びだしてきて、ケッケッと嘲笑《あざわら》いながら、蜘蛛《くも》みたいな小さな指をはじいて叫びたてます。

「あいつはおまえの亭主にゃならないぞ、おまえの亭主になるもんか！」

なにもかも放り出して部屋のまんなかに逃げると、こんどは長い鼻の巨人のような姿で暖炉のうしろにあらわれて、うなり声をあげる。

「あいつはおまえの亭主になるもんか！」

「あんたにはなにも聞こえないの、なにも見えないの？」

ヴェローニカは妹に叫びました。おそろしさにからだがふるえて、もうなにに手を触れることもできません。妹のフランツィスカは、真面目くさった顔でおもむろに刺繡台から立ちあがって言いました。

「いったい今日はどうしたの、お姉さま？　なにもかもめちゃくちゃに放り出して、すごいさわぎだわ。あたしがお手伝いしなくちゃだめなようね」

でもそのときにはもう、陽気な娘たちが笑い声をふりまきながら入ってきました。そのとたんにヴェローニカも、魔物と見えたのは暖炉の棚飾り、意地のわるい言葉に聞こえたのは、よく閉まっていない暖炉の扉のがたがた鳴る音だったと、気がつきました。それでも内心の恐怖がつよすぎて、すぐには立ちなおれず、蒼ざめた顔色や取り乱した表情にあらわれた彼女のいつにない緊張ぶりは、友だちの目にとまらずにはいません。彼女たちは口から出かかっていた楽しい話をあわてて引っこめて、いったいどうしたのかとしきりに訊くので、ヴェローニカも白状せざるをえなくなって、さっき、とくべつ大事な考えごとをしていたとき、突然、昼の日なかだというのに、およそいつもの彼女らしくもなく、異常なほど化けもの恐怖におそわれたことを話しました。部屋のすみずみから灰色のこびとが彼女をからかったり嘲笑したりしたさまを、とてもなまなましく語って聞かせると、オースター家の令嬢たちもおずおずとあたりを見まわし、うす気味わるさに背筋がさむくなってきたようす。と、そこへ、フランツィスカが湯気のたつコーヒーをもってはいってきました。三人はきゅうに自分たちのばかさかげんに気がついて、どっと笑いだしました。

アンゲーリケ、これがオースター家の長女の名前ですが、彼女はさる将校と婚約していました。ところが彼は出征したまま長らく消息を絶っていて、戦死したか、すくなくとも重傷を負ったことは、ほとんど疑う余地がなくなっていました。そのせいでアンゲーリケは悲嘆の底に突きおとされていたのですが、きょうの彼女は羽目をはずさんばかりに陽気なので、ヴェローニカはすくなからず怪訝《けげん》に思って、率直に訊いてみました。

「ねえ、ヴェローニカ」と、アンゲーリケは答えました。「あなたは信じないっていうの、わたしがヴィクトールのことをいつもこの胸に抱いて、心でも頭でも想いつづけているのを。だからこそ、わたしはいまこんなに気持が明るいのよ！——ああ——とっても幸せで、心の底からうれしいのよ！だってわたしのヴィクトールは元気なんですもの、しかももうすぐ会えるのよ、勇敢このうえない働きでたくさんの勲章をもらって、騎兵大尉になったあのひとに。右腕にかなりの傷を負ったけれど、危険な重傷ではないの、敵の騎兵に剣で刺されたのよ、それで手紙が書けないし、それにあのひとは連隊をぜったいに離れたがらないでしょ、駐屯地がたえず移動するから、なおさらわたしに便りが出せなかった。でも今晩、まず完全に傷をなおしてこいという厳命を受けるのよ。あしたには、ここへ帰ってくるために出発するわ。そして馬車に乗り込もうというそのときに、騎兵大尉に任命されたことを知らされるのよ」

「でも、アンゲーリケ」と、ヴェローニカが口をはさみます。「そんなことが、あなたにはいまからすっかりわかっているの?」

「笑わないでね」と、アンゲーリケ。「笑ったりするとその罰に、また例の灰色のこびとが鏡のうしろからぬっと顔を出すかもしれないわよ。——それはともかくとして、わたしはね、ある種の神秘的なものを信じないわけにはいかない。そういうものが、目に見え手で触れると言いたいほどはっきりと、わたしの人生にたびたび入りこんでくるんですもの。とりわけ、わたしにはほかの人の言うほどふしぎでも、信じられないことでもないのだけれど、ある種の透視能力をもつ人、それをまやかしではない手段で活用できる人は、ちゃんといるのよ。この土地にも、そういう能力にとくべつ恵まれているおばあさんがいてね、ほかの連中のように、トランプだの、溶かした鉛だの、コーヒー滓《かす》なんかで占うのとはちがって、依頼者も加わって一定の準備をすると、ぴかぴかに磨いた金属の鏡にいろいろな姿や形がごちゃごちゃと浮かび出てくる。それをこのおばあさんが占って答えを見つけてくれるの。わたしはゆうべその人のところへ行って、ヴィクトールの消息を知ったのよ、それが真実だということを、露ほども疑わないわ」

アンゲーリケの話は、ヴェローニカの心に火花を投げこみ、すぐさまそれは、自分もそのおばあさんにアンゼルムスのこと、自分の将来の望みのことを占ってもらおう、という考えを燃えあがらせました。アンゲーリケに訊くと、おばあさんの名はラウエリン、住まいは湖水門《ゼートア》まえのさびれた通りにあって、会えるのは火、水、金曜日の晩七時以後だけ、でも夜明けまでひと晩じゅういつでもいいし、ひとりで行けばよろこんで会ってくれるとのことです。

この日はちょうど水曜日。ヴェローニカは、オースター家の令嬢たちを家まで送るという口実でおばあさんを訪ねようと決心して、それをじっさいにやってのけました。新市街《ノイシュタット》に住むこの友人たちとエルベ橋のたもとで別れるとすぐ、羽の生えたような足どりで湖水門にいそぎ、やがて、さっき教わった狭いさびれた通りに入ると、そのはずれに、ラウエリン夫人が住んでいるはずの小さな赤い家が見えました。戸口のまえに立つと、なにやら不気味な感じがして、胸のおののきが抑えられません。内心の抵抗はあったものの、ようやく勇気をふるいおこして呼鈴の紐を引くと、ドアが開きました。まっ暗な廊下を手さぐりですすむと、アンゲーリケに教わったとおり二階に通じる階段があります。

「こちらにラウエリン夫人はお住まいではないでしょうか？」

だれも出て来ないので、荒れはてた廊下の奥に声をかけると、返事のかわりに長々とはっきりニャーオと鳴く声がして、黒い大きな牡猫があらわれ、背を高くまるめて尻尾をくるくるまわしながら、もったいぶった足どりで彼女のまえを行き、部屋のドアのところでニャーオとまたひと声。ドアが開きました。

「おや、まあ、お嬢ちゃん、もう来たのかい？　さ、おはいり——おはいり！」

こう叫びながら出てきた人の姿を見て、ヴェローニカは足がすくみました。ひょろりと高い、やせこけたからだを、黒いぼろで包んだ女！　ものを言うと、まえに突きでた尖った顎《あご》がかくがくと動き、骨ばった鷲鼻《わしばな》のかげになっている歯のない口がひんまがって、にたりと笑っているように見え、らんらんと光る猫のような目が、大きな眼鏡をとおして火花を放つ。頭に巻いた派手な布からは、ごわごわの黒い髪がはみ出していいます。でも、このいやらしい顔をいやがうえにもおそろしい形相にしているのは、左頬から鼻にかけての二筋の大きな火傷《やけど》の痕《あと》でした。

ヴェローニカは息が止まりました。悲鳴をあげれば、つぶれそうな胸にも空気がかようでしょうに、老婆の骨ばった手につかまれて部屋に引っぱりこまれたときには、声は深い溜息にしかなりませんでした。部屋ではありとあらゆるものがうごめき、ざわめき、頭がくらくらするほどの鳴き声が、キーキー、ニャーニャー、ガーガー、ピーピーと入り乱れて飛んでいます。老婆は拳《こぶし》でテーブルを叩いてわめきました。

「しずかにおし、おまえたち！」

すると尾長猿たちはあわれな声をあげて高い天蓋《てんがい》つきベッドによじのぼり、モルモットたちは暖炉の下にもぐりこみ、烏は丸い鏡のうえに飛びのり、ただ黒猫だけが、小言はおれには関係ないとばかりに、部屋に入ってすぐ跳びのっていた大きな安楽椅子の上で悠然とかまえています。

あたりがしずかになると、ヴェローニカにもすこし元気が出てきました。ドアの外にいたときほど気味わるくもないし、老婆でさえ、さっきほどいやらしくは見えません。いまやっと、ヴェローニカは部屋の中を見まわしました！　――天井からはありとあらゆる醜悪な剝製動物がぶらさがり、床には見たこともない奇妙な器具が雑然とならび、暖炉には貧弱な青い火が、ときどき黄色い火花を散らして燃えています。ところがそのうちに、頭の上でざわざわと羽音がしたかと思うと、気持わるい蝙蝠《こうもり》たちが、口をゆがめて笑う人間そっくりの顔で、右へ左へと飛びかいはじめました。ときおり炎が燃えあがって煤《すす》けた壁をなめると、そのたびに耳をつんざく鳴き声があがって、ヴェローニカを不安と恐怖につきおとしました。

「ごめんなさいよ、お嬢ちゃん」

老婆はにたにたしながら言うと、大きな刷毛《はけ》をつかんで銅の鍋にひたし、暖炉の火に水をふりかけました。火は消え、部屋の中は濃い煙でいっぱいになったらしく、一寸さきも見えない闇に。ところが、隣の小部屋に行った老婆がまもなく灯りをもって入ってきたときには、もう動物も器具のたぐいも消え失せていて、そこはごくありきたりの貧乏くさい部屋にすぎません。

老婆が近寄ってきて、鼻声で言いました。

「あんたがなにを頼みにきたか、ちゃんとわかってるよ、お嬢ちゃん。アンゼルムスが宮中顧問官になったらあんたと結婚するかどうか、それが知りたいんだろう、え、どうだい？」

ヴェローニカはおどろきのあまり身がすくみましたが、老婆はかまわずさきをつづけます。

「あんたはさっきパパの家で、なにもかもあたしにしゃべっちまったのさ。あんたのまえにあったコーヒーポット、あれがあたしだったんだよ、わからなかったのかい？　いいかね、お嬢ちゃん、よくお聞き！　アンゼルムスなんか見限るがいいよ、あれはいやなやつだ、あたしの息子たちの顔をふんづけやがってさ、あたしのかわいい息子たち、人に買われてもまた買物袋から転がり出て、あたしの籠《かご》にもどってくる赤いほっぺたのりんごたちをね。あいつはあのじじいとぐるになって、おとといなんざ、あたしの顔にいまいましい石黄[10]をひっかけやがった、もうすこしで目をつぶされるとこだったよ。ほら、まだ火傷の痕があるだろう、お嬢ちゃん！　あんな男は放っておき、よしたほうがいいよ！——あいつはあんたを愛しちゃいない、金緑色の蛇を愛しているからね。宮中顧問官になんてなれっこない、火の精《サラマンダー》のところに雇われちまってるからね、そしてみどりの蛇と結婚したがっているんだよ。やめておき、あ

10　石黄は硫化砒素を主成分とする有毒な黄色い鉱物。文書管理官がアンゼルムスに与えた液体を指している。

んな男はよしたほうがいい！」

ヴェローニカはもともと根性《こんじょう》のすわった子でしたから、娘らしい恐怖心にすぐにうちかつと、一歩しりぞいて、真剣な、断乎《だんこ》とした口調で言いました。

「おばあさん！　わたしはあなたが未来を予見する能力をおもちだと聞いて、すこし軽率すぎたかもしれませんけど、わたしが愛し尊敬もしているアンゼルムスが、いつかわたしのものになるかどうか、教えていただきにきたのです。それなのに、わたしの願いをかなえてくださるどころか、ばかばかしいおしゃべりでからかうなんて、ひどいですわ。わたしはただ、あなたがほかの人にしてあげるのと同じことを、してほしかっただけですもの。あなたはわたしの心の奥までご存じのようですから、いまのわたしを苦しめたり不安にさせたりしている問題を解くことぐらい、わけもないことでしょうに。でも、アンゼルムスをこんなにひどく中傷されては、もうこれ以上あなたのお話を聞きたくありません。では失礼します！」

ヴェローニカがいそいで立ち去ろうとすると、老婆はきゅうに涙ながらにひざまずいて、娘の服をつかんであわれっぽく叫びました。

「ヴェローニカちゃん、リーゼばあやをおぼえていないのかい、あんなにしょっちゅう抱いたり世話したりして、かわいがってあげたのに」

ヴェローニカはわれとわが目を疑いました。老齢と、とりわけ火傷のせいで、顔は変わりはてているものの、たしかに目のまえにいるのは、何年もまえに副学長パウルマンの家から姿を消した年老いた乳母なのです。ようすも、さっきとはすっかりちがって、頭には見苦しい派手な布ではなく、まともな頭巾をかぶっているし、着ているものも黒いぼろではなく、昔よく身につけていた大きな花柄の上着です。

老婆は床から立ちあがると、ヴェローニカを腕にかき抱いて話しつづけました。

「さっきの話は、あんたにはまったくばかげているように聞こえるかもしれないねえ、だけど残念ながらほんとうなんだよ。アンゼルムスはあたしにひどい仕打ちをした、まあ、わざとじゃなかろうけどね。あいつは文書管理官リントホルストの手に落ちてしまったんだ。そしてリントホルストは自分の娘をあいつと結婚させたがってる。あの文書管理官は、あたしのいちばんの敵《かたき》なんだよ。あいつについちゃ、言えることはたんとあるさ、でもあんたにはわかるまいし、こわい思いをさせるのもなんだからねえ。あいつは魔術の使える賢者気取りでいる。だけどあたしだって魔法を知る賢い女だよ——だからこんなふうに敵どうしになっちまったのさ！　——とにかく、あんたがアンゼルムスに首ったけなのはよくわかったよ。できるかぎり力になってあげるからね、あんたがほんとうに幸せになれるように、そして望みどおりちゃんと新婚の床にはいれるようにね」

「でも、教えてよ、リーゼ！　いったいどうして――」

「だまって、お嬢ちゃん――しずかに！」と、老婆はヴェローニカをさえぎりました。「あんたの言いたいことは、わかってるよ、あたしがいまみたいになったのは、こうなるほかなかったからなのさ、しかたなかったんだよ。さてと！　――あのアンゼルムスを、みどりの蛇へのばかばかしい恋わずらいから醒まして、すてきな宮中顧問官にしてあんたの腕に抱かせてあげる方法なら、ちゃんとあるよ。だけどそれには、あんたも手を貸してくれないとね」

「教えてちょうだい、リーゼ！　どんなことでもするわ。わたし、アンゼルムスをとても愛してるんですもの！」と、ヴェローニカはほとんど聞きとれないような声でささやきました。

「あたしゃ、あんたのことをよく知ってる」と、老婆はつづけます。「元気のいい子だったねえ、ワンワンが来るよっておどかして寝かしつけようとすると、ワンワンが見たいって、ぱっちり目を開けちまったもんだよ。灯りももたずに、いちばん奥の部屋へ行ったり、パパがかつらをととのえるときの化粧着をかぶって、近所の子をおどかしたりしたっけね。さてと！——あたしの術で文書管理官リントホルストとみどりの蛇をやっつけたいと、あんたが本気で思うのなら、宮中顧問官になったアンゼルムスと結婚したいと、本気で思うのなら、こんどの秋分の日の夜十一時、パパの家をこっそりぬけだして、あたしのとこにおいで。そしたらいっしょに、ここから遠くない野原を通っている道の十字路に行こう、必要な準備をするからね。いろいろ妙なものを見ることになるだろうけど、心配しないでいいんだよ。じゃあ、お嬢ちゃん、さようなら、パパがスープをまえにして待っていなさるよ」

ヴェローニカはいそいでそこを出ました、秋分の日の夜にはかならず来ようと固く心に決めて。

「リーゼの言うとおりだわ」と、彼女は思いました。「アンゼルムスはあやしげな連中の罠《わな》に落ちてるのよ。でもわたしが救い出してあげる、そしていついつまでもわたしの夫と呼ぶわ、あのひとは永久にわたしのものよ、宮中顧問官アンゼルムスは」

第六の夜話

文書管理官リントホルストの庭と数羽の物まね鳥――黄金の壺――イギリス流書体――惨憺《さんたん》たる金釘流――霊界の王

「だがな」と、大学生アンゼルムスはひとりでつぶやきました。「おれを文書管理官リントホルストの玄関でおどかしたあのとっぴょうしもない幻覚は、コンラーディさんの店でちょっと調子よく飲みすぎた強い極上健胃リキュールのせいかもしれないな。だから今日は一滴もやらないでおこう、こんどはどんな災難に見舞われたって、へこたれるもんか」

はじめて文書管理官を訪ねたときと同じように、こんどもペン画と書の自信作と、墨と、よく尖らせた烏の羽ペンをポケットに入れて、ドアを出ようとしたとき、リントホルストにもらった黄色い液体入りのびんが目にとまりました。そのとたんに、これまで体験した奇妙な出来事のすべてが、鮮烈な色合いもそのままに脳裡によみがえってきて、恍惚と苦痛のいりまじった名づけようのない感情が胸を引き裂きました。思わず、なんともせつない叫び声が出ます。

「ああ、ぼくが文書管理官のところに出かけてゆくのは、ただただおまえに会いたいからなんだ、やさしい、いとしいゼルペンティーナ!」

その瞬間、彼にはこう思えてきたのです。ゼルペンティーナの愛を得るためには、代償として骨の折れる危険な仕事を引き受けなくてはいけないのかもしれない、そしてその仕事というのが、まさにリントホルストの原稿の筆写にほかならないのだ、と。

今日もこのまえのように、屋敷にはいるとき、いやむしろはいるまえから、さまざまな奇怪な目に遭うだろうことは、覚悟のうえです。だからコンラーディの健胃リキュールのことなどもう考えず、もしまたあのりんご売りの老婆がブロンズに化けて、にたりと笑いかけてきたりしたら、リントホルストの指図どおりにこの液体をひっかけてやろうと、びんをチョッキのポケットにいそいでしのばせました。

十二時の鐘を合図にドアのノッカーに手をかけようとすると、はたして、また例の尖った鼻が突き出してきて、猫のような目がらんらんと光るではありませんか。――

ためらいもせずに、びんの液体をいまいましい顔にひっかけると、たちどころにそれはつるんと滑らかになって、ただの丸いぴかぴかのノッカーにもどりました。

ドアが開き、いともすずしげな鐘の音が家じゅうにひびきます――チリン、カラン――若者よ――さあ、はやく――はやく――おはいり――チリン、カラン。ほっとして美しい広い階段をのぼってゆくと、家じゅうにただよう珍しい薫香につつまれます。たくさんある美しいドアのどれを叩けばいいのかわからずにホールにたたずんでいると、文書管理官リントホルストがゆったりしたダマスク織りの部屋着姿であらわれて、声をかけてきました。

「やあ、アンゼルムス君、ありがたい、やっと約束どおり来てくれましたな。わたしのあとについておいでなさい、さっそく実験室にご案内せねばなりませんからな」

彼はさきに立って長い廊下を足ばやにすすみ、隅の小さなドアを開けて回廊に出ました。アンゼルムスが安心してついてゆくと、回廊を抜けたさきは大広間、というよりむしろ、豪華な温室。両側にはびっしり天井まで、ありとあらゆる珍しいみごとな草花や、奇妙な形の葉や花をつけた大きな木が並んでいます。あたり一面に、どこからくるのか、摩訶不思議《まかふしぎ》なまばゆい光がひろがっているのに、どこにも窓は見あたりません。茂みや木々のあいだからのぞくと、いくつもの長い通路がはるかかなたまで延びているようです。――こんもり茂った糸杉の暗い木陰に、大理石の水盤がほの白くうかび、水盤に立つ風変わりな彫像たちの噴きあげる水晶のような噴水が、きらめく百合のうてなに降りそそぎ、奇妙な声々がすばらしい草木の森にざわめき、妙《たえ》なる香りがさまざまにただよっています。文書管理官の姿はなく、アンゼルムスには、炎のような紅百合のとほうもなく大きな群しか見えません。この妖精の花園の眺めとその甘い香りに身も心もうばわれて、アンゼルムスは魔法にかかったように立ちつくしました。すると、あちこちにしのび笑いがおこって、かわいい声が彼をからかいはじめました。

「学生さん、学生さん！　どこから来たの？　どうしてそんなにおめかししてる、アンゼルムスさん？　――ぼくらとおしゃべりしない？　おばあさんがお尻で卵をつぶしちゃった話は？　地主の旦那が晴着のチョッキにしみをつけた話は？　とうさん椋鳥《むくどり》に習った新しいアリアは、もう覚えられたかい、アンゼルムスさん？　――あんたの格好ったらほんとに変だよ、ガラスのかつらに、便箋でつくった乗馬靴なんて！」

こんなふうに、くすくす笑いながらふざけた言葉を四方八方から投げてきます――

それもアンゼルムスのすぐそばで。よく見ると、なんと極彩色の鳥たちが彼のまわりを飛びかって、笑いさんざめきながら彼をからかっているのです。——その瞬間、群なす紅百合がこっちに近づいてきました。見れば文書管理官リントホルストではありませんか。光沢のある赤と黄の花模様の部屋着に、アンゼルムスの目があざむかれただけなのです。

「失礼しましたな、アンゼルムス君」と、文書管理官は言いました。「あんたをひとりにしてしまって。わたしのすばらしいサボテンが今夜にも咲きそうなので、ちょっと見てきましたもので。——ところで、わたしのささやかな庭園はお気に召しましたかな?」

「なんとも、じつにみごとです、文書管理官さん。でもあの派手な鳥たちがぼくをひどくからかうんです!」

「なんたることだ、おしゃべりもほどほどにせい」

リントホルストが茂みにむかって怒声をあげると、一羽の大きな灰色の鸚鵡《おうむ》がばたばたと飛んできて、文書管理官のわきのミルテの枝にとまり、曲がったくちばしにのせた眼鏡ごしに、おそろしく真面目くさったものものしいようすでリントホルストを見ながら、鼻にかかった声で言います。

「悪くおとりになりませんように、文書管理官さま。うちのいたずら坊主どもめが、またしても調子にのっただけのこと、でもこの学生さんにも責任がございます、つまり――」

「うるさい、だまれ！」文書管理官が年寄り鸚鵡のことばをさえぎります。「あの腕白どものことはわかっとる。だがおまえがもっとよく監督しなくてはならんはずだ！――ではアンゼルムス君、行くとしよう！」

さらにいくつも、異国ふうに飾られた部屋を通りすぎて、文書管理官はずんずんすんでゆくので、アンゼルムスはあとについていくのが精一杯、部屋部屋を満たす妙な形のぴかぴかの家具や見なれぬ品々には、ほとんど目を向けるいとまもありません。ついに大きな部屋にはいると、文書管理官が上を見あげて立ちどまったので、ようやくゆとりのできたアンゼルムスは、この広間の簡素な飾りつけがつくりだすすばらしい眺めを、ゆっくりと味わうことができました。瑠璃《るり》色の壁面からは、背のたかい金褐色の棕櫚《しゅろ》の幹が伸び出て、エメラルドのようにきらめくその巨大な葉が、丸天井をつくっています。部屋の中央では、黒ずんだ青銅の三頭のエジプトふうライオンが斑岩《はんがん》の一枚板を支え、その上には、飾りけのない黄金の壺。それを見るなり、アンゼルムスは目を離せなくなりました。磨きあげられた金地に無数の反射がゆらめいて、まるでさまざまな姿のものがたわむれているかのよう――ときには、憧れに燃えて両手をひろげた彼自身の姿が見えます――ああ、あれは接骨木の木陰《にわとこ》――ゼルペンティーナがするすると枝を滑りながら、やさしい目で彼を見つめる。アンゼルムスは歓びにわれを忘れて、大声で叫びました。

「ゼルペンティーナ――ゼルペンティーナ！」

するとと文書管理官リントホルストがさっとふり返って言いました。

「なにをおっしゃる、アンゼルムス君――わたしの娘を呼びたいらしいが、あれはいま、ここには反対側の自分の部屋にいて、ピアノの稽古のさいちゅうじゃ。さあ、さきへ行こう」

アンゼルムスはほとんど茫然自失のていで、どんどんさきに行く文書管理官のあとについてゆきます。もうなにも見えず、なにも聞こえない。するとふいに文書管理官が彼の手をぐっとつかんで言いました。

「さあ、着きましたぞ！」

アンゼルムスが夢から醒めたようにあたりを見まわすと、そこは四方を本棚にかこまれた天井の高い部屋で、ふつうの書斎や図書室とどこも変わったところがありません。まんなかに大きな仕事机、そのまえに布張りの肘掛け椅子。

「ここが」と、リントホルストが言いました。「さしあたってのあんたの仕事部屋だ。そのうちに、あんたがさっき突然わたしの娘の名を呼んだ、あの青い図書室[11]で仕事をしてもらうかもしれんが、さきのことはまだわからん。――だがいまは、与えられた仕事をほんとうにわたしの希望と要求どおりに果たす能力のあるところを、まず見せてほしいですな」

アンゼルムスはすっかり張り切って、ポケットからペン画と書の作品を引っぱり出しました。内心、いささか自惚《うぬぼ》れもあって、自分の非凡な才能で文書管理官を大いに喜ばせられると信じていたのです。文書管理官は、まことに流麗なイギリス流書体で書いた最初の一枚をちらっと見ただけで、はやくもじつに奇妙な笑いをうかべて頭を振りました。つぎの一枚でも、またそのつぎでも、同じことが繰りかえされます。ア

11 青い図書室というのは、さっきアンゼルムスの見た瑠璃色の大きな部屋のこと。

ンゼルムスはかっと頭に血がのぼって、相手の笑いがついにははっきり嘲笑と侮蔑《ぶべつ》の色を見せるにおよんで、とうとう憤然と口を切りました。

「文書管理官どのは、ぼくのささやかな才能にあまりご満足でないようですね」

「アンゼルムス君、あんたは書の技では、たしかにすぐれた素質をおもちだ。だがいまのところはまだ熟達しているとは言えない、まずは、あんたの努力と熱意を当てにせねばならないようですな。あんたの使っている用具がよくないせいもあるだろうが」

そこでアンゼルムスは、ふだん自分は熟達した腕前をどんなに認められているか、中国の墨や選《え》りすぐりの烏の羽ペンがいかに良質か、とうとうと弁じ立てました。すると文書管理官は手にしたイギリス流書体の一枚を彼に渡して言うのです。

「自分で判断なさるがいい！」

アンゼルムスは愕然《がくぜん》としました。自分の筆蹟がいかにも惨憺《さんたん》たるものに見えます。線には丸みがなく、筆圧の加え方もまちがいだらけ、大文字と小文字の釣合いもとれていない、それになんと、小学生じみた金釘流の文字がまじっていて、ほかの点ではいくらかましな数行をさえ、だいなしにしている始末！

「それに」と、リントホルストはつづけました。「あんたの墨はもちがよくない」

彼が指を水のはいったコップに浸けてから、文字の上を軽くこすると、字は跡かたもなく消えてしまいました。アンゼルムスは、喉もとを怪物に締めあげられでもしたように、ひとことも言葉を出せません。みじめな紙きれを手に、茫然と立ちつくしていると、リントホルストはからからと笑って言いました。

「そう気に病むことはない、アンゼルムス君。いままでできなかったことでも、わたしのところでならきっとうまくいく。それに、あんたがこれまで使っていたのよりいい用具もある。——さあ、くよくよせずに仕事をはじめなさい！」

文書管理官はまず、じつに独特な匂いのする黒い液体と、奇妙な色のよく尖った羽ペンと、とくべつな白さと光沢のある紙を出してから、つぎには、鍵のかかった戸棚からアラビア語の原稿をもってきて、アンゼルムスが仕事にかかろうと席につくと、部屋を出ていきました。アンゼルムスはこれまでにもたびたびアラビア文字の筆写をしたことがあるので、この最初の課題はとくにむずかしそうには思えません。

「なんでまたあんな金釘流の文字が、おれのきれいなイギリス流イタリック書体にまぎれこんだのかなあ、知るは神さまと文書管理官リントホルストのみか。しかし、あれはおれの手が書いたものじゃない、いのちにかけて断言するぞ」
一語、一語、羊皮紙の上にうまく書けた文字が並んでいくにつれて、元気がでてきて、それとともに腕の冴えも増してきました。たしかに羽ペンの書き心地はすばらしく、ふしぎなインクは、まばゆいばかりに白い羊皮紙によくなじんで、くろぐろと水茎《みずくき》の跡を残してゆきます。こうして細心の注意をはらいながら熱心に働いているうちに、ひとりきりでこの部屋にこもっていることにも慣れて、首尾よく完成させようと仕事にすっかり没頭していると、やがて三時の鐘。文書管理官に呼ばれて隣室へ行くと、そこには立派な昼食が用意されていました。食卓ではリントホルストはことのほか上機嫌で、アンゼルムスに友人の副学長パウルマンや事務官ヘールブラントのことをたずねたり、とくに後者について、いろいろおもしろい話を聞かせてくれたり。上等な年代もののライン葡萄酒《ぶどうしゅ》がとても美味しくて、アンゼルムスもふだんより饒舌《じょうぜつ》になっていました。四時の鐘の音とともに、彼は仕事にかかろうと席を立ちましたが、この几帳面さはリントホルストの気に入ったようです。

　食事まえにもアラビア文字の筆写はうまくいっていたのですが、いまではそれをしのぐ好調ぶり、いやそれどころか、異国の文字の曲がりくねった線をどうしてこんなに素速く、やすやすと写しとれるのか、自分でもわからないくらいです。——けれども胸の奥から、ある声がはっきり聞きとれる言葉でささやきかけてくるような気がします。

「ああ！　もしもおまえがいつも彼女を感じ、いつも考えているのでなかったら、もしもおまえが彼女を信じ、その愛を信じているのでなかったなら、はたしてこれを成しとげられようか？」

すると、そっとそっと語りかける水晶の鈴の音が部屋に流れるのです。

「おそばにおります——おそばに——おそばに！　——わたしがお手伝いします——元気を出して——がんばって、アンゼルムス！　あなたがわたしのものになるように、いっしょに力を尽くします！」

陶然としてその音を聴いていると、見慣れぬ文字がしだいに解読できるようになってきます——もう原本をのぞきこむ必要さえほとんどない——そう、まるで羊皮紙の上にはじめからうっすらと文字が浮かんでいて、それを熟練した手で黒くなぞればいいだけのようなのです。愛らしい慰めのひびきのなか、甘いそよ風につつまれるようにして、ひたすら仕事にはげんでいると、やがて六時の鐘が鳴り、文書管理官リントホルストが部屋に入ってきました。彼は奇妙な笑いをうかべて机に近寄り、アンゼルムスがだまって立ちあがると、あいかわらずばかにしたようににやりと彼を見ましたが、できあがった筆写に目を移したとたん、笑いは消え、顔じゅうの筋肉がぐっと引き締まって、いかめしく真剣な表情になりました。

やがて、もはや同じ人とは思えないほどになりました。いつもは火花を発していた目は、いまや言いようのない柔和さをたたえてアンゼルムスをながめやり、ほんのりとした紅が蒼白い頰を染め、いつもはきゅっと結んだ口もとの皮肉の影は消え去って、ふくよかな形の上品な唇が、叡知《えいち》にあふれ心に沁みいる言葉をいまにも語りだしそうです。——姿全体が、いつもよりぐっと丈《たけ》高く、威厳に満ちています。ゆったりした部屋着は、王侯のマントのように広いひだをなして胸と肩を包み、高く秀でた額の上の白い捲毛《まきげ》には、細い金環の頭飾りが見えます。

「若者よ」と、文書管理官はくぐもった厳かな口調で語りはじめました。「若者よ、わたしはおまえが気づくよりまえから、おまえをわが最愛のもの、もっとも聖なるものに結びつける秘密の絆《きずな》のすべてを、見ぬいておったぞ！ ——ゼルペンティーナはおまえを愛している、もしも彼女がおまえのものとなり、不可欠の持参金として彼女の所有している黄金の壺がおまえの手にはいった暁《あかつき》には、敵対する勢力が災いの糸を紡いで邪魔だてしている一つの数奇な運命の定めが、成就されるのじゃ。だがな、闘いからしか、おまえのより高き生での幸福は生まれはせぬ。仇《あだ》なす原理はおまえに襲いかかってくるが、内なる力をもって攻撃に立ち向かってのみ、恥辱と破滅から救われる。おまえはここで仕事をすることによって、修業時代を耐えぬくのじゃ。いったん始めたことをあくまで貫きとおすなら、信と認識がおまえをまっすぐに目的にみちびいてくれよう。彼女を、おまえを愛している彼女を、忠実に心に抱きつづけるなら、黄金の壺のすばらしい奇蹟を目《ま》のあたりにし、そしてとこしえに幸せになるであろう。――では、さらばじゃ！　文書管理官リントホルストが、あす十二時におまえの仕事部屋で待っておるぞ！――さらばじゃ！」

文書管理官はアンゼルムスをやんわり部屋から押し出すと、ドアを閉めました。アンゼルムスの出たところは、さっき食事をとった部屋で、その一つしかないドアは玄関への廊下に通じていました。ふしぎな出来事にすっかり茫然として、玄関の外に立ちつくしていると、頭の上で窓が開きました。見上げると、そこには文書管理官リントホルスト、いつも見るとおりの、薄灰色《うすはいいろ》の上着の老人です。――彼が声をかけてきました。

「おや、アンゼルムス君、なにをそんなに考え込んでおいでじゃ、アラビア文字がまだ頭から抜けんのかな？　副学長パウルマン先生のところにお寄りの節は、よろしくお伝えくだされ。あすもまた十二時きっかりにおいで願いますぞ。今日の分のお礼は、あんたのチョッキの右ポケットに入れておきましたからな！」

たしかに言われたとおり、ポケットにはぴかぴかのターラー銀貨が見つかりましたが、うれしいという気分にはちっともなれません。

「いったいこのさき、どういうことになるのやら」と、彼はひとりごちました。「だがな、どんな妄想や幻影にとりつかれようと、おれの心には、あのいとしいゼルペンティーナが生きている。彼女から離れるくらいなら、いっそ、完全な破滅のほうがまだましだ。なぜって、おれは知っているからだ、おれの内なる想念は永遠に生きつづける、どんな仇なす原理もそれを抹殺なんぞできはしない、と。この想念こそ、ゼルペンティーナの愛でなくて、なんだろうか」

第七の夜話

副学長パウルマンがパイプの灰を捨ててから寝に行ったこと――レンブラントと地獄のブリューゲル――魔法の鏡と、原因不明の病気にたいするエックシュタイン博士の処方箋

やっと、副学長パウルマンはパイプを叩いて灰を落としながら言いました。

「さて、もうそろそろ寝る時間だね」

「そうですとも」

父親がいつまでも起きているのにやきもきしていたヴェローニカは答えました。もうとっくに十時を過ぎています。副学長が自分の書斎兼寝室に行ってしまうと、見せかけに一応ベッドに入ったヴェローニカは、妹のフランツィスカの深い寝息でたしかに熟睡しているのがわかるやいなや、またそっと起き出して服を着こみ、マントを

ひっかけて、家の外にしのび出ました。

リーゼばあやと別れたあのとき以来、ヴェローニカの目にはたえずアンゼルムスの姿が浮かび、だれのとも知れぬ声が心のうちでしきりとささやいて、アンゼルムスがおまえの意のままにならないのは、おまえに敵するある人物が彼を呪縛しているせいなのだ、それを解くには魔術の不可思議な力を借りるがよい、と繰りかえし語るのでした。リーゼばあやへの信頼は日ごとにふくらみ、不気味でおぞましい印象さえもだんだんと薄れてきて、自分と老婆との関係の奇妙さ、ふしぎさも、通常ならぬ小説《ロマン》めいた世界の微光を帯びてくるばかり、それだけによけい心が惹《ひ》かれます。だからたとえ内緒の外出がばれて無数の不快な目に遭う危険があっても、秋分の日の冒険はどうしてもやりとげようと、固く心に決めていました。

ついに、リーゼばあやが手助けと慰めを約束してくれた、その秋分の日の運命の夜が来たのです。もうとっくから、夜の闇を行くことについてはよく考えてあったので、覚悟も決まって勇気凜々《りんりん》、折からの嵐もものともせず、ひとけのない通りを飛ぶように走りました。風がうなり、大粒の雨が顔を叩きます。——十字教会の塔の時計がにぶい鐘の音をとどろかせて十一時を打ったときには、ずぶ濡れになって老婆の家のまえに立っていました。

「おや、お嬢ちゃん、もう着いたかね！——ちょっと待っておくれよ！」

と頭の上で声がして、待つ間もなく老婆が、籠をかつぎ牡猫をしたがえて、戸口の外に出てきました。

「さ、それじゃ出かけて仕事にかかるか。かなりの大仕事だけど、こういう好都合な夜にはうまくいくよ」

老婆はこう言いながら、震えているヴェローニカを冷たい手でつかむと、重たい籠を背負わせ、自分は鍋と五徳とシャベルをかかえました。

ふたりが野原に出たときには、雨はもう降りやんでいたものの、風は激しくなっていました。幾千ものうなり声をあげて吹きすさび、黒雲のあいだからは胸を引き裂くおそろしい悲鳴がひびくかのよう、雲は疾走しながらみるみる塊りになって、すべてを濃い闇に包みこみます。それでも老婆はずんずん進みながら、けたたましく叫びました。

「照らせ——照らすんだ、あたしの坊や！」

すると、目のまえを青い稲妻が縦横に走り、見れば、例の牡猫がパチパチと火花を散らして跳びまわりながら、ふたりのまえを照らしています。不安に怯えたおそろしい猫の悲鳴が、嵐の一瞬の沈黙のあいだに聞こえます。――ヴェローニカは、けだものの冷たい爪に胸をつかまれたかのように息も絶える心地でしたが、気力をふりしぼって、老婆にますますしがみつきながら言いました。

「やりとげなくては、どんなことが起きようと！」

「そうともさ、お嬢ちゃん！」と、老婆。「がんばるんだよ、そしたらいいものをあげるからね、それにあのアンゼルムスもね！」

やっと老婆が立ちどまりました。

「さあ、着いたよ！」

老婆は地面に穴を掘り、炭を入れ、五徳をすえて鍋をのせました。このすべてを、なにやら奇怪な身振りをしながらやって、そのあいだ、牡猫がまわりをぐるぐると回るのです。尻尾から出る火花で、火の環ができました。やがて炭が熾《おこ》りはじめ、五徳の下からようやく青い炎があがりだします。老婆はヴェローニカに、マントとヴェールを脱いでそばにしゃがむように言うと、その手を取ってきつく握りしめながら、ぎらぎらするまなこで彼女を見すえました。いまや、異様なごった煮がぐらぐらたぎりはじめました——花——金属——薬草——動物、なにがなにやら区別はつかないけれど、老婆が籠から出して鍋に放り込んだしろものです。彼女はヴェローニカの手を離し、鉄の大匙《おおさじ》をつかむと、煮えたつ鍋に突っこんでかきまわし、一方、ヴェローニカは命ぜられたとおりに、鍋のなかに目を凝らして、アンゼルムスに想いを集中します。すると老婆はまた新たに、ぴかぴか光る金属を鍋に入れ、ヴェローニカのつむじから切り取ったひとつまみの捲毛と、長らくはめていた小さな指輪とを、いっしょに投げこみながら、闇をつんざくおそろしい声で、わけのわからぬ呪文を唱える。牡猫はあいもかわらず走りまわっては、あえぎあえぎ鳴きたてます。

ところで、好意ある読者よ、もしもあなたがこの九月二三日に、ドレスデンに向かう旅の途上にあったとしたら、と考えてみたいのですが、いかがでしょう。最後の宿場で、すっかり日も暮れたからと、しきりと引きとめられたけれども、あなたはきかない。親切な宿の主人が、雨も風もひどいことだし、秋分の日のこんな闇夜にわざわざ出て行くなんて気味がわるいじゃないか、と言うのには耳もかさず、たしかにもっともなことですが、あなたはこう考える。

「馭者にまるまる一ターラーもチップをはずめば、遅くとも一時にはドレスデンに着く、そうすりゃ黄金天使館《ゴルトナー・エンゲル》なり、兜亭《ヘルム》なり、シュタット・ナウムブルク館なりで、上等な夜食と柔らかいベッドがおれを待ってるじゃないか」

そういうわけで闇夜をついて馬車で行くと、突然、はるか前方に妖しくちらつく火が見える。近づいてみると、炎の環が燃えていて、そのまんなかで大鍋がもうもうと蒸気をふきあげ、赤い閃光や火花を散らし、そのそばには人影が二つ、うずくまっている。馬車はそこを通らずにはさきに進めないのだが、馬たちはあえぎ、足ぶみし、棒立ちになる――馭者は呪ったり祈ったり――鞭《むち》をふるったり――でも馬は一歩も動こうとしない。――あなたは思わず馬車をとびおりて、五、六歩まえに走り出る。すると鍋のそばに、ほっそりした愛らしい少女が白い薄地の寝間着姿でひざまずいているのが、はっきり見える。編んだ髪は嵐に吹かれてばらばらにほどけ、長い栗色の毛が風になびいている。五徳の下の炎のまばゆい光をまともに受けたその顔は、天使のように美しいが、心も凍る恐怖にこわばり、死人さながらに蒼ざめて、じっとすわった目つきにも、つりあがった眉にも、名状しがたい責め苦に締めつけられた胸から不安の叫びを解き放とうにも声は出ず、空しく開かれたままの口もとにも、彼女の怯えが、戦慄が見てとれる。小さな両の手をよじれんばかりに組み合わせて高く差しのべているさまは、強力な魔法でいまにも呼び出されてくる地獄の怪物からお守りくださいと、守護天使の名を呼び、祈っているかのよう！　――こうして彼女はひざまずいたまま、大理石像のように身じろぎもしない。その向かい側には、尖った鷲鼻と光る猫の目をしたひょろ長い、銅のように黄ばんだ女が地面にしゃがみ、身にまとった黒いマントから骨ばった腕をあらわに突き出して、地獄のごった煮をかきまわしながら、吹きすさぶ嵐をついてしわがれ声で哄笑し、叫びたてる。

私の思うに、好意ある読者よ、たとえあなたがふだんは怖いものなしの人間だとしても、いま目のまえに、レンブラントか地獄のブリューゲル[12]の絵が現実となって出現したのを見ては、おそろしさに髪が逆立つことでしょう。それでもあなたは、悪魔の所業のとりことなっている少女から目を離すことができず、電気のような衝撃があなたの全身を打ちふるわせ、それが稲妻の速さであなたの内なる勇気に点火して、この

12 ピーテル・ブリューゲル（一五六四？～一六三八）。フランドル派の画家。父の「農民のブリューゲル」、弟の「花のブリューゲル」と区別して、煉獄の絵を描いたことから「地獄のブリューゲル」と呼ばれる。

火の環の魔力を打ち負かそうという勇ましい考えが燃えあがる。すると恐怖は消える。いえ、この考えそのものが、この恐怖と戦慄の産物として芽生えるのです。すると、われこそこの怯えた少女の呼び求める守護天使のひとり、という気になって、すぐさま懐のピストルを抜いて老婆を撃ち殺さねば！　と考える。ところが頭にはその活劇場面がまざまざと浮かんでいるのに、つい叫んでしまう。「おおい！」とか、「どうした？」とか、「そこでなにをしている！」とか。――すると馭者はけたたましく角笛を鳴らし、老婆は身をまるめて大鍋にとび込み、すべては一瞬にしてもうもうたる煙の中にかき消える。――そこであなたが、深い思慕に駆られて闇の中で探した少女を、めでたく見つけ出したかどうか、そこまではなんとも申しかねますがね。でもあなたは、たしかにあの老婆の妖怪を滅ぼして、ヴェローニカが軽はずみにも入っていった魔法の環の呪いを解いたということにはなります。

でも現実には、好意ある読者よ、あなたも、またほかのだれも、九月二三日、魔女の仕事にはおあつらえむきの嵐の夜に、ここを通りかかりはしませんでしたから、ヴェローニカは魔法が完成に近づくまで、鍋のかたわらで死ぬほどの不安にじっと耐えるしかなかったのです。――風の咆哮《ほうこう》も、入り乱れてわめきたてるおぞましい声々も、よく聞こえてはいましたが、自分をとりかこむぞっとするような光景を目にしたら最後、癒やしがたい破滅的な狂気におちいりそうな気がして、目を開けませんでした。老婆はもう鍋の中をかきまわすのをやめていて、煙はだんだんと薄れ、ついには鍋の底にひとすじ、アルコールの炎のようなものがちろちろ燃えるだけになりました。そこで老婆が声をかけました。

「ヴェローニカ！　さあ、あたしのかわいい子！　底をのぞいてごらん！　——なにが見えるかい——なにが見える？」

けれどヴェローニカは答えられません。鍋の中にはありとあらゆるものの形が、もつれあい重なりあって回っているのが見えるばかりです。でもすこしずつ、それらははっきりした輪郭をとりはじめ、やがて不意に鍋の底から、やさしく彼女を見つめて手を差しのべている大学生アンゼルムスの姿が浮かびあがってきました。彼女は叫びました。

「ああ、アンゼルムス！　アンゼルムス！」

すばやく老婆は鍋に付いている栓を開けて、灼熱した金属が音をたててほとばしりでるのを、小さな鋳型に受けました。それがすむとぱっと立ち上がりざま、あらあらしい奇怪な身振り手振りで跳ねまわりながら、金切り声をあげます。

「うまくいったぞ――ありがとうよ、坊や！　――よく番をしてくれたねえ――や、やっ、あいつが来おったぞ！　――かみ殺してやれ――かみ殺せ！」

にわかに空が激しくざわめいて、一羽の巨大な鷲が翼を打ちならして舞い降りてくる気配がしたかと思うと、おそろしい声がとどろきました。

「おい、おい！　――卑しい者ども！　――もうおしまいだぞ――終わったぞ！　――とっとと家にもどれ！」

老婆は悲鳴をあげて突っぷしましたが、ヴェローニカは気を失ってしまいました。

ヴェローニカがふたたび意識をとりもどしたときは、もうまっ昼間になっていました。自分のベッドで寝ていて、そばにはフランツィスカが湯気の立つお茶を手にして立っています。

「いったいどうなさったの、お姉さま？　わたしはもう一時間も、それ以上も、ここにいるんだけど、お姉さまったら、まるで高い熱で意識がなくなったみたいで、うめいたり、あえいだり。とっても心配したのよ。お父さまはそれできょうは授業に行くのをやめて、もうすぐお医者さまをつれていらっしゃるわ」

ヴェローニカはだまって茶碗を受けとりました。お茶をすすっているうちに、昨夜のおそろしい光景がまざまざと脳裡によみがえってきます。

「すると、あんなに苦しかったのは、ただのこわい夢だったのかしら？　――でも、ゆうべわたしは、ほんとうにあのおばあさんのところへ行った、たしかに九月二三日だったもの。――いえいえ、きのうからもう病気になっていて、なにもかも妄想だったのかもしれない。病気になんかなったのは、アンゼルムスのこと、それにあの怪しげなおばあさんのことばっかり、考えていたからにきまってる。あのおばあさんたら、リーゼだなんて嘘をついて、わたしをかついだだけなんだわ」

いちど部屋を出ていたフランツィスカが、ぐっしょり濡れたヴェローニカのマントを手にもどってきました。

「見て、お姉さま！　マントがこのありさまよ。ゆうべの嵐で窓が開いて、マントを掛けてあった椅子がひっくりかえっていたわ。降りこんだ雨でこんなに濡れたのね」

ヴェローニカの心はまた重くなりました。してみると、あれは悪夢なんかじゃなかった、自分はほんとうに老婆のところにいたようだ。不安と恐怖がどっと襲ってきて、悪寒がからだじゅうを走ります。身を震わせて、ふとんをしっかりかぶりました。

そのとき、なにか固いものが胸に当たるのを感じて、手でまさぐると、メダルのようなものらしい。フランツィスカがマントをもって出てゆくのを待って取り出してみると、それは小さな円形の、ぴかぴかに磨かれた金属の鏡でした。

「あのおばあさんの贈りものだわ」と、彼女は生き返ったように叫びました。

鏡からは、燃えたつ光線が射し出てくるようで、それが胸の奥まで沁みとおり、気持よく温めてくれます。悪寒は消え、言いようのない心地よさが全身に流れました。

想いはアンゼルムスに向かわずにはいません。しっかりと想いを凝らすにつれて、鏡の中からアンゼルムスがいのちを得た小さな肖像画のように、にこやかにほほえみかけてきます。見ているうちに、もはや鏡の像とは思えなくなりました――いいえ! ――生身の大学生アンゼルムスそのひとが目のまえにいるのです! 彼は天井の高い、奇妙な調度のおいてある部屋にすわって、一心になにか書いています。ヴェローニカは近寄って、肩をそっとたたいて声をかけたくなりました。

「アンゼルムスさん、見て、わたしはここにいるのよ!」

でもそれはできません。アンゼルムスのまわりを、光りかがやく火の川がとりまいているようなのです。ところがよく見ると、小口が金塗りの大きな書物が並んでいるだけのことでした。ようやくヴェローニカは、アンゼルムスの視線をなんとかとらえました。彼は最初、彼女がだれなのか思い出せないようでしたが、ようやくにっこりして言いました。

「ああ! あなたでしたか、マドモワゼル・パウルマン! でもどうしてあなたは、ときどき蛇のまねをなさるんです?」

ヴェローニカはこのおかしな言葉に思わず声をたてて笑ってしまって、その自分の声で深い夢から覚めたように、はっとわれにかえりました。そのときドアが開いて、副学長パウルマンがエックシュタイン博士をつれて部屋に入ってきたので、ヴェローニカはいそいで小さな鏡を隠しました。博士はすぐにベッドに近寄ると、脈をとりながら長いこと深く考えこんだあげくに、「ほほう!」とひとこと。それから処方箋をしたため、もういちど脈をとり、また「ほほう!」と言うと、患者を残して帰っていきました。エックシュタイン博士のこれだけの発言からでは、いったいヴェローニカのどこがわるいのか、パウルマンには見当もつきませんでした。

第八の夜話

棕櫚の木のある図書室――ある不幸な火の精の運命――黒い羽根が砂糖大根に恋したことと、事務官ヘールブラントがしたたかに酔っぱらったこと

大学生アンゼルムスが文書管理官リントホルストのところで働くようになってから、もう数日がたちました。彼にとって、ここで仕事をするときはこれまでの生涯でいちばん幸せな時間でした。というのも、たえず愛らしい水晶のひびき、ゼルペンティーナの慰めの言葉につつまれ、それればかりか、ときには近くをそっとかすめる息吹さえ感じられて、いまだかつて味わったことのない快さが胸にひたひたと流れ、無上の歓喜にまで高まることもしばしばだったからです。貧乏暮らしの苦労も、つまらぬ心配ごとも、すっかり念頭から消え去り、いまや明るい太陽のかがやきを浴びて開けてきたような新しい生活の中で、これまではおどろきを感じ、いえ、恐怖さえおぼえた、この世ならぬ世界のあらゆる奇蹟が、理解できるようになりました。筆写もどんどん

はかどって、とうに知りつくしている文字を羊皮紙に書いているかのように、原本を見るまでもなくすべてを正確きわまりなく写せるような気がするほどです。

食事の時間以外には、文書管理官リントホルストはたまにしか姿を見せなくて、あらわれるのはいつもきまって、アンゼルムスが一つの文書の最後の文字を書きあげたその瞬間でした。そしてまたべつの原稿を渡すのですが、あとは小さな黒い棒でインクをかきまわし、羽ペンを新しい尖ったものに取りかえるだけで、なにも言わずにすぐまた出ていってしまいます。

ある日のこと、アンゼルムスが十二時の鐘とともに階段をのぼってゆくと、いつも使っているドアに鍵がかかっていて入れません。するとリントホルストが、きらめく花を散らしたような例の奇妙な部屋着姿で反対側からあらわれて、大声で呼びかけました。

「今日はこちらからお入りなされ、アンゼルムス君。むこうの部屋でバガヴァッド・ギータ[13]の巨匠《マイスター》たちがわれわれを待っておりますぞ」

13　古代インドのサンスクリット語による世界最大の叙事詩『マハーバーラタ』の中の一篇で、「聖なる歌」を意味する。

文書管理官はアンゼルムスを案内して回廊をすすみ、最初のときと同じ部屋部屋と広間を通っていきました。

アンゼルムスは庭のすばらしさにあらためて目をみはりましたが、今回よく見ると、ほのぐらい茂みにある風変わりな花のあれこれは、じつはきらめく色もあでやかな昆虫で、翅《はね》をうちふり乱舞しながら、吻管《ふんかん》で愛撫しあっているようす。これとは逆に、ばら色や空色の鳥たちは、じつは芳香を放つ花々で、うてなから立ちのぼるその香りは、ひそやかに妙なる音を奏で、それがかなたの泉の水音や丈なす木々のざわめきとまじりあって、愁いにみちた憧憬の神秘的な和音をひびかせます。最初のとき彼をからかった物まね鳥が、こんどもまた頭上を飛びまわりはじめて、かわいい声で休みなく鳴きたてました。

「学生さん、学生さん、そんなにいそいじゃだめだよ——雲ばっかり見上げてちゃいけないよ——転んで鼻をつぶしちゃうよ——ねえ、ねえ、学生さん！　——化粧着を着なさいよ——鷲みみずくのおじさんが、あんたにかもじをつけてあげるとさ」

こんなばかばかしいおしゃべりが、アンゼルムスが庭を出るまでつづきます。

文書管理官はとうとうあの瑠璃色の部屋に入っていきました。黄金の壺をのせた斑岩はなくなっていて、そのかわりに、すみれ色のビロードを掛けた机が部屋のまんなかに置かれ、その上にアンゼルムスにおなじみの筆写用具がならび、机のまえには同じ色のビロード張りの椅子があります。

「アンゼルムス君」と、リントホルストが言いました。「あんたはこれまでいろいろの原稿を、わたしが大いに満足できるほど、手速く正確に写してくれましたな。あんたはわたしの信頼をかちえましたぞ。しかし、いちばん重要な仕事がまだ残っている。特殊な文字で書かれた作品を書き写す、というよりはむしろ図の模写に近い仕事じゃ。その原稿はこの部屋に保管してあって、ここでしか筆写はできん。——だから今後はここで仕事をしてもらうが、ぜひとも慎重に、最大の注意を払ってもらいたい。線一本書きそこなっても、万が一にもそのようなことはないよう念ずるが、原稿にインクの染みなぞはねとばしても、あんたは不幸の底にまっ逆さまですぞ」

アンゼルムスは、棕櫚《しゅろ》の金色の幹からエメラルド色の小さな葉が幾枚もつき出ているのに気がつきましたが、文書管理官がその一枚をとり、ひろげて机に置くと、葉と思ったものはじつは羊皮紙の巻物でした。奇妙にもつれあったその文字に、アンゼルムスはすくなからずおどろきました。たくさんの点や、はねや、軽やかな線や渦巻きが、あるいは植物を、あるいは苔を、あるいは動物の形をあらわしているらしく、こんなものを正確に模写することなぞできそうもないと意気沮喪《そそう》しかけて、すっかり考え込んでしまいました。

「元気を出すのじゃ、若者よ！」と、文書管理官が声をかけました。「かわらぬ信とまことの愛をもっていれば、ゼルペンティーナが助けてくれよう！」

その声は朗々と金属のように鳴りひびきました。アンゼルムスがはっとして目を上げると、文書管理官リントホルストは、最初の訪問のときに図書室で見せたあの王侯の姿で立っています。アンゼルムスが畏怖の念に打たれて、思わずひざまずこうとすると、そのときにはもう文書管理官は棕櫚の木の幹を高くのぼって、エメラルド色の葉かげに姿を消していました。

アンゼルムスは、いま自分と話した人こそ霊界の王だと悟りました。王はいま書斎にあがっていって、ひょっとしたら、このおれとやさしいゼルペンティーナの今後について、惑星たちが使者としてつかわした光と相談するのかもしれない。

「あるいは」と、アンゼルムスは考えつづけました。「ナイル水源から、なにかニュースがとどいたのかもしれないぞ、それとも、ラップランドから巫術師《ふじゅつし》が訪ねてきたのかな――いや、ともかくおれは一所懸命に仕事をしなくちゃいけないんだ」

そこで彼は、羊皮紙の巻物にしるされた異国の文字をじっくり吟味しはじめました。

庭園のすばらしい音楽がここまで流れてきて、甘く快い香りで彼をつつみこみます。物まね鳥のふざける声も聞こえてきますが、ありがたいことに、なんと言っているのかはわかりません。ときおり、棕櫚のエメラルド色の葉がしずかに揺れ、あの宿命的な昇天祭の日に接骨木《にわとこ》の下で聞いたのと同じやさしい水晶の鈴の音が、光となって部屋を照らしてくれるような気がします。アンゼルムスはこの音と光にすばらしく元気づけられて、羊皮紙の巻物の表題に、意識と思考をいよいよしっかりと集中させていると、やがて心の底からひらめくように、表題の文字の意味が解けてくるのを感じました。そうだ、『火の精《サラマンダー》とみどりの蛇の結婚について』にちがいない。するとそのとき、明るい水晶の鈴の三和音がいちだんとつよくひびきわたったのです。

「アンゼルムス、アンゼルムス！」

葉むらのかげから、声が流れてきます。見れば、ああ、なんという奇蹟！ 棕櫚の幹をみどりの蛇がするするとおりてくるではありませんか。

「ゼルペンティーナ！ いとしいゼルペンティーナ！」

アンゼルムスはこのうえない歓びに胸おどらせて叫びました。よくよく見れば、それはなんと、愛らしくも美しい乙女だったからです。彼の胸のうちに生きているあの濃い青いひとみに、言いようのない憧れをたたえて、彼を見つめながら葉かげで揺れています。棕櫚の葉はたわみやすく、幹は棘《とげ》とげしていますが、ゼルペンティーナは玉虫色にきらめく衣裳をうしろになびかせながら、ほっそりしたからだをしなやかにくねらせて、たくみに葉さきや棘をよけておりてきました。そしてアンゼルムスの椅子にならんで腰かけると、腕をまわしてひしと寄りそいます。その唇を洩れる息がアンゼルムスには感じられ、からだの温かさが電気のように伝わってきます。

「いとしいアンゼルムス！」ゼルペンティーナが言いました。「もうすぐあなたはわたしのもの、あなたの信によって、愛によって、あなたはわたしをかちとるのよ。そうしたら、ふたりを永遠に幸せにしてくれる黄金の壺を、あなたにきっともってまいります」

「おお、やさしく、いとしいゼルペンティーナ。ぼくはおまえを得さえしたら、ほかのことなぞどうでもいい。ぼくのものになってくれさえしたら、出会った瞬間からぼくをとりかこんでいる不可思議なこと、奇妙なことどものただなかで、ぼくはよろこんで死んでいこう」

「わかっていますとも」と、ゼルペンティーナはつづける。「見たこともない不可思議なことを、よく父がただの気まぐれでひきおこしては、あなたをおどろかせ、恐怖をかきたててしまいましたのね。でもこれからは、そんなことはもうなくなります。というのも、わたしがいまここに来たのは、いとしいアンゼルムス、あなたに知っていただきたいことをなにもかも、心の底から打ち明けて、くわしくお話しするためなのですもの。父のことをすっかり知っていただき、父とわたしがどういう事情にあるのか、はっきり理解していただくために」

アンゼルムスは、やさしく愛らしい姿にぴったり寄りそわれ、からみつかれて、身じろぎひとつままならず、まるで彼女の心臓の鼓動だけが彼の全身に脈打っているかのようでした。彼女のことばに耳をかたむけていると、そのひとことひとことが胸の奥底に沁みいって、かがやく光のように、彼のうちに天上の喜悦を燃え立たせます。ほっそりした彼女のからだに腕をまわしていても、玉虫色にきらめく衣の生地はあまりに滑らかで、するりと腕から脱けだしてしまうのではないかと思うと、からだが震えました。

「ああ、ぼくから離れないでくれ、やさしいゼルペンティーナ」と、思わず叫びました。「おまえだけが、ぼくのいのちだ！」

「きょうは、すっかりお話ししてしまうまでは離れません。愛してくださるあなたなら、わたしの話を理解してくださるはず。

ではお聞きくださいな、いとしい方！　わたしの父は火の精《サラマンダー》のあのすばらしい一門の出で、わたしは、父とみどりの蛇との恋によってこの世に生をうけたのです。太古の時代、ふしぎの国アトランティスには、強大な霊界の王フォスフォルスが君臨し、四大《しだい》の精霊が彼に仕えておりました。あるとき、フォスフォルスの母君が腕によりをかけて美しく飾りたてたみごとな庭園の中を、王がことのほか愛した火の精が（それがわたしの父なのです）散策しておりますと、すらりと伸びた百合の花がひそやかに歌っているのが聞こえました。

『しっかり目を閉じておいで、わたしの愛する朝風がおまえを起こすそのときまで』

彼は近寄りました。彼の炎の息にふれて百合の花びらが開き、その中に百合の娘、みどりの蛇がまどろんでいるのが見えました。火の精は美しい蛇への熱い恋にとらえられて、百合から娘をうばいました。百合は言いようもない悲嘆に沈み、庭いっぱいに香りを送って、愛する娘をむなしく呼び求めました。火の精はすでに彼女をフォスフォルスの城に連れていってしまったのです。彼は王に懇願しました。『わたくしをこの恋人とめあわせてください。永遠にわたくしのものにしたいのです』

『たわけ者、なにを言う！』と、霊界の王は言いました。『よいか、あの百合はかつてのわが恋人、わしとともにここを支配していた者じゃ。だがわしの投げ入れた火花が、あやうく彼女を滅ぼすところであったのを、わしが黒い竜を打ち負かして、いまで地霊たちに鎖でつながせておいたおかげで、百合はよみがえり、花びらも強くなり、あの火花をうちに包んで護りつづけてこられたのじゃ。しかし、おまえがみどりの蛇を抱こうものなら、おまえの炎で彼女のからだは灼きつくされ、たちまち新しいものに生まれ変わって、おまえから飛び去ってしまうだろう』

火の精は霊界の王の警告を無視しました。欲望に燃えてみどりの蛇をかき抱くと、彼女は灰と化し、その灰から翼のあるものが生まれ出で、空を飛び去りました。すると絶望の狂気が火の精をとらえ、彼は炎をふりまきながら庭をかけめぐり、怒りにまかせて踏みにじったので、うつくしい花々は焼けしぼみ、その悲嘆の声が空に満ちました。激怒した霊界の王は、火の精をひっとらえて申し渡しました。『おまえの火は尽きた——おまえの炎は消え、おまえの光は盲《めし》いたぞ——さあ、地霊のところに堕ちてゆけ。火種がふたたび燃えはじめ、おまえとともに新しい生きものとなって、地面から高くかがやきのぼるときのくるまで、おまえは地霊どもに捕らえられたまま、嘲《あざ》けられ、辱しめられるがいい』

あわれな火の精は、火が消えたまま堕ちてゆきました。けれどそのとき、フォスフォルスの庭番の気むずかしい老いた地霊がすすみでて申しました。『王よ！　わたくし以上にあの火の精を恨みに思う者がございましょうか！　——やつの焼いたうつくしい花々はみな、このわたくしめが、こよなくうつくしい金属で化粧してやったものではないでしょうか。わたくしがだいじに芽を育て、うつくしい色を惜しげもなく与えてきたのではないでしょうか。——それでもわたくしは、かわいそうな火の精をかばいたい。王よ！　あなたご自身もたびたび囚われとなったあの恋というもののために、彼は絶望にかられ、庭を踏み荒らしただけなのです。——このあまりにきびしい罰を、どうか免じてやってください！』

『彼の火が消えているのはいまだけじゃ』霊界の王は申されました。『いつか不幸な時代がおとずれて、自然の言葉がもはや堕落した人類には通じなくなり、四大《しだい》の精霊がおのおの領域に閉じ込められたまま、遥かかなたから、かすかなつぶやきで人間に語りかけることしかできなくなったとき、そして調和ある世界から引き離された人間に、信と愛がまだ心に生きていたころには住むことを許されていたあの奇蹟にみちた王国について、ただ無限の憧憬だけがそのかすかな消息を伝えてくるにすぎなくなったとき——そういう不幸な時代がおとずれたとき、火の精の火種はふたたびよみがえるのだ。ただしそのとき、彼は人間となって生まれるしかなく、貧しい暮らしに身を沈めて、その苦難を耐えしのばねばならぬ。しかし彼には、おのれの原初の状態の記憶がのこるばかりか、ふたたび全自然との聖なる調和の中に生きかえって、自然のふしぎを理解し、兄弟の精霊たちの力をいつでも借りることができるのじゃ。さすればいつか、百合の花むらの中にふたたびみどりの蛇を見出し、彼女との結婚から三人の娘を得るだろう。だがその娘たちは、人間の目には母なる蛇の姿でしか映らない。春となれば、彼女らは接骨木《にわとこ》の暗い茂みに身を寄せて、愛らしい水晶の声をひびかせよう。そのとき、心の冷えきったこの貧しいみじめな時代にも、ひとりの若者がいて、彼女らの歌声を聴きとったなら、そして蛇のひとりがそのやさしいまなざしで彼を見つめて、遥かなふしぎの国の予感に火をともし、俗世の重荷を投げ捨てさえすれば自分もその国へ飛びたてると感じさせたならば、そして彼のうちに蛇への愛とともに、自然の奇蹟を信じ、いや、この奇蹟のうちにこそ彼自身が存在することを信じる気持が、激しく生きいきと芽生えたならば、そのとき、蛇は彼のものとなる。しかし、こういうたぐいの若者が三人みつかり、三人の娘と結婚するまでは、火の精は重荷を捨てて兄弟のもとに赴くことはかなわぬのじゃ』

『では、王よ』と、地霊は申しました。『その三人の娘たちがめでたく見つけた夫とともに幸せな生活を送れるよう、わたくしが贈りものをすることをお許しください。彼女たちひとりひとりに、わたしの所有するもっとも美しい金属で壺をつくり、ダイヤモンドからとった光で磨きあげて贈りましょう。壺のかがやきの中に、われわれの驚異にみちた王国が、全自然との調和に生きるいまの姿そのままに、まばゆいばかりに映し出されるようにいたしましょう。また壺の中からは、婚礼のその瞬間、炎のような紅百合が一つ咲き出でて、その永遠の花は、夫たるにふさわしいと証明された若者を甘い香りでつつむのです。さすればやがて若者は百合の言葉を理解し、われわれの王国の驚異に目を開き、愛する者とともにみずからアトランティスに住むことになるでありましょう』

さあ、これでよくおわかりでしょう、アンゼルムス！　いまお話しした火の精こそ、ほかならぬわたしの父なのです。高貴な生まれにもかかわらず、父は俗世のつまらぬ苦労に耐えねばなりませんでした。そのために、人をからかってよろこぶあの意地のわるい気分によくなるのです。父がたびたび申しますには、霊界の王フォスフォルスがあのとき、わたしや姉たちと結婚する人の条件としてお挙げになった内的、精神的資質は、いま言いならわされている表現では、幼な児のような詩人の心ということになりますが、ただ、困ったことにこの表現は、まちがった使い方をされることが多いとか。——こういう心は、態度や行動がとても単純素朴で、いわゆる世間的な常識がまったく欠けているせいで、俗物たちの嘲笑を浴びているような若者に、見いだされることが多いと父は言うのです。

ああ、いとしいアンゼルムス！　——あなたは接骨木《にわとこ》の茂みの下で、わたしの歌を——わたしのまなざしを、理解してくださった——あなたはみどりの蛇を愛し、わたしを信じ、永遠にわたしのものでありたいと望んでくださる！　——美しい百合が金の壺から咲き出ることでしょう、そしてわたしたちはいっしょに幸せにアトランティスで暮らすのです！

けれど、あなたに隠しておけないことが一つありますの。黒い竜は、火の精や地霊たちとすさまじく戦ったとき、縛《いましめ》を解いて空へ逃げました。フォスフォルスはむろん竜をまた捕えて縛りましたが、その戦いのさなかに、竜の黒い羽根が地上にとび散って悪霊に生まれかわり、それらがいま、いたるところで火の精や地霊たちに刃向かっているのです。あなたにひどい敵意を示している例の老婆は、いとしいアンゼルムス！父もよく知ってのように、黄金の壺を手に入れようと狙っているのですが、この老婆は、竜の翼からとび散った羽根の一枚と、さる砂糖大根との恋から生まれたのです。彼女は自分の素姓も、自分の力も、よく知っています。というのも、囚われている竜がうめくたび、もがくたびに、そこにさまざまな星辰《せいしん》の秘密が明かされるのが、彼女にはわかるからです。彼女はあらゆる手段で人の外から内面へ働きかけ、これにたいして父は、火の精の内から発する閃光をもって戦います。彼女は毒のある植物や動物の中に住む仇《あだ》なす原理をすべてかき集め、それらをうまく調合して、さまざまな妖怪を呼び寄せる、すると妖怪は人間の心を恐怖と戦慄でみたして自由を奪って、戦いに敗れた竜の生んだあの悪霊どもの力に人間を屈服させてしまうのです。どうかあの老婆には気をつけてくださいね、アンゼルムス、幼な児のように無邪気なあなたの心が、彼女の悪しき魔力をなんども挫《くじ》いてしまいましたから、彼女はあなたを憎んでいます。——どうかわたしに、あくまでも——あくまでも誠実でいてください、目的の地はもうすぐですもの！」

「ああ、ぼくの——ぼくのゼルペンティーナ！」アンゼルムスは叫んだ。「どうしてぼくがおまえから離れられようか、どうしておまえを永遠に愛さずにいられようか！」

熱い接吻が唇を灼き、彼は深い夢から覚めたようにわれにかえりました。ゼルペンティーナの姿はありません。そのとき、六時が鳴りました。まだ一字も筆写していないのを思い出して、心が重くなり、文書管理官になんと言われるかと心配しながら紙に目をやると、おお、なんたる奇蹟！　あの神秘的な原稿の筆写は、みごとにできあがっているではありませんか。よくよく見ると、そこに記されているのは、ふしぎの国アトランティスの王フォスフォルスが愛《め》でた彼女の父についての、ゼルペンティーナの物語そのものにちがいありません。

そこへ文書管理官リントホルストが、薄灰色《うすはいいろ》のマントを着て帽子をかぶり、ステッキを手にしてはいってきました。アンゼルムスの書いた羊皮紙をのぞきこみ、嗅ぎ煙草をたっぷりつまむと、にっこりして言いました。

「わたしの思ったとおりだな！　――さあ！　このターラー銀貨をとりたまえ、アンゼルムス君、これからリンケ温泉園にいっしょに行こう――わたしについてきたまえ！」

文書管理官は足ばやに庭を通っていきました。庭の中は、歌や、さえずりや、おしゃべりの声がいりみだれて耳を聾《ろう》せんばかりでしたから、アンゼルムスは道路に出るとほっとしました。ふたりは数歩と行かぬうちに事務官ヘールブラントに出くわし、彼もよろこんで同行することに。門のまえに着くと三人はそれぞれ持参のパイプに煙草をつめましたが、ヘールブラントがマッチをもっていないとこぼすと、リントホルストはむっとしたように、

「マッチなんぞ！　――火ならここにいくらでもある！」

彼が指をはじくと、指先から大きな火花が流れ出し、パイプにすぐ火がつきました。

「化学の手品ですね」

と、ヘールブラントは言いましたが、アンゼルムスは火の精のことを考えて、内心、おののかずにはいられませんでした。

リンケ温泉園では、ヘールブラントは強い濃厚《ドッペル》ビールを飲みすぎて、いつもの人の良いおとなしさはどこへやら、鵞鳥《がちょう》のようなテノールで学生歌をわめきはじめ、かたっぱしから人をつかまえては、おまえはおれの友だちか、そうではないかと、しつこくたずねる始末、あげくにアンゼルムスに家まで送ってもらう仕儀とあいなりましたが、そのときにはリントホルストの姿はとうに消えておりました。

第九の夜話

大学生アンゼルムスがいくらか理性を取りもどしたこと――パンチ酒パーティ――大学生アンゼルムスが副学長パウルマンを鷲みみずくとまちがえて、大いに怒らせたこと――インクの染みとその顛末

大学生アンゼルムスが毎日出会うたぐいまれな驚異のかずかずは、彼をふつうの生活からすっかり遠ざけてしまって、もう久しく友だちのだれとも会わず、くる朝ごとに、天国の扉を開いてくれる十二時のくるのを、じりじりと待ちこがれるようになっていました。ところが、やさしいゼルペンティーナと、文書管理官リントホルストの屋敷のおとぎの国の驚異に、心はすっかり奪われているというのに、ときどき、思わず知らずヴェローニカのことを考えることがあって、ときには、彼女が頬をぽっと染めながら近づいてきて、心から愛していますと告白し、あなたを幻《まぼろし》から救い出した

い、あなたは幻にもてあそばれているだけなのです、と訴えかけてくるような気がします。またあるときは、なにものとも知れぬ力が突然おそいかかってきて、忘れていたヴェローニカのほうに抗《あらが》いがたく彼を引きずっていくような、まるでこの娘に鎖でつながれて、彼女の行くところにはどこへでもついて行かざるをえないような、そういう気持にさせられるのです。

ゼルペンティーナがはじめてやさしい乙女の姿となってあらわれて、火の精とみどりの蛇の結婚のおどろくべき秘密を明かしてくれた、ちょうどその日の夜のこと、ヴェローニカの姿がかつてないほど、まざまざと彼のまえにあらわれました。——そうなのです！——目を覚ましてはじめて、夢にすぎなかったと気がついたものの、それまではヴェローニカがほんとうにそばにいて、胸を衝かれるような深い苦悩の表情をうかべ、あなたはわたしの心からの愛を無視して、錯乱した心が呼び出したにすぎない幻を追い求めていらっしゃる、このままでは行く手には不幸と滅亡しかありません、と訴えかけていると思いこんでいたのです。ヴェローニカはいままで見たことのないほど愛らしかった。どうしてもその姿を頭から振りはらえず、この状態がひどく彼を苦しめたので、朝の散歩でもして気をまぎらそうと家を出ました。ところがどんな魔力に引かれてか、ピルナ門のまえに出てしまって、ちょうどわき道に入ろうとしたそのとき、副学長パウルマンがうしろからやってきて大声で呼びとめました。

「おい、おい！　アンゼルムス君じゃないか！　――友よ！　――いったいどこに雲がくれしていたんだ、ぜんぜん姿を見せなかったじゃないか――ヴェローニカが、ぜひまたきみと歌をうたいたいと言っているよ――さあ、いっしょに来たまえ、うちに来てくれるつもりだったんだろう？」

アンゼルムスはしかたなくパウルマンについていきました。家に入ると、ヴェローニカがとっておきの愛らしい服を着て出迎えたので、パウルマンがびっくりして、

「なんでそんなにおめかしを？　お客さまでもあるのかね？　――だが、ほら、アンゼルムス君をおつれしたよ！」

アンゼルムスは礼儀正しくヴェローニカの手に接吻しましたが、その手にそっと握り返されたのを感じて、熱い血が全身をかけめぐりました。ヴェローニカは快活そのもの、愛嬌そのもので、パウルマンが書斎に引っこんでしまうと、ふざけたり、からかったりして、アンゼルムスの気分を引き立てます。彼もはじめの気おくれはどこへやら、しまいには、はしゃいだこの娘と追いかけっこになり、部屋じゅうを駆けまわ

るさわぎ。ところがそのとき、またしても無器用の悪魔が彼の首根っこにとりついて、彼はテーブルにぶつかりざま、ヴェローニカのきれいな裁縫箱を床に落としてしまいました。アンゼルムスが拾いあげると、蓋がぱっと開いて、小さな丸い金属の鏡がきらりと光るのが見えたので、ついのぞきこんでみる気になりました。ヴェローニカがそっとうしろにまわって彼の腕に手をかけ、ぴったり寄りそって彼の肩ごしにやはり鏡をのぞきます。

アンゼルムスは自分のうちでひとつの戦いがはじまるのを感じました。――いろいろな想念が、光景が、きらめき出ては消えてゆく――文書管理官リントホルスト――ゼルペンティーナ――みどりの蛇――ようやく心がしずまり、もつれあっていたすべてのものが形をととのえ、明瞭な意識を形成しはじめました。いまこそ、はっきりわかった気がします。このおれがたえず想いつづけていたのはヴェローニカだった、そうだ、きのう青の部屋にあらわれたあの乙女もヴェローニカにほかならない、そして火の精とみどりの蛇の結婚のあの幻想的な伝説は、おれが自分で書いたものにすぎなくて、断じて語り聞かされたものなんかじゃない、と。彼はわれながら自分の夢想癖にあきれかえり、それというのもヴェローニカを恋するあまりの魂の昂揚のなせるわざ、それにリントホルストの屋敷の、頭がくらくらするほど妙な香りのたちこめた部屋で仕事をしていたせいなのだ、と考えました。小さな蛇に恋していると思いこんだり、れっきとした枢密文書管理官のことを火の精だと信じたりしていた自分の荒唐無稽な空想を、心の底から笑わずにはいられません。

「そうとも！――ヴェローニカなのだ！」

そう叫んでうしろを振り向くと、愛と憧れに燃えたつヴェローニカの青いひとみと、ぴったり視線が合いました。ああ、とかすかな吐息が彼女の唇を洩れ、その瞬間、彼の唇に熱い唇が重ねられました。

「ぼくは幸せ者だ」彼はうっとりとして溜息をつきました。「きのうは夢でしかなかったことが、きょうは現実になったんだ」

「ほんとうにわたしと結婚してくださいます？　宮中顧問官におなりになったら――」

と、ヴェローニカが訊く。

「もちろんだとも！」

アンゼルムスがそう答えたとき、ドアがきしんで、副学長が入ってきました。

「さて、アンゼルムス君、きょうは帰しませんよ、うちで昼食につきあっていただくからね。そのあとでヴェローニカがおいしいコーヒーをいれてくれるよ。ヘールブラントも来る約束だから、いっしょにコーヒーを飲もうじゃないか」

「でもパウルマン先生」と、大学生アンゼルムス。「ぼくが文書管理官リントホルストのところへ筆写に行かなきゃならないのを、ご存じのはずでしょう?」

「見たまえ!」

パウルマンが懐中時計をさしだすと、針は十二時半を示しています。これでは文書管理官のところに出かけて行っても間に合わないと悟ったアンゼルムスは、副学長の希望によろこんで従うことにしました。そうすればヴェローニカを一日じゅう眺めていられるし、ひそかに目くばせしたり、そっと手を握り合ったり、あわよくば接吻までせしめるチャンスもあろうというもの。こうしてアンゼルムスの望みはふくらみ、彼を正真正銘の気のふれた道化にしてしまいかねないあの奇想天外な空想なんぞ、じきにきれいさっぱり振り捨てられる自信が固まるにつれて、気分も軽くなってきました。

事務官ヘールブラントは食事のあとにほんとうにやってきて、コーヒーを飲み、日が暮れかけたころになると、にやにやとうれしそうにもみ手しながら、じつはいいものを持ってきていると、思わせぶりに言いました。ヴェローニカの美しい手で混ぜ合わされて、しかるべき形にととのえられ、いうなればノンブルを付けて表題が与えられれば、このひんやりした十月の宵、きっとみんなによろこんでもらえるものになりますよ、と。

「さあさあ、きみの持ってきたその謎の品を、さっさと出して見せてくれたまえ、事務官君」と、副学長パウルマンが叫びます。

ヘールブラントはゆるやかな上着の深いポケットに手をつっこむと、まずはアラク酒一本、つぎにレモン、つぎに砂糖と、三度にわたって取り出してみせました。

かくて三十分とたたないうちに、パウルマン家のテーブルには、すてきなパンチ酒が湯気を立てることにあいなりました。ヴェローニカが一同にお酒をくばり、友人どうしのたのしい話がはずみます。ところがアルコールが頭にのぼるにつれて、アンゼルムスの目のまえに、最近のおどろくべき異様な体験のかずかずの場面が、またぞろいっせいにちらつきはじめました。――燐光のようにきらめくダマスク織りの部屋着姿の文書管理官が見える――瑠璃色の部屋が、金色の棕櫚の木が見える――ああ、やはりゼルペンティーナを信じなくてはいけないのだ――彼の心はざわめきたち、沸騰しました。

ヴェローニカがパンチ酒をいれたグラスを差し出し、彼は受け取るときにその手に軽く触れました。――ゼルペンティーナ！　ヴェローニカ！　――吐息とともに心につぶやいて、彼は深い夢想に沈んでゆく。ところがそのとき、事務官ヘールブラントが大声で言いました。

「奇妙奇天烈な老人ですねえ、だれにもさっぱりわからないひとですよ、いつまでたってもね、あの文書管理官リントホルストは。――さあ、リントホルスト万歳だ！　アンゼルムス君、彼のために乾杯しよう！」

アンゼルムスははっと夢から覚めて、ヘールブラントと杯を合わせながら言いました。

「それはですね、事務官どの、文書管理官リントホルスト氏はそもそも火の精だからですよ。みどりの蛇に逃げられたせいで、怒り狂って霊界の王フォスフォルスの庭をめちゃめちゃにした火の精です」

「えっ――なんだって？」と、副学長パウルマン。

「そうなんです」と、アンゼルムス。「そのために彼は王室の文書管理官となって、ここドレスデンで、三人の娘と世過ぎをする羽目になったんですがね、でもその三人の娘というのがまた、じつは小さな金緑色の蛇で、接骨木《にわとこ》の茂みで日向ぼっこをしては、海の精《セイレン》さながら、蠱惑《こわく》的な歌声で若者たちをまどわすんです」

「アンゼルムス君――アンゼルムス君」と、パウルマンが叫ぶ。「頭がおかしくなったのかね？――なんだってまた、そんな愚にもつかない話をするんだ？」

ヘールブラントが割ってはいる。

「いや、彼の言うとおりですよ。あの文書管理官のやつはいまいましい火の精だ。なにしろ指をはじいて火を出して、ひとの外套を焼けこげだらけの海綿みたいにしちまうんですからねえ。――まったく、きみの言うとおりだ、なあ、兄弟分アンゼルムス。これを信じないようなやつは、おれの敵だぞ！」

ヘールブラントはこう言いざま、拳でテーブルをどんと叩き、グラスがガチャガチャと鳴る。

「事務官君！――なにを逆上しとるんだ？」と、副学長パウルマンが腹立たしげにどなります。「それにまたきみは、大学生君――またしても、いったいなにをやらかすつもりだ？」

「ほう！」と、アンゼルムス。「あなただって鳥じゃありませんか——髪を結ってくれる鷲みみずくですよ、副学長先生！」

相手はいきりたつ。

「なんだと？　わたしが鳥——鷲みみずく——髪結い？　ばかばかしい——気はたしかか？」

「いや、あのばあさんにとりつかれたのさ」と、ヘールブラント。

「そう、あのばあさんはすごい力をもってるさ」と、アンゼルムスが口をはさむ。「下賤の生まれのくせしてね。なにしろおやじは卑しい羽箒《はねぼうき》、おふくろはつまらぬ砂糖大根ときてる。だがあいつのほとんどの能力は、ありとあらゆる悪党のおかげでしてね——毒気のある畜生どもに取り巻かれているんですよ」

「あんまりな中傷だわ」と、ヴェローニカが目に怒りを燃やして喰ってかかりました。「あのリーゼばあやは賢い占い女で、あの黒猫だって、悪党どころか、礼儀をわきまえた教養ある若者、おばあさんの血をわけた従弟なのよ」

「あの火の精は」と、ヘールブラント。「ものを食うとき自分のひげを焼いちまって、それでお陀仏なんてことにはならないのかな」

「とんでもない！」と、アンゼルムスが叫ぶ。「そんなことがあるもんか、ぜったいに。それにあのみどりの蛇はぼくを愛しているんだ、ぼくが幼な児の心をもっていて、ゼルペンティーナの目を見つめたからなんだぞ」

するとヴェローニカが声を張り上げる。

「そんな目なんか、いまに牡猫がひっかき出してしまうわ」

「火の精——火の精に、みんなやられちまったのか」と、パウルマンは怒り心頭に発してわめく。「それともここは瘋癲《ふうてん》院か？　わたし自身が狂ってるのか？　——なんてばかげたことをわたしは言ってるんだ？　——そうだ、わたしも狂ってる、狂ってる！」

そしてぱっと立ち上がるなり、頭のかつらをむしり取り、天井めがけて放りあげました。いままで押えつけられていた捲毛は悲鳴とともにめちゃめちゃにほどけて、髪粉をあたりにまき散らす。するとアンゼルムスとヘールブラントは、パンチ酒の鉢やグラスをひっつかみ、奇声をあげて天井に投げつけはじめました。破片がガチャンガラガラとあたり一面に飛び散ります。

「火の精、万歳！　——くたばれ、ばばあ、くたばれ！　——鏡をこわせ、猫の目ん玉をほじくり出せ！　――鳥さん、鳥さん、空からくるぞ――エッホイ――エッホイ――火の精だ！」

三人はものにけに憑かれたようにわめきちらします。フランツィスカは大声で泣きながら逃げ出し、ヴェローニカは情けないやら辛《つら》いやらで、ソファにくずおれてしくしく泣きます。

と、そのとき、ドアが開きました。みんながきゅうに静まりかえったところに、灰色のマントの小男がはいってきました。その顔は妙にいかめしく、とりわけ目立つのは、大きな眼鏡をのせた、およそ見たことのないほど彎曲《わんきょく》した鼻。かぶっているかつらがこれまた変わっていて、かつらというより、まるで羽根でつくった帽子です。「みなさん、こんばんは」と、そのおかしな小男は鼻声で言いました。「こちらに大学生のアンゼルムスさんはおいででしょうね？　文書管理官リントホルストさまが、よろしくとのことでございます。きょう、アンゼルムスさんはお見えになりませんでしたが、あすはいつもの時間にかならずおいでくださいますように」

これだけ言うと彼はまたドアを出てゆきましたが、このもったいぶった小男がほんとうは灰色の鸚鵡《おうむ》だということは、だれにもよくわかったようです。パウルマンとヘールブラントは、部屋をゆるがす大声で笑いだし、その合間を縫って、身も世もあらぬ嘆きに引き裂かれたようなヴェローニカのすすり泣きや吐息が聞こえますが、アンゼルムスは内心の恐怖でとり乱し、無意識のうちにドアをとび出し通りを走って、あとは機械的に自分の住まい、自分の部屋を見つけたのです。

やがてしばらくすると、ヴェローニカがおだやかな、やさしい表情であらわれて、なぜさっきは酔っぱらってあんなに心配させたの、文書管理官リントホルストのところで仕事をするのなら、また幻に惑わされたりしないように気をつけてねと、話しかけるのでした。

「おやすみなさい、おやすみ、いとしいお友だち」

ヴェローニカがそっとささやき、くちづけが彼の唇をかすめました。彼女を腕にかき抱こうとしましたが、そのときには夢の像はもう消えていて、彼は明るいさわやかな気分で目を覚ましました。ゆうべのパンチ酒の効き目のほどは、われながらおかしくてたまりませんが、それでもヴェローニカのことを考えると、なんとも言えない満足感が全身にひろがります。

「ひとえに彼女のおかげだな」と、彼はひとりごちました。「おれがあのばかばかしい妄想から解放されたのは。——まったくのところ、自分のからだがガラスでできているると信じてるやつだの、自分は麦粒だと思いこんで、鶏に食われるのがこわくて部屋から出られないやつだのと比べたって、おれのほうがましとは言えなかったからな。だが、もうだいじょうぶだ、宮中顧問官になったらすぐパウルマン家の令嬢と結婚して、幸せになるんだ」

さて昼になって、文書管理官リントホルストの庭を通ったときには、いままでどうしてこんなものが妖しく驚異にみちて見えたのか、自分でもふしぎでなりませんでした。そこにあるのはありきたりの鉢植えの植物や、いろいろなゼラニウムや、ミルテの木といったたぐいにすぎません。いつも彼をからかう派手やかな鳥はいなくて、あたりを飛びかっているのは数羽の雀ばかり、そいつらはアンゼルムスの姿を見て、意味のわからぬ不愉快な鳴き声をたてます。青の部屋もいつもとはまるでちがって見えました。こんなにどぎつい青だの、不自然に金ぴかな棕櫚の幹だの、ぶざまな形のきらきらした葉だのが、ほんの一瞬でもどうして気に入ったりしたのでしょう。

文書管理官は、じつに独特の皮肉な笑みを浮かべてアンゼルムスを見ながら訊きました。

「ところで、きのうのパンチ酒の味はいかがでしたかな、アンゼルムス君？」

「ああ、きっとあの鸚鵡があなたに――」

アンゼルムスはすっかり恥じ入って答えかけましたが、ひょっとしたらあの鸚鵡も病んだ感覚の生んだ幻影だったかもしれないと思いかえして、口ごもってしまいました。

「いや、わたし自身があのパーティに出ておったのですぞ」と、リントホルストが彼をさえぎって言います。「気がつかなかったかな？　しかし、あんたたちのあのばか騒ぎで、あやうく大怪我をするところだった。事務官が鉢をひっつかんで天井に投げつけようとしたあのとき、わたしはまだ鉢の中にいたので、あわてて副学長のパイプの頭に避難したのじゃ。では、失礼しますよ、アンゼルムス君！　――しっかり働きたまえ、あんたはきのう来なかったが、いままで一所懸命やってくれたお礼に、きのうの分のターラー銀貨もお払いしよう」

「文書管理官ときたら、よくもまあ、あんな奇妙奇天烈な話をでっちあげるもんだな」

アンゼルムスはこうひとりごとを呟くと、机に向かい、文書管理官がいつものようにひろげておいてくれた原稿を写しにかかろうとしました。ところが羊皮紙の巻物に書かれているのは、ごちゃごちゃと異様にまがりくねった線や飾り書きばかりで、どこまで行っても区切りひとつなく、見ていると頭がくらくらします。これでは正確に模写することなど、とうていできそうもありません。じっさい、少し目を離して全体を眺めると、羊皮紙ははなやかな縞目模様の大理石か、苔が斑点のように生えた石にしか見えないのです。

それでも、できるだけのことはやってみようと、ペンに墨をつけました。ところが墨がいっこうにペン先から流れ出てくれません。いらいらしてペンを振りました――ああ、なんということ！　墨がぽたりと、ひろげた原稿に落ちてしまいました。シュッという音とともに、青い閃光がその染みからほとばしり、ごうごうと渦巻きながら部屋を走って天井へとかけのぼります。すると四方の壁からもうもうたる煙がわきでて、棕櫚の葉が嵐にゆさぶられるかのようにざわめきはじめ、そこからきらめく妖蛇バジリスクが何匹も火につつまれて飛びだしてきて、あたりの煙に火を移す。たちまちアンゼルムスのまわりは、炎の海と化しました。棕櫚の金色の幹は巨大な蛇に姿を変え、おそろしい鎌首をぶつけあいながら耳をつんざく金属音を発し、鱗《うろこ》につつまれた胴体をアンゼルムスに巻きつけてきます。

「たわけめ！　破廉恥《はれんち》な罪を犯した報いじゃ、罰を受けるがいい！」

おそろしい声がとどろいて、王冠を戴いた火の精が、蛇たちの上に、目もくらむ光のような姿で炎の中に立ちあらわれました。すると、かっと開いた蛇たちの口から、アンゼルムスめがけて火の滝が降りそそぐ。ところが炎の奔流は彼のからだのまわりで凝結し、氷のように冷たい固体に変わってゆくかのよう。アンゼルムスのからだは、しだいに圧迫されてしびれはじめ、やがて意識が消えてゆきました。ふたたびわれにかえったときには、身動きひとつままならず、なにかまぶしいものに囲まれているようでした。手をあげたり、からだのどこかを動かしたりしようとすると、その光るものにぶつかってしまう。——ああ！　彼は文書管理官リントホルストの図書室の書架の上で、ガラスのびんにぴったりと封じ込められていたのです。

第十の夜話

ガラスびんの中でのアンゼルムスの苦しみ――聖十字学校生徒や修習生たちの気楽な生活――文書管理官リントホルストの図書室での決戦――火の精の勝利と大学生アンゼルムスの釈放

好意ある読者よ！　あなたはまさか、ガラスびんに閉じこめられるなんて経験はなさったことがないでしょうね。でもひょっとすると、いやに生なましい奇怪至極な夢の中で、そういうおとぎ話めいた目に遭ったことならおありかもしれない。そうなら、かわいそうな大学生アンゼルムスの悲惨さが、まざまざと感じとれることでしょう。けれども、そんな夢も見たことがないとおっしゃるなら、ここでひとつ私とアンゼルムスのために、想像力をせいいっぱい働かせて、ほんの二、三秒でもいい、ガラスに封じ込められたつもりになってみてください。

あなたのからだのすぐまわりを、光彩陸離たる光の渦が流れめぐり、すべてのものが虹の七彩《なないろ》の光に照らされて見える――すべてが光の中で震え、ゆらめき、鳴動する――あなたはまるで氷結したエーテルの中に閉じ込められたように、身動きひとつならずに宙づりになり、どんなに精神が命じようと、からだは死んだように言うことをきかない。ひどい重石《おもし》がますます強く胸を圧迫する――ひと息つくごとに、この狭い空間にもかすかに波うつ、なけなしの空気が消尽されてゆく――血管はふくれあがり、おそろしい不安にずたずたにされた神経は、断末魔の苦しみに痙攣する。

どうか好意ある読者よ！　ガラスの牢獄の中で、名づけようのないこんな拷問に責めさいなまれた大学生アンゼルムスに、同情してやってください。死が解放してくれるという望みさえないと、彼は感じたでしょう。なぜなら、あまりの苦しさに深い意識不明におちいっても、朝日が明るく親切げに部屋にさしこんでくれば、ふたたび目を覚まして、拷問がまたあらたに始まるではありませんか。――手足を動かすことはかなわない。しかしなにか考えようにも、思考はガラスにつき当たって耳を聾《ろう》さんばかりの不快なひびきをたて、いつもなら精神が内から語るはずの言葉のかわりに、錯乱のにぶい呻きが聞きとれるばかりなのです。

彼は絶望して叫びました。

「ああ、ゼルペンティーナ――ゼルペンティーナ、この地獄の苦しみから救ってくれ！」

するとかすかな吐息がただよってきて、透明なみどりの接骨木《にわとこ》の葉のように、びんのまわりを包んでくれたかのようです。音はやみ、目のくらむ光の乱反射も消えて、呼吸はいくらか楽になりました。

「こんな目に遭うのも、なんといったって自業自得なんだ。ああ、やさしい、いとしいゼルペンティーナ、おまえにたいして罪を犯したからだ！　――ぼくは恥ずべき疑いを抱いたじゃないか、おまえを信ずる心を失ったじゃないか。そのためにすべてを、ぼくを幸せにしてくれるはずのすべてを、失ったのだ！　――ああ、おまえはもう永久にぼくのものにはならない、黄金の壺は失われてしまった、その奇蹟を見ることは、もうけっしてぼくには許されない。ああ、あと一度でいい、おまえに会いたい、やさしく甘い声を聞きたい、いとしいゼルペンティーナ！」

心さいなむ苦しみに、アンゼルムスがこう悲嘆の声をあげていると、すぐそばでだれかの声がしました。

「どういうつもりか知らないが、大学生さん、なんでそんなに身も世もなく嘆くんです？」

見ると、ほかにまだ五つのびんが同じ棚にならんでいて、三人の聖十字学校生徒[14]と二人の修習生が閉じ込められています。

「これはなんと、同じ不幸の仲間じゃないか」と、彼は声を張りあげました。「しかし、どうしてそんなに平気で、いやそれどころか、満足そうにしていられるんだ？いやに明るい顔付きじゃないか。——きみたちだってぼくと同じに、ガラスびんに封じ込められて身動きもならず、まともなことを考えようにも、殺人的な反響がガンガンするわ、頭の中は割れそうに鳴るわで、どうしようもないだろうに。でもきっときみたちは、火の精のことも、みどりの蛇のことも、信じちゃいないんだね」

「おかしなことを言うねえ、学生さん」と、生徒の一人が答えます。「ぼくらは、いまみたいに快適な暮らしはしたことがないよ。なにしろ、あの頭のいかれた文書管理官が、わけのわからない筆写の謝礼にターラー銀貨をはずんでくれるという、結構な身の上だからねえ。いまじゃイタリア語の聖歌をまる暗記する必要はなし、毎日ヨーゼフの店か、ほかの酒場へくりだして、濃厚ビールをきこしめし、かわいい女の子がいれば目のお愉しみ、ほんものの大学生よろしく『いざ楽しまん《ガウデアームス・イギトゥール》』と歌いさわいで、愉快にやってるのさ」

「まったくそのとおり」と、修習生の一人が口をはさみました。「ぼくもここにいるご同輩どうよう、ターラー銀貨をたんまりもらってますよ。四面を壁にかこまれて、うんざりする書類作りに明け暮れるかわりに、葡萄山《ワインベルク》公園へせっせとご散策というわけさ」

「しかし、きみたち！」と、アンゼルムス。「そろいもそろって、自分がガラスびんの中にいるのを感じもしないのか？　散歩どころか、身動きひとつできないじゃないか」

すると聖十字学校生徒と修習生たちは、陽気にどっと笑って叫びたてました。

「この大学生は頭がおかしいぞ、ガラスびんの中にいると思い込んでいるんだぜ、エルベ橋の上で河を見ているくせしてね。さ、行こう行こう！」

「ああ」と、アンゼルムスは溜息をつきました。「あいつらは、やさしいゼルペン

14　聖十字学校はドレスデンの有名な高等学校（ギムナージウム）の当時の名称。

ティーナを見たことがないんだ、自由のなんたるかも、信と愛に生きることのなんたるかも、知らないんだ。だから火の精に、おのれの愚かさと低俗さのせいで牢獄に閉じ込められていても、その重圧すら感じない。だが不幸なこのおれは、恥辱と悲惨のうちに死んでゆくのだろう、もしも彼女が、おれが言いようもなく愛している彼女が、救ってくれなければ」

そのとき、ゼルペンティーナの声が部屋の中をそよ風のように吹きぬけました。

「アンゼルムス！　――信と、愛と、希望を！」

そのひとこと、ひとことが、アンゼルムスの牢獄に光のように射しこんで、ガラスはその威力に軟化してふくらみ、おかげで囚人の胸は息ができるようになりました！　――みるみる苦痛がやわらいでゆき、ゼルペンティーナがまだ愛してくれていること、彼女だけがこのガラス牢での暮らしを耐えられるようにしてくれることが、よくわかった彼は、あの軽薄な仲間のことはもう気にかけずに、ひたすら感覚も思考もゼルペンティーナへ向けていきました。

ところが突然、べつの方角から胸のむかつくような低いつぶやき声が聞こえてきます。やがて、その声の出どころは、向かい側の小さな棚の上の、半分蓋の欠けたコーヒーポットだとわかりました。じっと目を凝らしていると、しわくちゃな老婆の顔の醜い輪郭がだんだんと浮かびあがり、やがてあの黒門まえのりんご売りの老婆が書架のまえに立ちはだかって、にたりと笑って金切り声をあげました。

「やい、小僧！――辛《つら》いこったろうねえ――とうとうガラスに閉じ込められやがった！――ついこないだ、あたしが予言したとおりだろ？」

「勝手にほざくがいい、いまいましい魔女め」と、アンゼルムス。「なにもかも、きさまのせいだぞ。だがな、火の精がきさまをやっつけてくれるさ、卑しい砂糖大根め！」

「ほ、ほう！」老婆が応じます。「えらそうな口をきくんじゃないよ！　おまえはあたしのかわいい息子の顔を踏んづけた、あたしの鼻を火傷させやがった。だがね、それでもあたしゃ、おまえに親切にしてやる気でいるんだよ、このいたずら小僧さん、ほかの点じゃおとなしい人間だったし、あたしの娘もおまえを好いているからね。おまえはそのガラスからは、あたしが手助けしてやらなきゃ出られないよ。あたしゃ、そこまで手がとどかないけどね、名付け親の鼠《ねずみ》おばさんが、おまえのすぐ頭の上の天井に住んでるから、おまえののっている板を食いやぶってもらうことにするよ。おまえが真逆さまに落ちてくるところを、あたしが前掛けで受け止めてやるさ、鼻をつぶすどころか、そのつるつるの顔にかすり傷ひとつつけさせないでね。それからおおいそぎで、ヴェローニカ嬢ちゃんのところにつれていくのさ、おまえは宮中顧問官になったら、あの子と結婚するんだよ」

「放っといてくれ、サタンの申し子め」と、大学生アンゼルムスはいきり立って叫びました。「きさまの魔術のおかげで、おれは罪を犯し、いまこうして報いを受けているんだ。――だがどんな苦しみにも耐えぬいてみせる、おれのいるところは、あのやさしいゼルペンティーナが愛と慰めでつつんでくれるここしかない！ ――よく聞け、ばばあ、そしてがっかりするがいいさ！ おれはおまえの力に逆らってみせる、おれは永遠にゼルペンティーナだけを愛するんだ――宮中顧問官なんぞになるもんか――おまえの力を借りておれを悪に誘いこんだヴェローニカなんぞ、見たくもない！ ――みどりの蛇がおれのものにならないのなら、いっそ憧れと苦悩のうちに死んでしまいたい！ ――失せろ――失せやがれ――けがらわしい怪物め！」

するとと老婆は部屋じゅうにひびく声で高笑いして言います。

「そんならそこにすわったまま、くたばるがいいさ、あたしゃ、そろそろ仕事にかからなきゃならないんでね、ここにはちとべつの用があるのさ」

彼女は黒いマントを脱ぎすてて、目をそむけたくなるような裸《はだか》になったかと思うと、こんどは輪を描いて走りまわりました。すると二つ折判の大きな書物がどさどさと落ちてきて、彼女はそこから羊皮紙を引きちぎっては、すばやく巧みに重ね合わせて、からだに貼りつけてゆき、やがて、色とりどりの鱗でできた異様な鎧をまとったような姿に。黒い牡猫が火を吐きながら、書物机の上のインク壺からとびだしてきて、老婆にむかって鳴声をたてると、彼女は歓声をあげて猫といっしょにドアの向こうに消えました。青の部屋に行ったなと、アンゼルムスが思う間もなく、遠くからばたばた、ざわざわ騒ぐ音、鳥たちが庭で鳴き立てる声がして、鸚鵡《おうむ》のがなり声が聞こえてくる。

「助けて――助けて――泥棒――泥棒だ！」

そのとたん、老婆が部屋におどりこんできました。黄金の壺を腕にかかえて、おぞましい身振りをしながら、わめきたてます。

「うまくやれ！　うまくやれ！　――さあ倅《せがれ》、みどりの蛇を殺《や》っちまえ！　かかれ、倅、かかれ！」

アンゼルムスは深い呻きを、ゼルペンティーナの声を、聞いたように思いました。恐怖と絶望がおそいかかってくる！ ——渾身の力をふるいおこし、神経も血管も破れよとばかりに、ガラスにからだをぶち当てると——鋭いひびきが部屋を走ったそのとき、文書管理官がきらびやかなダマスク織りの部屋着姿で、ドアのところに立っていました。

「やいやい、曲者《くせもの》、化けものめ——魔女の妖術か——さあ来い——それっ！」

彼がこう叫ぶと、老婆の黒い髪は天を突いて逆立ち、真っ赤な目は地獄の火に燃え、大きくひんむいた口は尖った歯を見せながら、歯ぎしりとともに「とっととやれ、やっちまえ——しっしっ、しゅうしゅう」とうなりをあげ、ひひひ、けけけと嘲笑《あざわら》い、黄金の壺をひしと抱きしめて、中から光りかがやく土をつかみ出しては、文書管理官めがけて投げつける。けれども土は彼の部屋着に触れるや、たちまち花となって下に落ちる。すると部屋着の模様の百合の花がぱっと炎を発し、文書管理官が火を噴くその百合を魔女に投げつけると、相手は苦痛の悲鳴をあげはしたものの、やにわに高く跳びあがって羊皮紙の鎧をゆさぶったとみると、百合の炎は消えて灰と化す。

「さあ、倅、かかれっ！」

老婆の金切り声に、牡猫が宙をきってドアへ跳び、文書管理官におそいかかる。だがそれを迎え撃って灰色の鸚鵡が、曲がったくちばしで猫の首根っこに喰らいつき、火のような赤い血が首からどっと噴きだす。そしてゼルペンティーナの叫ぶ声。

「たすかったわ！――たすかった！」

老婆は憤怒と絶望に駆られて、文書管理官にとびかかる。黄金の壺をうしろに放り出し、しなびた手をひろげ、長い指を突き出してひっかこうとすると、相手はすばやく部屋着を脱ぐなり、老婆めがけて投げかける。羊皮紙の鎧からぱちぱち、めらめらと青い炎があがり、老婆は悲鳴をあげてのたうちまわりながら、燃えさかる炎を消すために、壺から土を、書物から羊皮紙を、必死にとろうとする。土か羊皮紙をうまく振りかけることができたときには、火が消える。しかしこんどは、文書管理官の内部から放射されるのか、幾条もの火炎が音をたてて老婆めがけて飛ぶ。

「さあ、どうだ！　もう決まったぞ――火の精の勝利じゃ」

文書管理官の声が部屋にとどろきわたり、泣きさけぶ老婆のまわりに無数の稲妻が火の環を描く。牡猫と鸚鵡はなおも熾烈《しれつ》なたたかいをつづけたあげく、ついに鸚鵡が力づよい翼で猫を床にたたきつけ、爪を突きたててしっかとおさえて、断末魔の悲鳴をあげる猫の火のような目ん玉を、鋭いくちばしでつつきだす。熱い泡が猫の目からほとばしる。

　老婆が文書管理官の部屋着の下になって倒れていたあたりから、濃い煙がもくもくとたちのぼり、彼女の悲鳴と耳をつんざく苦悶の声はしだいに遠ざかる。鼻をつく悪臭を放っていた煙もうすらぎ、文書管理官が部屋着をもちあげると、その下にはきたならしい砂糖大根が一本、ころがっていました。

「文書管理官さま、これがわたくしめの退治した敵でございます」

と鸚鵡が言って、くちばしにくわえた一本の黒い毛をリントホルストに差し出しました。

「でかしたぞ」と、文書管理官。「ここにはわたしの斃《たお》した敵がいる。心してあとの始末をしてくれ。きょうは、心ばかりのお礼にココナッツ六粒と、新しい眼鏡を与えるぞ、あの猫めがおまえのレンズを無残に壊してしまったようだからな」

「尊い友にして保護者なるあなたに、わたしは生涯を捧げます！」

　鸚鵡はうれしそうに答えると、砂糖大根をくわえて、文書管理官が開けてやった窓から飛び出していきました。リントホルストが黄金の壺をつかんで、力をこめて呼びます。

「ゼルペンティーナ！ ゼルペンティーナ！」

しかしいまアンゼルムスが、自分を堕落に突きおとしたあのおぞましい老婆が滅んだのをよろこんで文書管理官に目を向けると、そこに見たのはまたしても、形容しがたい気品と威厳をたたえてこちらを見上げている堂々たる霊界の王者の姿でした。

「アンゼルムスよ」と、霊界の王者は言いました。「おまえが悪いのではない、おまえの心の中にはいりこんで破滅をたくらみ、おまえ自身からおまえを離反させようとした仇《あだ》なす原理が、おまえに不信の念を吹きこんだのだ。――おまえは誠実さを証《あか》してくれた、さあ、自由になれ、そして幸せになるのじゃ」

稲妻がアンゼルムスの内面をつらぬき、水晶の鈴の美しい三和音が、これまで聞いたどのときよりも強く高らかに鳴りひびき――彼は全身がうち震えました。――和音はいよいよ強まって部屋にとどろきわたり、ついにアンゼルムスを包んでいたガラスが砕け散って、彼はやさしくいとしいゼルペンティーナの腕の中へ落ちていったのでした。

第十一の夜話

副学長パウルマン、わが家に突如発生したばか騒ぎに腹を立てたこと――事務官ヘールブラントが宮中顧問官となり、厳寒の日に短靴と絹靴下でやってきたこと――ヴェローニカの告白――湯気の立つスープ鉢のかたわらでの婚約

「だがいったいどうしたわけだろう、事務官君、きのうはいまいましいパンチ酒がひどく頭にのぼって、あんな狂態を演じる羽目になったとはねえ」

翌朝、副学長パウルマンは部屋に入るなりこう言いました。部屋はまだガラスの破片だらけで、そのまんなかにあの不運なかつらが、ばらばらにもとの成分に分解した状態で、パンチ酒の中に浮かんでいます。昨夜は大学生アンゼルムスがドアからとび出していったあと、副学長パウルマンと事務官ヘールブラントは、部屋じゅうを千鳥足でよろけまわりながら、もののけに憑かれたようにわめくやら、頭をぶつけあうやらしていたのですが、ようやくのことでフランツィスカが正体のなくなった父親を

ベッドへつれてゆき、事務官はぐったりしてソファに倒れこみ、ヴェローニカは寝室に退散したのでした。ヘールブラントは頭に青いハンカチを巻いて、すっかり蒼ざめた憂鬱そうな顔で呻いています。

「ああ、副学長先生、ヴェローニカさんがすてきに調合してくださったパンチ酒に、罪はありませんよ、断じて！――なにもかも、あのいまいましい大学生のせいだ。お気づきじゃないですか、あいつはとっくから狂《メンテ・カプトゥス》っていたんですよ。それに狂態が伝染するってことは、ご存じでしょう？――ばかは、ばかを呼ぶ、いや失礼、古い諺ですがね。とくに一杯やったときなんぞ、だれだって羽目をはずしやすくなって、あほな嚮導兵《きょうどう》のやってみせる演習を思わず知らず真似しちまうものですよ。いやまったく、副学長先生、あの灰色の鸚鵡のことを思い出すと、いまでも頭がくらくらしますねえ！」

「なにを言ってるんだ」と、副学長は相手をさえぎりました。「ばかばかしい！――あれは文書管理官のところの年とった小男の助手じゃないか、そいつが灰色のマントを羽織って、アンゼルムスを探しにきただけのことだ」

「そうかもしれません」と、ヘールブラント。「でも正直なところ、ぼくはなんともみじめな気分ですよ。夜どおし、奇妙なオルガンや笛の音がしましてね」

「そりゃわたしのせいだよ」と、副学長。「なにしろ、すごいいびきをかくんでね」

「そのせいかもしれませんがね」と、事務官はつづけます。「でも副学長先生、先生！　ぼくがきのうみんなで愉快にやろうと心づもりしてきたのは、じつはわけがあってのことなんです——ところがあのアンゼルムスのやつが、すっかりぶち壊しちまった——ああ、先生、あなたはご存じないんです、副学長先生！」

ヘールブラントはとび起きざま、頭のハンカチをむしりとって副学長に抱きつき、熱烈にその手を握りしめると、もう一度、悲痛な声をふりしぼって、「ああ、副学長先生、先生！」と叫ぶなり、帽子とステッキをつかんで外へとびだしていきました。

「アンゼルムスのやつめ、二度とうちの敷居をまたがせんぞ」と、パウルマンはひとり息まいています。「やつの内には狂気がしぶとく居すわっていて、まともな人たちにまでいささか理性を失わせてしまうことが、わかったからな。ヘールブラントもやられてしまった——わたしはいまのところ、まだだいじょうぶだが、ゆうべ酔っぱらったときには悪魔が激しく戸を叩いていたんだ、いつ押し入って、わたしをもてあそばぬともかぎらん。——悪魔よ、退散《アバゲ・サタナス》しろ！　——アンゼルムスよ、退散しろ！」

ヴェローニカはといえば、すっかり物思いに沈んでしまって、ひとことも口を利かず、ときおりまことに奇妙な薄笑いを浮かべるばかり、そしてひとりになりたがります。

「あの娘《こ》のことも、アンゼルムスめ、狙っているな」と、副学長パウルマンは憤然と言いました。「だが、やつが姿を見せないのはありがたい、わたしをおそれているんだな――あのアンゼルムスは。だからぜんぜん来ないのだ」

最後の言葉をパウルマンが大声で言うと、ちょうどそこに居合わせたヴェローニカの目から、どっと涙があふれ、彼女は溜息とともに言いました。

「ああ、どうしてアンゼルムスがここに来られるでしょう、とっくにガラスびんに閉じ込められてしまっているのに」

「え？　――なんだと？」パウルマンは叫びました。「ああ、なんたること――この娘までへールブラントと同じに、たわごとを言いだしおった。これじゃ、いずれ発狂するぞ。――ああ、いまいましいアンゼルムスのやつめ！」

彼は即刻、エックシュタイン博士を迎えに走りましたが、博士はにやにやして、今度も「ほほう！」と言うばかり――しかし処方箋は書かずに、帰りがけにこう言い残していきました。

「神経発作ですな！　――ひとりでに治りますよ――いい空気に当たること――散

歩――気晴らし――芝居見物――『幸運児』[15]とか――『プラハの姉妹』[16]とか――そのうち治りますよ！」

「博士がこんなにたくさんものを言うとは珍しい」と、パウルマンは思いました。

「ちゃんとしゃべったじゃないか」

それから幾日かがたち、幾週間、幾月かが過ぎました。アンゼルムスは姿を消したままです。事務官ヘールブラントもずっと顔を見せなかったのですが、それが二月四日のこと、極上の生地で新調した流行の服、ひどい寒さにもかかわらず短靴に絹靴下というでたちで、大きな花束を手に、正午きっかりに副学長パウルマンの部屋にはいってきたのです。副学長はこのめかしこんだ友人の姿に、すくなからずびっくりしました。ヘールブラントはもったいぶってパウルマンに近づき、垢抜けたものごしで彼を抱擁してから申しますには、

「先生のご令嬢、ヴェローニカさんの霊名祝日[17]に当たる今日、かねてから胸中にありましたことをすべてお話ししたくて参上いたしました！　じつはあの不幸な晩、上着のポケットに災難のもととなったパンチ酒の材料をしのばせてこちらにうかがったとき、わたくしはあるうれしい知らせをお伝えして、ともに幸福な一日を祝おうという

つもりだったのです。あのときにはもう、宮中顧問官に任ぜられることを知っておりましたが、このたびその昇格について、陛下のご署名と玉璽《ぎょくじ》つきの辞令を拝受いたしまして、いまここに持参しております」

「それは、それは！　事務官――いや、その、宮中顧問官ヘールブラント殿」と、副学長はへどもどして言いました。

「ですが副学長先生」と、いまや宮中顧問官となったヘールブラントはつづけます。「わたくしの幸せを完璧なものにおできになるのは、あなたなのです。もう久しい以前から、わたくしはひそかにヴェローニカさんを愛しておりました。お嬢さんのほうも、ときおりやさしいまなざしを投げてくださり、その目はわたくしを憎くは思っていらっしゃらないことを、はっきり物語っておりました。要するに、副学長先生！　――わたくし、宮中顧問官ヘールブラントは、あなたのご令嬢ヴェローニカさんに、結婚の申し込みをしたいのです。そしてもし先生にご異存がなければ、近いうちに妻とし

15、16　両方ともヴェンツェル・ミュラー作曲の、当時人気をあつめた歌劇（ジンクシュピール）。
17　カトリックでは、聖人の名をもらって洗礼名とし、その聖人の記念日を霊名祝日として祝う。

てお迎えしたいと存じます」

パウルマンはすっかりおどろいて、両手を打ち合わせて叫びました。

「なんと——なんと、まあ——事務官——いや、宮中顧問官どの、思いもよりませんでしたなあ！——ヴェローニカがほんとうにあなたを好きならば、わたしとしては異存のあろうはずがない。いや、あの娘《こ》の近ごろの鬱《ふさ》ぎようも、あなたをひそかに恋しているせいなのかもしれませんな、宮中顧問官さん！　それならあのおかしな振舞いも、うなずけるというものだ」

ちょうどそのとき、ヴェローニカが、このごろではいつもそうなのですが、蒼ざめ、取り乱したようすで入ってきました。宮中顧問官ヘールブラントはすかさず彼女に歩みよると、まことに滑らかな口上で霊名祝日の祝いを述べ、馥郁《ふくいく》と香る花束に添えてもう一つ、小さな包みを手渡しました。彼女が開けてみると、みごとなイヤリングが燦然ときらめいています。彼女の頬にさっと紅がさし、目がいきいきと燃え立ち、彼女は叫びました。

「まあ！　あのときのイヤリングだわ、何週間もまえにわたしが耳につけて、とてもとても気に入ったあのイヤリング！」

「そんなはずはありません」と、ヘールブラントはいささかうろたえ、気を悪くして相手をさえぎりました。「ほんの一時間まえに、シュロス小路で大枚はたいて買ったばかりなんですからね」

でもヴェローニカはその言葉に耳もかさず、もう鏡のまえに立って、かわいらしい耳につけた金細工のぐあいを、とくと試してみています。パウルマンはもったいぶった顔付きにおごそかな口調で、友人ヘールブラントの昇進と結婚申込みとを娘に伝えました。するとヴェローニカは、胸のうちまで見とおすような目で宮中顧問官をみつめて言いました。

「あなたがわたしとの結婚を望んでいらっしゃることは、まえまえから存じておりました。――よろしゅうございます！　――あなたと結婚することをお約束しましょう。でもわたしはいますぐ、あなたがたに――お父さまと婚約者のおふたりに、わたしの心に重くのしかかっている秘密を打ち明けなくてはなりません――いますぐにですわ、そのために、フランツィスカがいまちょうど食卓に出そうとしているスープが冷めてしまっても、いたしかたありません」

副学長も宮中顧問官も、見るからになにか言いたげに唇を動かしましたが、ヴェローニカはふたりの返事を待ちもせず、さきをつづけます。

「わたしの言うことを信じていただけますね、お父さま！　わたしはアンゼルムスさんを心からお慕いしておりました。そして事務官ヘールブラントさんは、いまはご自身が宮中顧問官におなりですが、アンゼルムスさんもそういうひとかどの人物になれる方だと、いつか保証なさいましたね、それをうかがったとき、わたしの夫になるひとはあの方をおいてほかにない、と心に決めたのです。ところがわたしを敵視するなにものかが、あの方をわたしから奪い去ろうとしているような気がしたので、むかし乳母だったリーゼばあや、いまは占い女、たいへんな魔術使いになっているリーゼばあやに、助けを求めました。ばあやはわたしに力を貸してアンゼルムスを取りもどしてくれると約束しました。わたしたちは秋分の日の真夜中に十字路にでかけてゆき、ばあやは地獄の霊を呼び出し、黒猫に手伝わせて小さな金属の鏡をつくりましたが、その鏡は、ひたすらアンゼルムスに思いを凝らしてのぞきこむだけで、彼の意識も考えも思いのままにできるのです。――でもいまとなっては、あんなことをしたのを心から後悔していますし、もう悪魔の妖術などとはすっかり縁を切ると、お誓いします。火の精がばあやを打ち負かし、わたしにはばあやの悲鳴が聞こえましたけれど、どうすることもできませんでした。彼女がもとの砂糖大根になって、鸚鵡《おうむ》に食べられてしまうと同時に、わたしの金属の鏡も鋭い音をたてて割れてしまいました」

ヴェローニカはまっ二つに割れた鏡と一束の捲毛を裁縫箱からとってくると、両方をヘールブラントに差し出して、言葉をつづけました。

「さあ、受け取ってくださいませ、宮中顧問官さま、割れた鏡は今夜の十二時に、エルベ橋から、それもあの十字架の立っているところから、河へ投げ捨てていただきたいのです、あそこなら流れは凍りついておりませんから。でも捲毛のほうは、どうかあなたの胸にたいせつにとっておいてくださいませ。かさねて誓いますが、わたしはすべての魔術と縁を切ります。そしてアンゼルムスさんには、心からお幸せを祈ります。あの方はいまでは、わたしよりずっと美しくてお金持のみどりの蛇と結ばれておいでです。わたしは、宮中顧問官さま、誠実な妻としてあなたを愛し、尊敬するつもりでございます！」

「ああ、なんたること！——なんたることだ！」と、パウルマンが悲痛な声をあげました。「この娘《こ》はどうかしている、気がふれてしまった——宮中顧問官夫人にはなれっこない——狂ってしまったんだ！」

「いやいや、けっしてそんなことはありません」と、ヘールブラントがそれをさえぎります。「ヴェローニカさんが、あの変わり者のアンゼルムスにいくらかご執心でいらしたことは、よく知っていますよ。そのせいでおそらく神経がいささか昂《たか》ぶりすぎて、占い女のところに行かれたのでしょう。その女は、わたくしの察するに、湖水門《ゼートア》のまえでカルタ占いやコーヒー占いをしている人――つまりラウエリンばあさんにちがいありませんね。それにまた、人間に悪意のある影響力ばかりをふるう秘術がげんに存在することも、否定できませんよ、古いものの本にも出ているじゃありませんか。けれども、ヴェローニカさんが火の精の勝利だとか、アンゼルムスとみどりの蛇の結婚だとか言われたことは、詩的なアレゴリーにすぎないと思います――いうなれば、あの大学生との完全な決別をうたった詩ですね」

「どうぞお好きなようにおとりください、宮中顧問官さま！」と、ヴェローニカが口をはさみました。「ばかばかしい一場の夢とお考えくださってもようございます」

「いや、けっしてそうは思いません」と、ヘールブラント。「アンゼルムスがなにかの魔力のとりこになってしまって、ありとあらゆる奇行を演じていることは、わたしもよく知っていますから」

パウルマンはとうとう我慢しきれなくなって、大声をあげました。

「やめたまえ、頼むからもうやめてくれ！　またしても、いまいましいパンチ酒にやられたのか、それともアンゼルムスの妄想がのりうつったのか？　宮中顧問官どの、またなんてことを言い出すんだ？　——いやいや、きみたちの頭に妙な考えが巣くっているのは、恋のなせるわざだと思うことにするよ、結婚さえすればやがて治る、とね。さもないと、宮中顧問官どの、きみまでおかしくなったんじゃないかと不安だし、つぎには親の病気が子孫に遺伝しはしまいかと、心配になってくるよ。——それでは、このめでたい縁組みに父親としての祝福を与えよう、そしてきみたちが花嫁、花婿として接吻を交わすことを許そう」

これはただちに実行に移されて、運ばれたスープが冷めきらないうちに、正式な婚約が相ととのうこととなりました。その二、三週間のち、宮中顧問官ヘールブラント夫人は、いつか頭のなかで想い描いたとおり、ノイマルクトのしゃれた家の張り出し窓のところにすわって、下をゆく伊達男をにこやかに眺めていました。そして男たちは、柄付き眼鏡をかざして彼女を見上げては言ったものです。

「すばらしい女性だな、あの宮中顧問官ヘールブラント夫人は！」

第十二の夜話

アンゼルムスが文書管理官リントホルストの娘婿《むこ》となって移り住んだ荘園とそこでの暮らしについての報告

私は大学生アンゼルムスの無上の幸せを、心の奥底でどんなにひしひしと感じたことか――彼はやさしいゼルペンティーナとかたく結ばれて、いまでは神秘にみち驚異にあふれた王国に移り住み、そここそ、ふしぎな予感にみたされた彼の胸がかねてからあれほど憧れてきたふるさとだと、知ったのです！　ところが、好意ある読者よ、私はアンゼルムスをとりまく環境のすばらしさのすべてを、せめていくらかでも言葉にして感じとってもらえるようにしようと、努力してみたのですが、思いつく表現はどれもこれも気のぬけた冴えないものでしかないのを、いやでも思い知らされました。それというのも自分がこせこせした日常生活のみじめな軛《くびき》につながれているせいだと、胸をさいなむ不満が昂《こう》じてきて、私は夢遊病者のように、あてどなくうろつきまわるようになりました。要するに、好意ある読者よ、第四の夜話でお話しした大学生アンゼルムスのあの状態におちいってしまったのです。これまでに無事に仕上げた十一の夜話を読みかえしては、はてさてここに、最後の締めくくりとなる第十二の夜話を書き加えるのはとうていかなわぬことかと考えると、情けなさに身の細る思いでした。というのも、作品を仕上げようと夜、机に向かうたびに、まことに根性まがりの悪霊たちが（たぶん、あの殺された魔女の親戚——ひょっとすると従兄弟たちでしょうね）、ぴかぴかに磨きあげた金属を私の目のまえに突きつけるような気がするのです。そこに映ったわれとわが顔ときたら、例のパンチ酒の乱痴気騒ぎのあとの事務官ヘールブラントそっくりに、蒼ざめ、寝不足で、憂鬱そのもの、見たことのない黄金郷《エルドラド》を描こうとあの句この句を追いかけまわした果ての顔です。——そこで私はペンを投げ出して、せめて幸せなアンゼルムスと美しいゼルペンティーナの夢でも見ようと、いそいでベッドにもぐりこんでしまう始末。こんな調子が幾日、幾夜となくつづいたあとのことです。まったく思いがけないことに、文書管理官リントホルストから、次のような文面の手紙を受け取ったのです。

貴下におかれましては、わが善良なる女婿、かつての大学生にして現在は詩人たるアンゼルムスの数奇なる運命を、十一の夜話にわたって記述され、いまはまたその結びとなる第十二の夜話において、彼がわが娘とともにアトランティスに赴いてこのかた、当地に私が所有する美しき領地において、いかに幸福なる生活を送っているかの一端を語るべく、いたく苦吟されている由。貴下が私の正体を読書界に伝えられることは、あまり喜ばしいこととは言いかねるが、——と申すのは、それがために私の枢密文書管理官としての勤務に無数の不快事が生ずるやもしれず、同僚のあいだにも、火の精はそもそもどの程度まで法的に官吏としての服従義務を負いうるかとか、ガバリス[18]やスウェーデンボルィ[19]の言によれば四大《しだい》の精霊はまったく信用するに足りぬものであるとのこと故、果たしてどの程度まで安心して職務をゆだねうるかとか、さまざまな問題の論議を呼びおこすであろうし、はたまたわが親友たちにしても、私がにわかにはしゃいで火花なぞを発し、彼らの髪や晴着に焼けこげを作りはせぬかと心配して、私との抱擁をいやがりかねないからでありますが——とはいえ、これら数々の不都合にもかかわらず、貴下がこの作品の中で私ならびに結婚せる愛娘《まなむすめ》について（残る二人の娘もかたづいてくれればと願っておりますが）、あまたの好意ある言葉をお述べくだされたからには、私としても貴下の作品の完成に助力を惜しまぬ所存であります。それ故もし第十二の夜話を書こうとお考えならば、貴下の住まいの呪わしき五つの階段を下り、貴下のみすぼらしい小部屋をあとにして、私のもとに来られるがよろしい。すでにご存じの青の棕櫚《しゅろ》の間には、しかるべき文房具がととのえてある故、ご自身の目で見られたことを簡にして要を得た言葉で読者に伝えることができるはず、これならば伝聞で知ったにすぎぬ生活をくだくだしく描写するより、はるかにまさると愚考する次第であります。

敬具

火の精リントホルスト
現王室枢密文書管理官

18 モンフォーコン・ド・ヴィラールが一六七〇年にパリで刊行した秘教的な本、『ガバリス伯爵、或いは隠秘学をめぐる対話』の主人公のガバリス道士。
19 スウェーデンボルィ（一六八八〜一七七二）は、スウェーデンの自然研究家。霊視体験を持ち、心霊研究などの著作が多い。

文書管理官リントホルストのいささか無愛想とはいえ好意のこもったこの手紙は、このうえなくうれしかった。私が彼の娘婿の運命を知った奇妙ないきさつについても、——好意ある読者よ、私には守秘義務があるので、これだけはあなたにもお話しするわけにはいかないのですが——、このふしぎな老人はどうやらよく知っているらしいものの、それでも私が心配していたほど悪くとってはいなかったのです。それどころか、私が作品を完成できるよう協力しようと申し出てくれているのですから、その出版によって彼が霊界の不可思議な存在だということが世に知られてしまうことに、基本的には同意してくれていると見ていいわけです。

「もしかすると」と、私は考えました、「彼のほうでも、そうすれば残る二人の娘にもはやく婿を見つけてやれると、期待してのことかもしれないぞ。ひょっとしたら、どこぞの若者の胸に火花が落ちて、みどりの蛇への憧れを燃えたたせる、そこで若者が昇天祭の日に接骨木《にわとこ》の茂みを探してみどりの蛇を見つける、そんなぐあいにうまく運ばないともかぎらないからな。アンゼルムスがガラスのびんに閉じ込められて味わった災難からは、いかなる疑念、いかなる不信も厳にいましむべしという警告を、その若者は汲みとることだろうよ」

正十一時、私は仕事机のランプを消して、文書管理官リントホルストのもとに出かけていきました。彼はもう玄関に出て待っていました。

「ようこそおいでなされた！　――わたしの善意を誤解なくお汲みとりくださって、まことにうれしい――さあ、どうぞお入りなされ！」

そう言って彼は、まばゆい輝きにあふれる庭園を通りぬけて、瑠璃色の部屋へ私を案内しました。アンゼルムスが仕事をしたあのすみれ色の書物机があります。――文書管理官はいったん姿を消しましたが、すぐまたみごとな金の杯を手にしてもどってきました。杯からは青い炎があがっています。

「さあ、あなたの友人、楽長ヨハネス・クライスラー氏[20]お気に入りの飲み物をおもちしましたぞ。――火をつけたアラク酒、砂糖を少々入れてある。ほんの少しずつ味わってみてくだされ、わたしはすぐに部屋着を脱いで、あなたがそこにすわって見た

20　ホフマンの『クライスレリアーナ』『牡猫ムルの人生観』などに登場するホフマン自身を思わせる音楽家、ヨハネス・クライスラーのこと。

り書いたりなさっているあいだ、気の向くままにその杯の中をあがったりおりたりして、楽しくお相手をさせていただくことにしよう」

「どうぞ、ご随意に、文書管理官さん」と、私は答えました。「しかしこの飲み物を口にしようとすると、ひょっとしてあなたを――」

「いや、心配ご無用」

彼はそう言うなり、ぱっと部屋着を脱ぎすて、すくなからず啞然としている私を尻目に、杯によじのぼって炎の中に消えてしまいました。――私はそっと息を吹きかけて炎を払いながら、遠慮なく酒を味わいました。――なんたる美酒だったことか！

さやさやとやわらかな音をたてて、棕櫚の木のエメラルド色の葉が、朝風に愛撫されるかのように揺れているではないか？――葉むらは眠りから覚めて動きはじめ、かずかずの不思議について、はるか彼方から竪琴《たてごと》のやさしい調べが伝えてくるかのように、ひめやかにささやきかけてくる！――瑠璃色は壁から溶け出して、匂やかな霞《かすみ》となって高く低くただよい、そこをまばゆい光が射しとおすと、霞は歓声をあげて無邪気にたわむれるかのように、渦をまき、輪をえがきつつ、棕櫚の上にたかだかとひろがる無窮《むきゅう》の天空へのぼってゆく。――だが光はますますまばゆく降りそそぎ、ついには明るい陽光の中に、はてしなく広い林苑《りんえん》がぱっとひらけて、そこにアンゼルムスの姿が見える。――燃えたつようなヒヤシンスとチューリップと薔薇が、うつくしい頭《こうべ》をもたげ、その香りは愛らしい声となって、この幸せ者に語りかける。

「お歩きなさい、わたしたちのあいだをお歩きなさい、わたしたちを理解してくださる恋人よ――わたしたちの香りは愛の憧憬――わたしたちはあなたを愛します、永遠にあなたのものです」

金色の光が灼熱の声をあげる。

「わたしたちは愛のともした炎。――香りは憧憬、でも炎は熱望、そしてわたしたちはあなたの胸に住んでいるのではないかしら？　わたしたちはあなたのもの！」

ほの暗い茂みが、高い木々の梢が、さわさわと語る。

「こちらへいらっしゃい！　――幸せな方――いとしい方！　――炎は熱望、でもわたしたちの涼しい木かげは希望！　あなたの頭《こうべ》を愛撫しながら葉を鳴らしましょう。愛があなたの胸に住むゆえに、あなたはわたしたちを理解してくださるのですから」

泉と小川が水音をあげる。

「いとしい方、そんなにはやく通り過ぎてはだめ、水晶のようなわたしたちをのぞきこんでくださいな——あなたの姿が宿っています、たいせつに守りますよ、あなたはわたしたちを理解してくださったのだから！」

よろこびの声をあわせて、色とりどりの小鳥たちがさえずる。

「聴いて、わたしたちの声を聴いて。わたしたちは愛のたのしさ、愛のよろこび、愛の陶酔！」

しかしアンゼルムスの憧憬にみちたまなこは、遥かかなたにそびえる壮麗な神殿を見つめている。神殿の精巧につくられた柱は樹木と見まごうばかり、柱頭や飾縁《かざりぶち》は、みごとな曲線や形をつくるアカンサスの葉の意匠。アンゼルムスは神殿に歩みより、よろこびに胸をふるわせて、色とりどりの大理石、みごとに苔むした石段をながめる。「ああ！」と彼は感きわまったように叫ぶ。「彼女のいるところはもうすぐだ！」

そのとき神殿の中から、美しくも典雅な姿のゼルペンティーナが、黄金の壺を抱えて歩みでてくる。壺からはみごとな百合の花が一輪。無限の憧憬の言い知れぬよろこびに燃える目で、彼女はアンゼルムスを見つめて言う。

「ああ、いとしい方！　百合がうてなを開きました——最高の願いが成就したのです。

わたしたちの幸せに比べられるものがありましょうか!」

アンゼルムスは情熱に身を焦がして彼女をかき抱く――百合の花がその頭上で炎をあげて光りかがやく。そして木々や茂みはますます音たかくざわめき、泉水はいっそう明るくよろこばしげに歌いさざめく――鳥たちも――色とりどりの虫たちも、空中に輪をえがいて舞い踊り――たのしく、ほがらかな歓声が空にみち――水にも――地上にも、愛をことほぐ祝祭がくりひろげられる!――そのとき、あちこちに稲妻が光り、茂みを照らして走りぬける――ダイヤモンドが、きらめく眼のように大地からのぞく!――泉からはたかだかと噴水がほとばしり――ふしぎな芳香が、ざわざわという羽音とともにただよってくる――四大《しだい》の精霊たちだ、彼らは百合の花に忠誠を誓い、アンゼルムスの幸福を告げ知らせる。――するとアンゼルムスが、変容の光輝につつまれたかのような頭をあげる。――あれはまなざしか?――言葉か?――歌か?――私の耳にはこう語っているようにひびいてくる。

「ゼルペンティーナ!――おまえを信じ、おまえを愛したことによって、自然はぼくにその奥深い神秘を明かしてくれた!――おまえは百合をもってきてくれた、まだフォスフォルスが想念に火を点ずるより以前に、大地の根源的力たる黄金から咲きでた百合の花を。――この花こそ、万物の聖なる調和の認識なのだ、そしてぼくはこの認識のうちに、永遠の幸福を得て生きるのだ。――そうなのだ、無上の幸せ者のぼくは、至高なるものを認識した――おまえをとこしえに愛さずにはいない、ああ、ゼルペンティーナよ！――百合の金色のかがやきは永遠に失せることはない、信と愛と同じく、認識もまた永遠なのだから」

私がアンゼルムスの姿をアトランティスの荘園にまざまざと見たこの幻影は、きっと火の精の魔術によるものだったのでしょう。そしてすべてが霧につつまれるようにしてかき消えたとき、紫の机の上の紙に目をやると、いまの幻影が私自身の手でじつにきれいに、見たままに書きしるされているのに気がついて、天にも昇る心地でした。しかしそのとき、突然の痛みが私をつらぬき、切り裂くのを感じました。

「ああ、幸せなアンゼルムスよ、きみは日常生活の重荷をかなぐり捨てて、やさしいゼルペンティーナを愛することで思いきり翼をはばたかせ、いまはアトランティスの荘園で至福と歓喜のうちに生きている！――それにひきかえ、なんとあわれな私だろう！――もうすぐ――いや数分とたたぬうちに、アトランティスの荘園には遠くおよばぬとはいえかくも美しいこの広間から、私自身は屋根裏部屋に舞いもどるのだ。そしてみすぼらしい生活の惨めったらしさが、私の感覚をにぶらせ、無数の災いが私のまなこを濃い霧でおおってしまうから、あの百合を見ることはけっしてないだろう」

すると、文書管理官リントホルストがそっと私の肩を叩いて言いました。

「まあ、落ち着きなさい！　そんなに嘆くことはない！　——あなた自身が、たったいまアトランティスにいたではないですか。あなただってあそこには、内面の感覚の詩的財産として、少なくとも小ぎれいな農園くらいはおもちではないのかな？　——そもそもアンゼルムスのいまの幸福は、詩心《ポエジー》に生きることにほかならぬとは思いなさらぬか。詩心にたいしてこそ、万物の聖なる調和が、自然のもっとも深い秘密としてみずからを啓示するのですからな」

お話はこれでおしまい

マドモワゼル・ド・スキュデリ

——ルイ一四世時代の物語——

サン・トノレ街に、マドレーヌ・ド・スキュデリ[1]の住む小さな家があった。雅やかな詩文と、ルイ一四世ならびにマントノン夫人[2]の愛顧でもって知られていたひとである。
ある夜更け——一六八〇年秋のことだったろうか——この家の扉を激しくたたく音がして、玄関ホールいっぱいにこだました。——マドモワゼルと呼びならわされた女主人の、この小さな世帯のコックと下男と玄関番を兼ねていたバプティストは、この日は女主人の許しを得て田舎の妹の結婚式へ出かけていたので、侍女のマルティニエールだけが、家のなかでひとりまだ起きていた。何度となく扉をたたく音を聞いて、バプティストが留守なこと、家にはマドモワゼルと自分が守り手なしにとり残されていることを思った。強盗や殺人など、そのころパリに横行していたあらゆる犯罪行為が脳裡をよぎる。きっとそういう手合いがこの家の無防備を知って、ああやって外で騒いでいるにちがいない、扉を開けさせて、女主人に悪事をはたらくつもりなのだ。そう思った彼女は、自分の部屋にこもって震えおののきながら、バプティストを妹の結婚式ともども呪っていた。そのあいだも扉を打つ音は鳴りやまず、合間あいまに声が聞こえるような気がする。

「お願いだ、開けてください、どうか開けてください!」

とうとう不安にいたたまれなくなって、マルティニエールは蠟燭《ろうそく》の燃えている燭台をさっと摑《つか》むなり、玄関ホールへ走っていった。そこでは声がはっきりと聞きとれる。

「お願いだ、開けてください!」

「ほんとうに泥棒だったら」とマルティニエールは考えた、「こんな言い方をしやしない。ひょっとすると、追われている人がうちのご主人さまにかくまってもらおうとしているのかもしれない、あの方はいつだって善行をほどこしなさるから。でも用心しなくては!」

そこで窓を開けて、男のような低い声をつくろうと苦心しながら、こんな夜中に玄関先で騒いでみんなを起こしてしまうのはだれかと、窓の下へ問いかけた。そのときちょうど黒雲が切れて月の光が漏れ、そのほのかな明かりに、薄灰色《うすはいいろ》のマントに身を包んだ背の高い姿が浮かびあがった。つば広の帽子を目深にかぶっている。彼女は下にも聞こえるように大きな声で呼ばわった。

「バプティスト、クロード、ピエール、起きてこい、ならず者が家に押し入ろうとしている！」

ところが下からは、やわらかな、ほとんど哀願するような声が聞こえてきた。

「ああ！　マルティニエール、どんなに声をつくっても、あなただってわかりますよ。バプティストが田舎へ行っていることも、あなたとご主人さましか家におられないことも、ちゃんとわかっている。安心して扉を開けてください、怖がらないで。あなたのご主人さまにどうしてもお目にかからなくてはいけないんだ、それもいます

1　マドレーヌ・ド・スキュデリ（一六〇七～一七〇一）。「パリのサロンのサッフォー」とうたわれた女性作家で、長編の英雄物語『大シリュス』などの作品で当時きわめて人気が高かった。ホフマンのこの物語で触れられている『クレリー』は、男女の清純な友愛を論じていて、とりわけ貴族の女性たちに愛読された。

2　マントノン侯爵夫人（一六三五～一七一九）。詩人ポール・スカロンの未亡人で、ルイ一四世と愛人モンテスパンとのあいだの子どもたちの養育係だったが、のちにルイ一四世の愛人となる。もう一人の愛人、フォンタージュ侯爵夫人が一六八一年に死去してからは、王のかたわらでもっとも影響力をふるう第一位の女性となり、一六八四年には内密にルイ一四世と結婚している。

ぐに」

「とんでもない」とマルティニエールは答えた。「マドモワゼルにこんな夜中にお目にかかりたいだなんて。もうとっくにおやすみです。ぜったいにお起こししませんよ、あの方のお歳ではとても大事な、いちばん気持のいい寝入りばなですからね」

「わたしは知っているんだ」と下にいる男は言った。「マドモワゼルは、長年休まず書きつづけてきた小説、『クレリー』という題ですよ、その原稿をわきにどけて、いまは、明日マントノン侯爵夫人のところで朗読するつもりの詩をいくつか書いておいでだ。後生だから、マルティニエール、かわいそうだと思って扉を開けてください。一人の不幸な者が破滅から救われるかどうかの瀬戸際なのだ、一人の人間の名誉と自由が、それればかりか命が、マドモワゼルにお目にかからなくちゃならないこの瞬間にかかっている。考えてもみてください、助けを求めにきた不幸な者をあなたが無慈悲に門前払いしたとお知りになったら、ご主人の怒りが永久にあなたを苦しめることになりますよ」

「でもマドモワゼルの同情心にすがるのに、どうしてこんな非常識な時間に？　明日、まともな時間に出なおしなさい」

マルティニエールがこう言うと、窓の下から答えて、

「稲妻の死の一撃のように襲いかかる運命が、時間なんぞを気にかけますか？　救いが一瞬を争うとき、助けを先延ばしにしていいんですか？　扉を開けてください、なにも怖がることはない。おそろしい運命に苦しめられて、身を守るすべもなく、世間から見捨てられ追い回されて、迫りくる危険から救ってほしいとマドモワゼルにお願いにきた惨めな人間なんです！」

マルティニエールは下の男のこの言葉に、深い苦痛の呻きとむせび泣きを聞きとった。しかもそれは若い男の声、やわらかな、胸に深くしみいる声だった。彼女は心動かされて、もはやためらわずに鍵を取りにいった。

扉を開けると、マントにくるまった男はずかずかと入ってきて、マルティニエールのわきをすり抜けて廊下へ向かいながら、声をあらげて叫んだ。

「マドモワゼルのところへ案内を！」

びっくりしたマルティニエールが手燭を高くあげると、蠟燭の光に、死人のように蒼ざめ、おそろしく引きつった若者の顔が照らしだされた。男がマントの両前を開くと、胸当からきらりと突き出ている短剣の柄《つか》が見えて、マルティニエールは恐怖のあ

まり床にくずおれそうになった。相手は火花を散らさんばかりに目をぎらつかせて、いっそう荒々しい声を出した。

「さあ、マドモワゼルのところへ案内を！」

マドモワゼルに危険が迫っている、マルティニエールはそう悟ると、思いやり深い母親ともあがめている大事な女主人へのありったけの愛情が、いっそうつよく胸に燃えあがって、自分でも信じられないほどの勇気が湧いてきた。開けたままになっていた自分の部屋のドアをいそいで閉めて、そのまえに立ちはだかり、凛《りん》として言った。

「ほんとに、家に入ってからのそのとんでもない振舞いは、外にいたときのあの哀れっぽい言葉とは大違い。いまになってわかりましたよ、あれでわたしの同情を買ったのね。マドモワゼルは、いまはお会いになりません、会わせません。悪いことを目論んでいないのなら、昼間をおそれる必要がないのなら、明日出なおして、お願いをなさい！——いまは、さっさと出てお行き！」

男は重苦しい吐息をつくと、たけだけしい目つきでマルティニエールをにらみ、それから短刀に手をやった。もはやこれまでと、マルティニエールはひそかに魂を神にゆだねたが、それでも気丈な態度をくずさず、相手の目をきっと見すえて、背中を部屋のドアにいっそうつよく圧《お》しつけた。その部屋を通らなければ、マドモワゼルのところへは行けない。

「マドモワゼルのところへ連れてゆけと言ってるんだ」

男はまた叫んだ。

「どうぞご勝手に」と、マルティニエールは応じた。「ここから一歩もどきませんからね。やりかけた悪事をやりとおすがいい、グレーヴ広場で死刑の恥をさらすのがおちなんだから、あんたの呪われた仲間どもとおんなじにね」

「ああ」と男は声をあげた。「そう言われるのも無理はない、マルティニエール！　不埒な強盗や人殺しみたいに、刃物をもっているからな。でもわたしの仲間は処刑なんぞされてない、処刑なんぞ！」

そして生きた心地のしないマルティニエールを毒のあるまなざしで刺すように見ながら、短刀の鞘《さや》をはらった。

「イエスさま！」と、彼女は死のひと突きを覚悟して叫んだ。

だがそのとき、外の通りに馬蹄のひびきと剣の鳴る音がした。

「騎馬警察隊《マルショセー》だ――お巡りさん、助けて、助けて！」彼女は大声を出した。

「ひどい女だ、わたしを破滅させる気だな——もうおしまいだ、なにもかもおしまいだ！　さあ、受け取ってくれ、これをマドモワゼルに渡してくれ、今日のうちに——明日でもいい」

こう小声で言いながら、男はマルティニエールから燭台をもぎとって蠟燭を吹き消し、彼女の手に小さな箱を押しこんだ。

「あんたの身のためだ、マドモワゼルに渡すんだぞ」

男はこう叫ぶなり家から飛びだしていった。マルティニエールは床にへたりこんでしまったが、やっとのことで立ちあがって、暗闇のなかを手さぐりで自分の部屋にもどると、疲れはてて声をあげる元気もなく、安楽椅子に沈みこんだ。

すると鍵束の鳴る音がした。さっき玄関の鍵穴に差しこんだままになっていたのだ。錠がおろされ、おぼつかなげな足音がそっと部屋に近づいてくる。彼女は金縛りになって立ちあがることもできず、凶事を覚悟した。ところがドアが開いてランプの光に浮かびあがったのは、正直者のバプティストだ。屍《しかばね》のように蒼ざめて、すっかり取り乱したようす。

「いったいぜんたい」と、彼は口を開くなり言った。「いったい、なにがあったんです、マルティニエールさん。ああ、不安だった！　不安でたまらなかった！　――わけもわからず、じっとしていられなくなって、ゆうべの結婚式からすぐもどってきたんだ。――いま、そこの通りまで来て考えた、マルティニエールさんは眠りが浅い、玄関の扉をそっとたたけば、きっと聞きつけて中に入れてもらえるだろうとね。ところがそこへ完全武装の警察隊が騎馬や徒歩でどどっとやってきて、わしを捕まえて放してくれない。だが運よく、わしをよく知っている騎馬警察隊長のデグレ中尉どのがそこにいてな、連中がわしの鼻さきにランタンを突きつけたとたんに言ったんだ。

『なんだ、バプティストじゃないか、こんな夜更けにどこをうろついてきた？　ちゃんと家にいて番をしてなきゃならんのに。このあたりは物騒だ、今夜はこれから大捕物になるぞ』

　あんたには信じられまいが、マルティニエールさん、この言葉がどんなにわしの胸にこたえたことか。そうして玄関先へ来ると、いきなり覆面の男が家から飛びだしてきた、手には抜き身の短刀、わしを突き倒して走っていった――玄関は開けっぱなし、鍵は鍵穴にささっている――いったい、どういうわけなんです？」

死ぬほどの不安から解放されたマルティニエールは、それまでの顚末を語った。バプティストとふたりで玄関ホールへ出てみると、あの見知らぬ男が逃げるときに投げ捨てた燭台が床にころがっていた。

「こりゃまちがいなく、わしらのマドモワゼルは強盗におそわれるところだった、それどころか殺されかねなかったぞ」と、バプティストが言った。「あんたの話だと、そいつは家にあんたとマドモワゼルしかいないのを知っていたんだね。おまけに、マドモワゼルがまだ起きて書きものをしておいでだということまでも。きっとあの呪わしい詐欺師や泥棒どもの一味にちがいない。やつらは家の奥まで入りこんで、自分たちの悪だくみに役だつことならなんでも嗅ぎつけちまう。その小箱だがね、マルティニエールさん、セーヌ川のいちばん深いあたりに投げこんじまおうか。どんな凶悪なやつがマドモワゼルの命をつけ狙っているか、知れたもんじゃない。小箱を開けたとたんに倒れて死んでしまうかもしれん、トゥルネ老伯爵が見知らぬ人からの手紙を開けたときのようにな」

ふたりの忠実な使用人は長いこと相談のすえ、ようやく結論を出した。翌朝、なにもかもマドモワゼルにお話しして、いわくありげな小箱もお渡ししよう、そうすればそれなりの用心をして箱をお開けになるだろう、と。あの怪しい男のようすを一つひとつ仔細に検討してみると、なにかとくべつな秘密がからんでいるようだが、ふたりが勝手に処理してしまうわけにはいくまい、解明はご主人さまの手にゆだねるしかない、と考えたのだった。

バプティストの心配には十分な理由があった。まさにそのころ、パリはかずかずの悪辣きわまる凶行の舞台となっており、まさにそのころ、悪魔的な発明がそれらに容易きわまる手段を提供していたのだ。

グラーゼルというドイツ人薬剤師［パリの宮廷薬剤師］は、当時のもっとも優れた化学者だったが、こういう学問をしている人にありがちだったように、錬金術の研究に打ち込んでいた。めざしていたのは賢者の石［卑金属を金に変え、また万病を治癒する力を持つとされた石］の発見だった。彼の研究に仲間として加わったのがエクシリという名のイタリア人だが、この男にとって錬金術は口実にすぎなかった。もろもろの毒素の調合、蒸解、昇華を、グラーゼルは幸運への道が開けるのを期待しておこなっていたのにたいし、エクシリはその方法だけを学びとろうとした。そしてついにつくりだすのに成功したのが、あの精妙な毒薬だった。無味無臭で、即座にでも徐々にでも効かせることができ、人体になんらの痕跡も残さず、医者のあらゆる技術、あらゆる知識をあざむいてしまうので、医者は毒殺とは思いもよらず、自然な原因による死だと考えるしかない。エクシリは慎重このうえなく仕事をすすめたものの、結局は毒薬販売の嫌疑をうけて、バスティーユに下獄。まもなく同じ獄房に入れられたのが、ゴダン・ド・サント・クロワ大尉だった。この男は長いあいだブランヴィリエ侯爵夫人と関係をつづけて、侯爵一門の面目をつぶしてきたのだが、侯爵は夫人の罪に無頓着だったため、夫人の父親、パリ市副総督だったドルー・ドーブレーがついに乗りだささるをえなくなって、不義の仲を裂くために大尉の逮捕命令を出したのだ。大尉は情熱的で無節操、敬虔をよそおい、若いころからあらゆる背徳を好み、嫉妬ぶかく、凶暴なまでに復讐心がつよかったから、すべての敵を亡きものにできるエクシリの悪魔の秘薬ほど、願ったり叶ったりのものはなかった。そこでエクシリの熱心な弟子となり、やがて師と肩をならべるほどに腕をあげ、バスティーユから釈放されたときには、ひとりで仕事をこなせるようになっていた。

ブランヴィリエ夫人は堕落した女だったが、このサント・クロワのせいでいよいよ怪物と化すまでになった。彼に操られて次から次に毒殺を重ねたのである。手はじめは、自分の父親――みずから老父のもとに身を寄せて、おぞましい偽善をもって世話をしたあげくのことだ。つぎには兄弟を二人とも、最後には妹。父親を殺したのは復讐のため、あとは莫大な相続財産のためだった。あまたの毒殺者の物語がおそろしい実例を示しているとおり、この種の犯罪は抗《あらが》いがたい情熱と化してゆくものだ。化学者が実験を自分の楽しみのためにするように、ほかの目的なしに、純粋に快楽を味わうためだけに、毒殺者たちはしばしば、自分にとってはその生死がまったく無関係な人まで殺してしまう。慈善病院オテル・デューで貧しい人たちがたくさん急死した事件は、のちになってブランヴィリエ夫人への疑惑を生んで、彼女が信仰深さと善行の鑑《かがみ》たろうとして毎週そこで施していたパンに毒が入っていたのではないかと疑われた。だが確実なのは、彼女が鳩肉パイに毒を入れて、招いた客に出したことだった。サント・クロワと助手のラ・ショセー、それにブランヴィリエは、長いあいだ自分たちのおそるべき犯行を厚いヴェールで隠しおおせはしたが、いったん天の永遠の力が、この悪人どもにここ地上で裁きを下そうと決めたなら、非道の輩《やから》のどんな奸智がそれに立ち向かえようか！

サント・クロワの調合する毒薬はひじょうにきめ細かい粉末だったので（パリっ子はそれを「相続の粉薬」と呼んだ）、調合のさいにむきだしになっていると、ひと息吸いこむだけで即座に命を落とすほどだった。だからサント・クロワは仕事のとき薄いガラスのマスクをつけていた。ところがある日、できあがった粉薬をフラスコへ振り入れようとしたときにマスクが落ちて、毒の細かな粒子を吸い込み、たちどころに死んでしまった。彼には相続人がいなかったので、遺産を封印するために裁判所の役人がすぐにやってきた。するとある木箱のなかに、悪人サント・クロワが使っていた毒殺用の薬物・道具一式がしまってあるのが見つかり、ブランヴィリエの犯行を疑う余地なくさせる手紙も発見された。彼女はリエージュのさる修道院へ逃げこんだ。そこで騎馬警察隊のデグレが派遣され、聖職者に変装して彼女の潜伏さきの修道院にあらわれて、色仕掛けで女に近づき、郊外の人気《ひとけ》のない庭園での密会におびき出すことに成功。彼女はそこへ着くなり、デグレの配下に取り囲まれ、恋人の僧は突如、騎馬警察の役人に変じて、庭園まえに用意しておいた馬車に彼女を押し込み、まわりを警官で固めて、まっすぐパリへ向かった。ラ・ショセーはすでに首を刎《は》ねられていて、ブランヴィリエも同じ刑に処せられ、死体は焼かれて灰は空中に撒きちらされた。

パリっ子たちは胸をなでおろした。これまで罰も受けずに敵味方を問わず秘密の凶器を使ってきた怪物が、やっとこの世から消えた、と。ところがまもなく、呪うべきサント・クロワのおそろしい技術が、どこかに伝わっていることがわかってきた。殺人が、目に見えぬ陰険な幽霊のように、血縁や恋や友情だけがつくりうるごく狭い圏内にしのびこんで、不運な犠牲者をすばやく確実に捕まえていたのだ。今日、健康そのものに見えた人が、明日はよろよろと倒れ臥して、医者のどんな手だても死から救えない。富――収入の多い官職――美しくて、おそらく若々しすぎる女――これだけで死の追跡を受けるに十分だった。おぞましい不信感が神聖な絆《きずな》をも断ちきり、夫は妻を、父は息子を、妹は兄をおそれておののいた。友人が友人に出したご馳走もワインも、手つかずに残され、いつもなら愉悦と冗談にみちていた席で、荒《すさ》んだまなざしが、覆面の殺人者がいるのではないかと探りあう。一家の家長が、おのれの家での悪魔的裏切りをおそれて、遠くまで出かけてびくびくと食料を買いこんだり、そここの汚らしい屋台で料理を調達したりする。にもかかわらず、慎重に慎重をかさねた用心もむなしく終わることしばしばだった。

国王は、猖獗《しょうけつ》をきわめゆく悪事になんとか歯止めをかけようと特別裁判所を設けて、この隠れた犯罪の捜査と処罰をもっぱらそこに委ねた。これがいわゆる「火刑裁判所《シャンブル・アルダント》」で、法廷はバスティーユからほど遠からぬところに設けられ、長官にはラ・レニが任ぜられた。だがしばらくのあいだは、ラ・レニの熱心な奮闘もなんら成果を得られず、犯罪の秘密の巣の発見は、老獪《ろうかい》なデグレの登場をまってはじめて実現したのだった。

市の中心部から少しはずれたサンジェルマン地区に、ラ・ヴォワザンと呼ばれる老婆が住んでいた。占いや降霊術をほどこし、仲間のル・サージュとル・ヴィグルーを助手にして、おつむが弱いとも軽信とも言えないような人たちにさえ、畏怖と驚嘆の念を起こさせる手を心得ていた。だがこれだけではない。サント・クロワと同様、エクシリの弟子だった彼女は、痕跡を残さないあの精妙な毒薬をやはり調合しては、極道息子どもにはやばやと遺産を得させたり、不貞な妻がもっと若い男に乗り替えるのをたすけたりもしていたのだ。デグレが彼女の秘密を突きとめ、彼女はすべてを白状、火刑裁判所は火あぶりの刑を宣告し、グレーヴ広場で執行された。彼女の家からは、彼女の助けを借りた人全員のリストが発見され、そのため処刑につぐ処刑となったばかりか、名望ある人物たちにまで重大な嫌疑がおよぶことになった。たとえばボンジー枢機卿は、ナルボンヌの大司教として年金を払うべき相手をすべて、ラ・ヴォワザンの薬を使って短時日のあいだに死なせてしまったと信じられた。ブイヨン公爵夫人、ソワッソン伯爵夫人の名もリストに載っていて、あの極悪非道な女とのつながりで起訴されたし、リュクサンブール公にして上院議員兼帝国元帥のフランソワ・アンリ・ド・モンモランシー＝ブドベルさえも容赦されなかった。おそろしい火刑裁判所の訴追を受けて、彼はみずからバスティーユの獄にくだったが、ルヴォワ〔軍事大臣でフランソワ・アンリの政敵、のちに宰相〕とラ・レニは彼を憎むあまり、身長ぎりぎりの奥行きしかない牢獄に閉じこめた。何カ月もたってようやく、公爵の罪はなんら処罰に値するものでないことが完全に明らかになった。一度、ル・サージュに星占いをしてもらっただけだったのである。

長官のラ・レニがやみくもな熱心さに駆られて暴力と残虐へ走ったことは確かだった。法廷はすっかり異端審問の性格をおびてしまって、ほんの取るに足らない嫌疑だけできびしい投獄となり、死を求刑された被告が身の潔白を証明しようにも、運を天にまかせるしかないことがしばしばだった。しかもラ・レニは見るからに不快な容貌で陰険な性格だったから、自分たちの復讐なり保護なりを彼に期待していた人たちの憎しみすら、一身に招くまでになった。ブイヨン公爵夫人は審問のさい、悪魔を見たことがあるかと彼に問われて、「いま目のまえに見ている気がします！」と答えたという。

さて、グレーヴ広場で罪ある者、嫌疑を受けた者の血が河と流れて、ひそかな毒殺がついにほとんど起こらなくなってきた一方で、べつのたぐいの災いが姿をあらわして、あらたな恐慌を生みだすようになった。どうやら盗賊の一味が、ありとあらゆる宝石をおのが手に入れようと狙っているらしい。高価な装身具を買うと、どんなに大事に保管しておこうと、不可解にもたちどころに消えてしまう。もっとひどいのは、夜分に宝石をもって出歩こうものなら、公道であれ建物の中の暗い通路であれ、かならず奪われ、悪くすると殺されてしまうことだった。命だけは助かった者の話によると、いきなり脳天に雷電のごとき拳の一撃をくらって気を失い、意識がもどったときには宝石は奪われていて、殴られた場所とはまるでちがうところにいたという。殺された者は、ほとんど毎朝のように通りや建物の中で発見されたが、みな同じ致命傷、短剣で心臓を刺されていた。医者の所見によれば、きわめて素早い確かな死の一撃で、被害者は声をあげる力もなく仆《たお》れたにちがいない。なにしろルイ一四世の絢爛たる宮廷にあって、ひと目を忍ぶ夜の恋路を、ときには高価な贈りものをたずさえて、ひそかに行かなかった者があっただろうか。盗賊は、幽霊とでも結託しているかのように、いつだれが、どこへ忍んでいくかを正確に知っていた。不運にも、恋の幸せを味わうつもりの家に行き着かないうちに襲われた者も多く、しばしば玄関先で、それどころか恋人の部屋のまえで仆れて、血まみれの死体を発見した恋人が恐慌をきたすことになった。

パリの警視総監アルジャンソンは、ひとびとの目にちょっとでも怪しいと映った者をしらみつぶしに検挙し、怒り狂ったラ・レニは自白を強いようと手を尽くし、見張りや巡視も強化されたが、すべて無駄だった。犯人の手がかりはいっこうにみつからない。夜歩きには完全武装して従者に灯をもたせるという用心だけが、いくらか助けにはなったが、それでもたとえば、従者が石をなげつけられて怯《ひる》んだすきに、主人が殺され、宝石を奪われるというケースもあった。

奇妙なことに、宝石の取引がおこなわれていそうな場所はくまなく捜査したにもかかわらず、強奪された品は一つとしてどこにも姿をあらわさない。ここでも追跡の手がかりはみつからないままだった。

デグレは、彼の策略すらまんまとすり抜けてしまう盗賊どもへの怒りをたぎらせた。

彼がちょうど出動した当の区域ではなにごともなく、だれも凶事を予想しなかったべつの区域で、強盗殺人者が宝をかかえた犠牲者をつけねらうのだ。

　そこでデグレは奇計を考え出して、何人ものデグレをつくりあげた――歩き方、姿勢、言葉つき、体型、容貌、すべてがデグレそっくりで、捕吏たちすらどれがほんものかわからないほどの影武者たち。そうしておいて自分は命がけで単身、ものかげで待ち伏せしたり、金目の装身具をもたせた囮《おとり》のあとを遠くからつけていったりした。だが囮は襲われずじまいだった。この手もやはり裏をかかれたのだ。デグレは絶望した。

　ある朝、デグレは長官ラ・レニのところへ、血の気のない顔をゆがめ、度を失ったようすでやってきた。

「どうした？　どんな報告だ？　手がかりがみつかったか？」と、長官が声をかけた。

「は――長官」と、デグレは激昂のあまりつっかえながら言いはじめる。「は、長官殿――ゆうべ――ルーヴルから遠からぬところで、ラ・ファール侯爵がわたしの目のまえで襲われました」

「しめたっ！」ラ・レニは歓声をあげた。「とうとう捕まえたな！」

「ま、聞いてください」と、デグレは苦笑いしてさえぎった。「まずは一部始終を。——つまりですな、ルーヴルのそばで、わたしを愚弄する悪魔どもを胸の煮えくりかえる思いで待ちうけていたときです。おぼつかない足どりで、うしろを振り返り振り返りやってきた人影が、わたしには気づかずにすぐそばを通りすぎてゆく。月明かりで、ラ・ファール侯爵だとわかりました。そこを通るのは予想できたこと、お忍び先をこっちは知ってましたからね。彼がほんの一〇歩——一二歩、わたしから遠ざかったとき、地面から湧いて出たかのようにいきなり何者かがとびだしてきて、彼を地面に投げ倒してその上にのしかかった。殺人鬼をわが手で捕えられる瞬間がこんなに不意打ちにきたもので、わたしは思わず大声をあげ、隠れ場所から勢いよく飛びだそうとしたとたん、マントが足にからんで転んでしまった。そいつが風をくらって逃げていくのが見えた。あわてて起きあがって追いかけた——走りながら呼子を吹く——遠くから捕吏たちの笛が応える——あたりが色めきたつ——剣の音、蹄《ひづめ》のひびき。『こっちだ——こっちだ——デグレだ——デグレだぞ！』わたしの叫びが街々にこだまする。——男は追跡をまこうと、そっちこっちと角を曲がったものの、月が明るいのでその姿はよく見える。ニケーズ街へ入った。やつの力は落ちてきたようす、こっちは力を倍にして走る——あとせいぜい一五歩——」

「追いついたんだな——捕まえた——捕吏たちが来た」

ラ・レニは眼をぎらつかせて、デグレが逃げる殺人鬼その人であるかのように腕をつかんで叫んだ。

「一五歩」と、デグレは重苦しく息をして沈んだ声でつづけた、「わたしの一五歩さきで、やつは脇の暗がりにとびこんで、塀のむこうに消えてしまったのです」

「消えた？　——塀のむこうに？　——きみは頭がおかしくなったのか」

ラ・レニは二歩あとずさりしながら、両手を打ちあわせて言った。

「なんとでも言ってください、長官殿」と、デグレは悪夢に苛《さいな》まれているかのように額をこすりながらつづけた。「頭がおかしいとでも、幽霊を見た阿呆とでも。しかしまちがいなく、いまお話ししたとおりなのです。塀のまえで棒立ちになっていると、何人もの捕吏が息せき切ってかけつけてきた。立ち直ったラ・ファール侯爵も抜き身の剣をさげて。われわれは松明《たいまつ》を燃やして、塀をあちこち手で探ってみました。どこにも扉も、窓も、隙間も、その痕跡すらない。中庭をかこむ頑丈な石塀で、そこの建物に住んでいるのは、わずかな嫌疑もかけようのない人たちです。今日もこの目でとっくり検分してきました。——悪魔そのものですよ、われわれを嘲弄したのは」

デグレの話はパリじゅうに知れわたった。人びとの頭の中は、ヴォワザンやら、ヴィグルーやら、悪名高い司祭ル・サージュやらの、魔術や降霊術、悪魔との結託などといった話でいっぱいだった。なにしろ、超自然的なもの、不可思議なものを好む傾向が、理性のはたらきを凌《しの》いでしまうのは、われわれのつねに変わらぬ天性のしからしむるところ。だから、デグレは憤怒にかられて悪魔の仕業だと言ったにすぎないのに、ほんとうに悪魔が悪者どもを守っている、やつらは悪魔に魂を売ったのだと、みんなが信じてしまうようになった。デグレの話にいろいろ尾ひれがついたのも想像にかたくない。話は絵入り木版に刷られて、街角という街角で売られた。その絵には、ぞっとする姿の悪魔が仰天するデグレの目のまえで地面に沈みこんでゆくところが描かれていて、民衆を怯えさせるに十分だった。捕吏たちさえすっかり臆病になって、いまでは護符を身につけ、聖水をたっぷり振りかけてから、夜の街を震えながら行く始末だった。

警視総監アルジャンソンは火刑裁判所の努力が水泡に帰したのを見て、国王のもとに伺候《しこう》し、この新手の犯罪にたいしては、さらに大きい権能をもって犯人を捜しだし処罰できる裁判所の新設が必要だと奏上した。だが国王は、火刑裁判所にすら大きい権力を与えすぎたと断乎考えていたし、血に飢えたラ・レニが執行させた無数の処刑のむごたらしさに衝撃も受けていたので、この提案をきっぱり却下した。

そこで、この問題への国王の関心をなんとかもっと高めようと、べつの手段が講じられることになった。

マントノン夫人の部屋で、国王はよく午後を過ごして、大臣たちとそこで夜遅くまで政務に当たられることもある。あるときそこへ、〈危険にさらされている恋人たち〉の名で、一篇の詩がとどけられた。詩はこう訴えていた。貴婦人《ギャラントリー》への礼節の命ずるとおりに、愛するひとへ豪華な贈りものをもっていこうとすれば、いつも命がけ。愛するひとのために騎士にふさわしく闘って血を流すのは、名誉であり喜びであるにしても、狡猾な人殺しの予想できない襲撃となるとまったくべつ。願わくば、あらゆる恋とギャラントリーのきらめく北極星たるルイ一四世よ、その光をもって闇夜を追い散らし、そこにひそむ黒い秘密をあばかれんことを。敵どもを打ち砕く神々しい英雄よ、その勝利にかがやく剣をいままたふるって、ヘラクレスがレルネーの蛇を、テセウスがミノタウロスを退治したごとく、恋のあらゆる愉悦、あらゆる喜びを奪って深い苦悩と悲しみに曇らせるおそろしい怪物を、滅ぼされんことを。

ことがら自体はきわめて深刻だが、それでもこの詩にはエスプリにあふれた言い回しが欠けてはおらず、とりわけ、愛するひとのもとへ忍んでゆく道中がどんなにびくびくものか、その不安のせいで、どんな恋の喜びも、ギャラントリーのすばらしいアヴァンチュールも、どんなに芽のうちに摘まれてしまうか、そのあたりの描写は気が利いていた。おまけに最後はルイ一四世への最大級の賛辞で結ばれていたから、目論見たがわず、国王は見るからにご機嫌うるわしくご通読。終わると彼は、紙からなおも目を離さないまま、マントノン夫人のほうへさっと向きなおって、詩をもういちど大きな声で読みあげると、優雅なほほえみを浮かべて、危険にさらされている恋人たちの願いをどう思うかとお訊《き》きになった。生真面目なたちでユーモアを解さず、つねにある種の敬虔の色に染まっていたマントノンは、禁じられた恋路はとくべつ保護する値打ちはありますまいが、おそろしい犯人のほうは根絶のためのとくべつな対策に値しましょう、と答えた。このどっちつかずの答えに不満だった国王は、紙をたたんで、別室の政務長官のところへ戻ろうとしたが、ふと横を見ると、その場に居合わせたスキュデリが目に止まった。マントノンから遠からぬ小さな肘掛け椅子にすわっている。国王は歩みよった。口もとや頬に浮かんでいた優雅な微笑が、いったんは消えていたのにまた戻ってきて、国王はマドモワゼルのすぐまえに立つと、詩をまたひろげて、ものやわらかに問いかけた。

「侯爵夫人はわが恋人たちのギャラントリーになど、聞く耳をおもちでなくて、禁じられた恋路となると話をかわしてしまう。しかし、マドモワゼル、あなたはこの嘆願の詩をどうお思いかな？」

スキュデリはうやうやしく椅子から立ち上がった。威厳ある老いた淑女の蒼白い頬を、紅《くれない》が夕映えのようにさっとかすめる。彼女は軽くお辞儀をして、目を伏せたまま言った。

「恋する者が盗人《ぬすっと》をおそれては
　恋の名に値いたしませぬ」

さっきの詩の飾りたてた長広舌を顔色なからしめるこのわずか数語の騎士道精神に、国王は感嘆おくあたわず、目をかがやかせて言った。

「聖ドニにかけて、あなたの言うとおりだ、マドモワゼル！　罪ある者もない者も捕らえてしまう見さかいのない措置でもって、臆病者を守るべきではない。アルジャンソンとラ・レニはおのれの本分を尽くすがよい！」

さて、マルティニエールは翌朝マドモワゼルに、おそろしいご時世の残虐のかずかずを色あざやかに織りまぜながら前夜の出来事を話して、震える手で秘密の小箱を差し出した。バプティストは部屋の隅に蒼ざめた顔で立ったまま、不安に胸つぶれてろくに口も利けずにナイトキャップを両手でこねまわしていたが、マルティニエールともどもマドモワゼルに、後生ですから箱を開けるにはくれぐれもご用心をと、心痛のかぎりをにじませて頼みこんだ。スキュデリは、箱に封じこめられた秘密の重みを計るように手にのせて見つめながら、にっこりして言った。

「ふたりとも幽霊でも見たようね！　――わたしが金持ではなく、殺して盗るほどの宝ももっていないことぐらい、あの狡猾な人殺したちは、わたしたちとおなじくらいよく知っていますよ、家の隅ずみまで探りを入れていると、おまえたちはさっき自分で言ったじゃないの。わたしの命が狙われている？　だれにとって、七十三歳にもなる者の死がそんなに重要でしょう、わたしは自分の小説のなかでだって、悪人や治安攪乱者以外を責めたてたことは一度もないし、わたしのつくる凡庸な詩など、だれの妬《ねた》みも買うほどでない。死んだあとに残るものといえば、ときおりの参内に老嬢の着た晴着と、金箔張り小口の上製本二、三ダースぐらいなもの！　それに、マルティニエール、おまえがその見知らぬ男のようすをどんなにおそろしげに描いてみせても、悪だくみを抱いている人とは、わたしには思えませんよ。

では、開けてみましょう！――」

マルティニエールがあわてて三歩跳びずさり、バプティストが「ああ！」と呻いて膝をつきそうになるのを尻目に、マドモワゼルは小箱についている鋼のボタンを押した。ぱちんと音をたてて蓋が開く。

マドモワゼルはどんなにおどろいたことか、小箱からきらめく光を放っているのは、宝石をちりばめた金の腕輪一対と首飾りだった。手にとって首飾りのみごとな細工に感心していると、マルティニエールが豪華な腕輪をちらちら見やりながら、これほどの装身具は見栄っ張りのモンテスパン夫人[3]だってもっていないと、何度も叫んだ。

「それにしても、いったいどういうことかしら」と、スキュデリは言った。

その瞬間、箱の底に小さくたたんだ紙片があるのに気がついた。当然、そこに秘密の鍵があるはず。読み終えたとたんに、紙きれは震える手から落ちた。彼女はもの問いたげに天を仰ぎ、つぎには気を失いかけでもしたように、深く肘掛け椅子に沈みこんだ。びっくりしてマルティニエールが駆けより、バプティストがとんでくる。「ああ！」彼女の声は涙でつまらんばかりだった。「ああ、なんという侮辱、深い恥！　この歳になってまだこんな目に遭わされるとは！　わたしは無思慮な小娘のように、軽はずみな罪をおかしたのでしょうか。——ああ、神さま、なかば冗談で言った言葉が、こんなおぞましい解釈をされるとは！　——子どものときから徳を重んじ、信仰に欠けるところのなかったこのわたしが、悪魔と結託したなどという罪を着せられていいものでしょうか？」

マドモワゼルはハンカチーフを目に押しあてて嗚咽《おえつ》した。マルティニエールとバプティストはすっかりうろたえて、痛嘆する主人を心配そうに見るばかり。

3　モンテスパン侯爵夫人（一六四〇～一七〇七）。ルイ一四世の愛人で、彼とのあいだに八人の子をもうけたが、一六八〇年のラ・ヴォワザンの毒薬事件に巻き込まれ、一六九一年にヴェルサイユを去って修道院に入った。

マルティニエールはその不吉な紙きれを床から拾いあげた。そこにはこう書かれていた。

恋する者が盗人をおそれては
恋の名に値いたしませぬ

深く尊敬する高貴なお方よ、あなたの切れ味鋭い才知が、われわれ、弱さと怯《きょう》懦《だ》にたいして強者の権利を行使し、ふさわしくない者の所有に無駄に落ちてしまう宝をおのが手に奪っている者たちを、大いなる追跡から救ってくださった。われわれの感謝のしるしとして、この装身具をどうかご嘉納のほどを。威厳あるあなたを飾るには、これよりはるかに美しい細工の品がふさわしいとはいえ、これは久しいあいだにわれわれが調達しえたもののうち、もっとも貴重で高価な品であります！　願わくば、今後ともあなたのご厚情とあたたかなご追憶を、われわれからお遠ざけになりませぬように。

見えざる者たちより

「こんなことがありうるのかしら」と、スキュデリはいくらか気をとりなおすと言った。「これほどまでの厚顔無恥、これほどまでの嘲笑が――」

日の光が真紅の薄絹のカーテンをとおして射しこんできた。テーブルの上、開いた小箱のわきで、ダイヤモンドが赤い微光を放ってきらめく。それを見てスキュデリは恐怖のあまり顔をおおった。そしてマルティニエールに、殺された人の血がついたこんなおそろしい飾り、すぐに片付けなさいと命じた。マルティニエールは首飾りと腕輪を箱におさめると、いちばんいいのはこの宝石を警視総監の手にゆだねて、若い男が来て小箱を渡していった気がかりな一件をすべて打ち明けることではないか、と言った。

スキュデリは立ち上がって、どうしたものかと考えているように部屋のなかを黙ったままゆっくり行きつ戻りつしていた。やがて、バプティストに輿《こし》を呼ぶように言いつけ、マルティニエールには、これからすぐマントノン侯爵夫人のもとへ行くから着替えを、と命じた。

侯爵夫人がいつなら部屋にひとりでいるかを知っている彼女は、ちょうどその時刻を見計らって出かけていった。宝石の小箱をたずさえてである。

侯爵夫人はおどろいたにちがいない。いつも威厳があり、高齢になってなお愛すべきひと、典雅そのもののマドモワゼルが、蒼ざめ、ただならぬ面持でよろけこんできたのだ。

「まあ、いったいどうなさいましたの?」

気の毒に、不安に怯えている相手がすっかり取り乱して、立っていることさえ覚束なく、とにかく早く腰をおろせる場所にたどりつこうとするのを見て、侯爵夫人は肘掛け椅子を引き寄せてやった。

マドモワゼルはようやく口が利けるようになると、〈危険にさらされている恋人たち〉の嘆願につい軽率にも冗談まじりに言ったあの答えが、立ち直れないほどの深い屈辱を招いてしまった顚末を語った。侯爵夫人は一つひとつうなずきながら聞きおわると、奇妙なできごとではあるけれど深刻に受けとめすぎてはいけない、悪漢どもの嘲笑など、信仰篤《あつ》い高貴な心には的はずれだと、意見を述べてから、それではその装身具を見せてほしいと所望した。

スキュデリが蓋を開けて小箱を渡すと、侯爵夫人は一目みるなり、そのみごとな宝石細工に感嘆の声をあげずにはいられなかった。首飾りと腕輪を取りだすと、窓辺に寄って、宝石に陽光をたわむれさせたり、つぎには精巧な金細工を目にぐっと近づけて、からみあう鎖の小さな鉤一つひとつがどれほどすぐれた技術でつくられているか、吟味したりしていた。

突然、夫人はさっと振りむいて言った。

「お気づきでしょうけれど、マドモワゼル！　この首飾り、この腕輪をつくったのは、ルネ・カルディヤックのほかにはありえませんね」

ルネ・カルディヤックは当時のパリ随一の金細工師で、きわめて腕が立つのと同時に、たいへんな変わり者だった。背丈はどちらかといえば小さいが、肩幅はひろく、筋肉質の体格で、五〇代ももう半ばの歳なのに、若者のような力と敏捷さがある。異例とも言うべきこの力は、赤味を帯びてもしゃもしゃと縮れあがった豊かな頭髪や、引き締まって艶のある顔からもうかがえる。もしもカルディヤックが、私心も隠し事もない、率直な、いつも人の助けになろうとする、まことにりっぱな正直者としてパリじゅうに知られているのでなかったら、深く落ちくぼんで緑色にきらめくその小さな目の、彼にしかない特別な眼光は、ひそかな企みと悪意を疑わせたことだろう。すでに言ったように、カルディヤックはその工芸の技では、パリにとどまらずおよそ当代きっての腕ききだった。宝石の性質を熟知していて、それぞれどう扱い、どう嵌《は》めこむべきかを心得ていたから、はじめは見栄えがしないと思われていたものが、カルディヤックの工房から出てくるときには、燦然たる豪華さを放つ装身具となっている。彼はどんな註文にも燃えるような熱意で応え、その代金には、およそ手間とは釣り合いそうもないほどわずかな額しか求めない。仕事を引き受けると休む間もとらず、昼夜わかたず仕事場に槌音がひびく。しばしばあることだが、仕事が完成しかけたときになって、突然、形が気に入らなくなったり、どれかの宝石の嵌めぐあいや小さな鉤のつくりの精妙さに疑念が湧いたり――それだけのことで、これまでの仕事をぜんぶまた坩堝《るつぼ》に放りこみ、またはじめからやり直す。だからどの作品も、これ以上ないほんとうの傑作となって、註文主を驚嘆させる。

ところがそこからが厄介で、出来上がった作品を彼はなかなか渡したがらない。あれこれ口実をもうけては、一週また一週、ひと月またひと月と、註文主を待たせる。倍の金を出そうと言っても無駄で、約束の額以上はルイ金貨一枚だろうと受け取ろうとしない。それでもついに、註文主にせっつかれて作品を渡さざるをえない段になると、ひどい不機嫌、それどころか胸に煮えたつ憤懣のあらゆるしるしが、どう抑えても顔に出る。それが重要な、ずばぬけて豪華な工芸品、高価な宝石と精巧をきわめた金細工のせいで何千ルイもするような高価な品となると、彼はもう狂ったように走り回って、自分を呪い、仕事を呪い、まわりじゅうのものを呪う始末。けれどもそういうとき、だれかがうしろから駆け寄って、「ルネ・カルディヤック、わたしの花嫁に美しい首飾りをこしらえてはくださるまいか――うちの娘に腕輪を――云々」と声をかけようものなら、ぴたりと彼は立ち止まり、その小さい目をきらめかせて、揉み手をしながら訊く。

「どんなものをお持ちかな？」

「これです、たいしたものじゃない、ありふれた品ですが、でもあなたの手にかかれば――」

相手が小箱を差しだしてこう言いかけると、カルディヤックはひったくるように取って蓋を開け、じっさいたいしたものではなさそうな宝石を取り出し、日にかざして見て、有頂天な声で叫ぶ。

「ほほう――ありふれた品？　――とんでもない！　――きれいな石――すばらしい

石だ、わしにやらせてください！――そして一握りほどの金貨を出すのがおいやでなければ、あと少し石を足して、お天道さまみたいにきらめくようにして進ぜましょう――」

「すべてお任せします、ルネ親方、支払いもお望みどおりにしますよ！」

するとと相手が金持の市民だろうと宮廷の高貴なお方だろうと、カルディヤックはその首っ玉にぎゅっと抱きついて接吻し、おかげでまたすっかり幸せな気分になれた、まる一週間もすれば仕上がるでしょう、と言う。それから家へとんで帰り、即座に仕事場にこもって槌音をひびかせ、一週間で傑作ができあがる。ところが註文主がやってきて、請求されたわずかな金額をいそいそと差し出し、出来上がった首飾りをもちかえろうとすると、カルディヤックは不機嫌になり、粗野で反抗的な態度になる。

「しかし、カルディヤック親方、考えてもみてください、明日はわたしの結婚式ですよ」

「あんたの結婚式なんか知るもんか、二週間したらまた来るんだな」

「首飾りはもう出来あがっているし、金はここにある、なんとしても渡してもらわないと――」

「こっちにゃ言い分がある、まだまだ直さにゃならんところがあるから、今日は渡すわけにはいかん」

「それならこっちも言わせてもらおう、場合によっては二倍の金を払ってもいいが、それでも首飾りを穏便に渡してくれないとなれば、すぐにもアルジャンソンの配下たちを呼んでくるぞ」

「ええい、サタンの焼け火箸《ばし》百本責めにあうがいい。首飾りに三百ポンドの重しをぶらさげて、あんたの花嫁を絞め殺させてやる！」

こう叫ぶなり、カルディヤックは首飾りを花婿の胸ポケットへ押しこみ、腕をつかんで部屋のドアから放り出し、相手は階段の下まで転がり落ちる。あわれな若い男が鼻血をハンカチで押さえて、よろよろと家から出て行くのを窓から見て、カルディヤックは悪魔じみた哄笑《こうしょう》を放つのだ。

一方、なんとも説明のつかない話だが、熱心に引き受けておきながら、突然、その仕事を勘弁してほしいと註文主に懇願することもしばしばあった。それも内心の昂《たか》ぶる感情もあらわに、心ゆさぶる誓いの言葉をもって、涙と嗚咽さえまじえ、聖母マリアとありったけの聖者の名を呼び出しながら哀願するのだ。国王や人びとの尊敬をあつめている人物のなかには、どんなに大金を積んでも、カルディヤックからごく小さな作品一つつくってもらえない人がいる。彼は国王の足もとにひれふして、陛下のご用命ばかりはご容赦をと、慈悲を乞うのだ。おなじようにして彼はマントノン侯爵夫人のどんな註文も断った。文豪ラシーヌに贈りたいからと、芸術のもろもろのシンボルで飾った小さな指輪を註文されたときなど、嫌悪と恐怖の表情を浮かべて彼女の依頼をはねつけたのだった。

だからいま、マントノン夫人は言った。

「賭けてもよろしいわ、この装身具をだれのためにつくったのか、せめてそれだけでも教えてくれと、わたしがカルディヤックに迎えを出しても、彼は来ませんよ。またなにか註文されるのではないかと心配するでしょうし、なにしろわたしのために仕事をする気はまるでないのですもの。たとえあのひどい強情が、このごろではすこし和らいだようだといいましてもねえ。聞くところでは、いつになく仕事に精を出して、出来上がったものは、例によっていまでも不機嫌に顔をそむけながらとはいえ、すぐに渡すそうですけれど」

スキュデリは、なんとかして装身具を正当な持ち主の手にはやく返さなければと思っていたから、仕事ではなく宝石の鑑定だけを頼みたいのだと言ってやれば、変わり者の親方もすぐに承知するのではないかと、意見を述べた。これには侯爵夫人も賛成で、使いの者が送られ、カルディヤックはもう途中まで来ていたかのように、まもなく部屋に入ってきた。

彼はスキュデリの姿を目にすると狼狽したようすで、思いがけない人にきゅうに出会ってこの場にふさわしい礼儀を忘れてしまったらしく、まずこの尊敬すべきご婦人のまえでうやうやしく身をかがめて、それからようやく侯爵夫人のまえに行った。

マントノン夫人は濃いみどりのテーブル掛けの上できらめいている宝石細工を指して、あなたの作品かと、せきこんで訊ねた。カルディヤックはちらっと一瞥《いちべつ》しただけで、すぐに腕輪と首飾りをつかむと、侯爵夫人の顔を見つめながら、かたわらの小箱にしまいこんで、遠くにぐっと押しやった。そして赭《あか》ら顔に醜い薄笑いをちらっと浮かべて、口をきった。

「ほんとうのところ、侯爵夫人、ルネ・カルディヤックの仕事をよくご存じない方でないかぎり、およそこの世にこのような品をつくれる金細工師がほかにいると、一瞬でもお思いになるはずはございません。たしかに、わたくしめのつくったものでございます」

「それなら」と、侯爵夫人はたたみかけた、「だれのためにつくったのか、教えてくださいな」

「わたし自身だけのために」

この答えにマントノンとスキュデリがおどろいて、前者は不信をこめ、後者は事の展開への不安な期待にみちて目を見かわすと、カルディヤックは言葉をついだ。

「さよう、妙にお思いになるでしょうが、侯爵夫人、しかしそういうことなのです。ただただ、いいものをつくりたい一心で、自分のもっている宝石から最良のものを探しあつめ、自分の喜びのために、いつにないほど熱心に丹誠込めてこしらえた。ところがついさきごろ、どうしたことか、わたしの仕事場から消えてしまったのです」

「ああ、天に感謝します」

スキュデリは喜びに目をかがやかせて叫ぶと、若い娘のような機敏さで椅子から立ち上がり、カルディヤックに近寄って、その肩に両手をのせて言った。

「さあ、お取りください、ルネ親方、忌まわしい悪党どもに盗まれたあなたの所有物がもどってきたのですよ」

そしてその装身具が彼女のところへ来たいきさつを、事細かに話した。カルディヤックは黙って目を伏せたまま聴いていた。ときどき、「ふむ！　――そうか！　――おや！　――ほほう！」といった相づちを、ほとんど聞きとれないほどの声でつぶやくばかり、あるときは後ろ手を組み、あるときは顎や頬をそっと撫でている。

スキュデリの話が終わったとき、カルディヤックはその間に頭に浮かんだなにか特別な考えと闘っているような、なにかの決心をつけかねているようなふうだった。額をさすったり、溜息をついたり、涙がにじむのを堪《こら》えるためだろう、手で目がしらをおさえたり。それでもようやく、スキュデリが差しだした小箱を取ると、ゆっくりと身をかがめて片膝をついて言った。

「気高くも尊いマドモワゼル！　この飾りは運命があなたさまのものと決めたのです。そう、いまになってわかりました、これをつくっているあいだ、わたしはあなたのことを考えていた、あなたのためにつくったのです。どうかお拒みなさいますな、この飾りは久しいあいだにわたしがつくったもののうち最上のもの、どうかお受け取りになって身につけてくださいまし」

「おや、おや」と、スキュデリはやさしく冗談めかして答えた。「なにをお考えですの、ルネ親方、いったいわたくしの歳で、ぴかぴかの宝石でおめかしするのが似合いましょうか？　——それに、どうしてわたくしにこんなりっぱな贈りものをなさろうなんて、思いつかれたのかしら。よしてくださいな、ルネ親方、わたくしがフォンタージュ侯爵夫人のように美しくて裕福だったら、じっさい、この飾りを手放さないでしょうけれど、このしなびた腕に、空しい豪華さがなんになります？　露わにはできないこの首に、光りかがやく飾りがなんになります？」

カルディヤックはその間に立ち上がって、小箱をスキュデリのほうへ差しだしたまま、自制をうしなったように粗暴な目付きになって言った。

「どうかご慈悲をもって、マドモワゼル、これをお受け取りください。お信じにはなりますまいが、あなたさまの徳にたいして、あなたさまの高いご勲功にたいして、わたしがどれほど深い尊敬を心にいだいておりますことか！　ただただわたしの胸中を証《あか》したい一心でのこと、どうかこのささやかな贈りものをお納めください」

スキュデリがまだなおためらっていると、マントノンがカルディヤックの手から小箱をとって言った。

「おやまあ、マドモワゼル、いつもお歳のことをおっしゃるけれど、わたくしやあなたにとって歳がなんですの、高齢の重荷がなんですの！　——それにいまのあなたったら、まるで恥ずかしがり屋の小娘みたいに、差し出された甘い果実を、手も指も使わずに取れるなら取りたいものと、思い惑《まど》っているごようす。――けなげにもルネ親方が自分から贈りたいと言っているものを、拒んだりしてはいけませんね、ほかの人ならいくら金貨を積もうと、どんなに頼みこもうと、手に入らないのですよ」

マントノンが小箱をスキュデリにむりやり持たせると、カルディヤックはがばとひれ伏した――スキュデリのスカートに、両手に、接吻し――呻き声をあげ――吐息をつき――涙し――すすりあげたかと思うと、ぱっと立ち上がりざま走り去った――椅子やテーブルを突き飛ばし、陶器やガラス器をガチャガチャ鳴らす勢いで。

呆気にとられてスキュデリは叫んだ。

「いったいどうしたのでしょう、あの人は！」

だが侯爵夫人のほうは、いつもに似ず茶目っ気を出すほど陽気になって、声たかく笑いながら言った。

「さあ、一大事ですよ、マドモワゼル、ルネ親方は死ぬほどあなたに首ったけ、そしてほんもののギャラントリーをきちんと守って、由緒あるしきたりどおりに、豪華な贈りものであなたのハートに迫ろうとしはじめたのですよ」

マントノンはこの冗談をさらにつづけて、絶望している恋人につれなくするのは残酷だと訓戒をたれたものだから、スキュデリのほうも生まれながらの快活さを発揮して、あれやこれやの愉快な思いつきの奔流に身をまかせた。こうなったからには、最後はおそらくこっちの負け、世間に前代未聞の例を見せてやるしかないでしょう、金細工師の花嫁に非の打ちどころのない貴族出の七十三歳の娘御ですからね、とやると、マントノンもすかさず、わたしが花嫁の花冠を編んであげる、それにこんな娘はりっぱな主婦のつとめをよく知っているはずがない、わたしが教えてあげましょう、と応じる。

さてついにスキュデリは、侯爵夫人のもとを辞そうと立ち上がって、宝石の小箱を手渡されると、さっきの笑いと冗談のありったけとは打ってかわって、ひどく真面目な顔にもどった。

「やっぱり、侯爵夫人！　どうしてもこの飾りを身につけることはできません。どういういきさつがあったにせよ、一度はあの地獄仲間の手中にあったもの、彼らは悪魔の不遜さで、いえ、それどころか悪魔と結託して、強盗と殺人を働いている連中です。このきらびやかな装身具には血がついているような気がして、ぞっといたします。――それにカルディヤックの態度にしても、正直に申しますと、妙に怯えているような、不気味なものが感じられるのです。こんどのことすべての裏には、なにかおぞましい秘密が隠されているのではないかと、暗い予感をどうしても防ぎきれないのですが、かといって、ことの全体をよく思い浮かべて仔細に吟味しても、その秘密がどこにあるのかまるで見当もつきませんし、そもそもあの信仰篤い、よき市民のお手本、あの正直で殊勝なルネ親方が、永劫の罰を受けるような悪事となにかかかわりがあろうとは、とても思えません。けれども、わたくしがあえてこの飾りを身につけるようなことはけっしてしないこと、これだけは確かでございます」

侯爵夫人は、それは心配のしすぎだと言ったが、スキュデリが、それでは良心にかけてうかがいますが、もしもあなたがわたくしの立場におられたらどうなさいますか、と反問すると、真面目な顔できっぱりと答えた。

「それを身につけるくらいなら、いっそセーヌ川に投げこんでしまうでしょうね」

ルネ親方とのやりとりの場面を、スキュデリはまことに雅やかな詩にうたいあげて、翌日の晩、マントノンの部屋で国王に読んでさしあげた。おそらくルネ親方をだしにして、不気味な予感への恐怖はおくびにも出さずに、古い貴族の出で芳紀七十三歳なる金細工師の花嫁の姿を、彩りも生きいきと描きだすことができたのだろう。国王は腹の底から笑って、誓ってもいい、これにはボワロー・デプレオー［当時の古典派の詩人・諷刺家、スキュデリを批判したことがある］も脱帽だな、スキュデリの詩は最高に才気煥発、これまでに書かれたどんな詩もかなわない、と仰せられたのだった。

それから数カ月たったころのこと、スキュデリはたまたま、ド・モンタンシエ公爵夫人のガラス馬車に乗ってポンヌフ［セーヌ川の橋の一つ］を渡っていた。当時はまだ、きれいなガラス張り窓の馬車などとても目新しかったから、その手の乗り物が街にあらわれると、物見高い群衆が押し寄せたものだった。このときも、野次馬たちが橋の上でモンタンシエの馬車をとりかこんで、動きがとれなくなった。すると突然、罵詈《ばり》雑言《ぞうごん》が飛び交うのが聞こえ、見ると一人の男が拳でまわりの人の胸を小突きながら、厚い人垣をかきわけてくる。近づくにつれて、死人のように蒼ざめて傷心にやつれた若者の顔の、刺すような視線と目が合う。彼はひたと彼女を見すえたまま、肘と拳で道をひらいて馬車の扉にたどりつくと、襲いかからんばかりの勢いで扉を開けるなり、スキュデリの膝の上に一枚の紙切れを投げこんで、またさっきのように小突いたり小突かれたりしながら姿を消してしまった。

若者が馬車の扉のそばにあらわれたとき、スキュデリのわきにいたマルティニエールが、恐怖の叫びをあげるなり気を失ってクッションに倒れこんだ。スキュデリはいそいで紐を引いて馭者に声をかけたのだが、彼は悪霊にとりつかれでもしたように鞭を振りまわしたものだから、馬たちは口から泡をふいてあがくやら棒立ちになるやら、あげくに猛然と走りだして、轟音とともに橋を駆け抜けた。スキュデリが失神した侍女に香料水を振りかけてやると、ようやく目をあけて震えながら女主人にしがみつき、蒼ざめた顔に不安と恐怖を浮かべて呻くように言った。

「聖母マリアさま！　あのおそろしい人はどうする気だったのでしょう？　――ああ！　あの人です、まちがいありません、あの夜、小箱をもってきたのは！」

スキュデリは安心させようと、悪いことなどなにも起こらなかったと説明し、ともかくいまはこの紙片になにが書いてあるのか見るのが先決と言って、紙をひろげた。こう記されていた。

あなたなら防ぐことがおできになった悪意ある運命が、私を破滅の淵へ突き落としかけております！　――母から離れることあたわぬ息子が、子の愛のかぎりをつくして懇願するように、あなたに切にお願いいたします、私をとおしてお受け取りになったあの腕輪と首飾りを、なにか口実をもうけて――どこか直してほしいとか、つくり変えてほしいとか――ルネ・カルディヤック親方のもとへおとどけください。あなたのご安寧《あんねい》、あなたのお命が、それにかかっております。もしも明後日までにそうしていただけなかったら、私はお住まいに押し入って、あなたの目のまえで自害いたします！

読み終えるとスキュデリは言った。

「これをみると、あの秘密につつまれた人は、忌まわしい強盗殺人団の一味かもしれないにしても、わたしにたいしては悪事をたくらんでいないことは確かですよ。あの晩、もしわたしが会っていたら、どんな奇妙な出来事や暗い事情がからんでいるのか、はっきりしたでしょうけれど、いまはどんなに考えても、なに一つ思い当たることがない。でも、ことがどういうふうに動くにせよ、わたしはこの書き付けの要求どおりにしますよ、あの不吉な装身具を手放せるだけでもありがたい、あれは悪者ども自身の地獄の護符に思えてなりませんからね。きっとカルディヤックもこんどこそ昔からの習性を守って、そう簡単には手放さないでしょうよ」

翌日には、スキュデリはくだんの装身具を自分で金細工師のところへもっていくつもりだった。ところがパリじゅうの文人・芸術家が申し合わせでもしたように、選《え》りも選ってその日の午前中に、詩だの戯曲だの逸話だのをたずさえてスキュデリのところへ押しかけてきた。ラ・シャペルが悲劇の一場面をちょうど朗読しおえて、きっとこれでラシーヌを打ち負かせると、ほくそえみつつ断言しているところに、当のラシーヌがやってきて、どこかの国王の悲愴な長台詞《ながぜりふ》でもってラ・シャペルの鼻柱を折る。あげくは、その悲劇の雲のたれこめた空にむけて、ボワローが彼一流のインスピレーションの花火を打ち上げたが、これはただただ、医者で建築家のペロー[4]から、ルーヴル宮の柱廊についていつもの長広舌を聞かされないですむようにするためだ。

そのうちにもう昼どきになってしまった。スキュデリはモンタンシエ公爵夫人のところへ行かなくてはならない。親方を訪ねるのは翌日延ばしとなった。

スキュデリはただならぬ胸騒ぎをおぼえた。目のまえにたえずあの若者の姿がちら

4　ペローはルーヴル宮のファサードの設計者で、詩人・批評家のボワローとは犬猿の仲だった。

つき、心の奥底から薄ぼんやりとした記憶が立ち上がってきて、あの顔は、あの目鼻立ちは、どこか見覚えがあるような気がしてくる。浅い眠りを不安な夢がかきみだす。奈落に沈みかけた不幸な者がわたしに手をのべているのに、その手を摑んで助けてやらなかったのは、いかにも無思慮、いや、罰に値する怠慢ではないか、なにか危険な事件、邪悪な犯罪を未然に防ぐのに、わたしの出番が来ているのではないか！――そこで朝になるとすぐ彼女は着替えを手伝わせ、あの小箱をたずさえて金細工師のもとへ馬車を走らせた。

ニケーズ街へ、カルディヤックの住む家のほうへと、人の波が流れてゆく。玄関のまえには、おおぜいの人が群がって、大声をあげて押しあいへしあい中へ入ろうとするのを、家の周囲を固めている警察隊がかろうじて押しとどめている。すさまじい騒ぎのなか、「殺人犯を八つ裂きにしろ、ぶち殺せ！」と怒号が飛ぶ。――ようやくデグレがおおぜいの部下を引き連れて姿を見せ、彼らが厚い人垣をつくって通路を確保する。玄関の扉がぱっと開き、鎖につながれた男が押しだされて、怒りくるった野次馬の呪詛の声を浴びながら曳かれてゆく。

その瞬間、おどろきとおそろしい予感で生きた心地もなくこの光景を見ていたスキュデリの耳に、絹を裂くような悲鳴がとびこんできた。彼女はわれを忘れて「前へ！　もっと前へ！」と馭者に叫び、馭者は厚い人垣を蹴散らして巧みに馬車をすすめて、カルディヤックの玄関のすぐまえに停めた。そこに立っているデグレの足もとに、日の光のように美しい一人の若い娘が見える――髪ふりみだし、服ははだけかけ、顔にははげしい不安と絶望をうかべて、デグレの膝にとりすがり、おそろしい苦痛に張り裂けんばかりの声で叫んでいる。

「あのひとは無実です！――無実です！」

デグレも部下たちも、彼女の手を振りほどくことも、地面から立たせることも、どうしてもできない。とうとう屈強な荒くれ男が、無骨な手で彼女の腕をつかんでデグレから引きはがしたが、はずみでぶざまによろけて手を離したから、娘は石段をころげ落ちて、声もなく道路に横たわったまま死んだように動かない。

スキュデリはもう自分を抑えきれなくなった。

「いったい、これはどういうことです？　なにがあったのです？」

そう叫ぶなり、馬車の扉を開けて降り立った。

威厳ある貴婦人に敬意を示して、人びとはうしろにさがった。見ると、二、三人の同情した女が娘を抱きおこして石段に寝かせ、額につよい香料水をこすりこんでいる。

スキュデリはデグレに近づいて、きびしい口調でさっきの問いを繰りかえした。

「おそろしい事件が起きたのです」とデグレは言った。「ルネ・カルディヤックが今朝がた、短刀で刺されて死んでいるのが見つかりましてね。弟子のオリヴィエ・ブリュソンが下手人で、いましがた牢にしょっぴかれていったところです」

「それで、その娘さんは？」

「マドロンです、カルディヤックの娘の。犯人は彼女の恋人でした。彼女は泣くやらわめくやらして、オリヴィエは無実だ、まったく無実だと言うんですがね。結局のところ、犯行についてなにか知っている、やはり連行してパリ裁判所付属監獄《コンシェルジェリ》へ入れざるをえませんな」

デグレがこう言いながら娘をちらりと見たその陰険で底意地のわるい目付きに、スキュデリは怖気《おぞけ》をふるった。娘はいまようやくしずかに息をしはじめたが、まだ声もたてず身動きもせず、目は閉じたまま。まわりの人たちも、彼女を家に運び入れたものか、このまま意識の回復するのを待ったものか、決めかねている。スキュデリは深く心ゆさぶられ、目に涙をうかべて、この純真無垢な天使をみつめた。デグレとその部下たちがこの娘をどう扱うかを思うと、ぞっとする。そのとき、重い足音が階段からひびいてきて、カルディヤックの遺骸が運びおろされてきた。とっさにスキュデリは覚悟をきめて、大きな声で言った。

「この娘さんはわたくしがお預かりします、あなたはほかのことをどうぞ、デグレ！」

くぐもった賛成のどよめきがひとびとのあいだを駆けぬけた。女たちが娘を高だかとかつぎあげ、みんなもそれに加わって百本もの手が差しのべられ、娘は宙に浮くようにして馬車のなかへと運ばれてゆき、その間、みんなの唇から唇へ、罪のない娘を血の法廷送りから救った高貴な婦人に祝福を祈る言葉が流れていった。

パリ随一とうたわれた名医スロンの尽力の甲斐あって、何時間も失神していたマドロンはようやく意識をとりもどした。スキュデリは医者の始めたことを完成させようと、娘の魂に柔らかな希望の光がともるように仕向けてやった。とうとう娘は涙を雨と流すことで、いくらか気分も落ち着いてきた。ときには胸を刺す痛みに耐えかねて、言葉が嗚咽に呑み込まれてしまうことはあったものの、ことの顚末を物語ることができるようになったのである。

真夜中ごろ、マドロンは自分の部屋のドアをそっとたたく音で目をさましたのだった。オリヴィエの声が聞こえた、すぐ起きてくれ、お父さんが死にかけている。びっくりして飛び起きてドアを開けた。オリヴィエが蒼白の顔をゆがめ、汗をしたたらせて、ランプを手によろめきながら仕事場へ向かうのを、うしろからついていった。父は仕事場によこたわり、うつろな目を見開いて、喉は断末魔の喘鳴《ぜんめい》をたてている。悲鳴をあげて父にとりすがり、そのときはじめてシャツが血まみれなのに気がついた。オリヴィエはそっと彼女を引き離してから、懸命に父の左胸の傷口を創傷香油《バルサム》で洗って繃帯《ほうたい》した。そのあいだに父は意識を取りもどし、喘鳴もやんだ。父は彼女を、それからオリヴィエを、情愛こめて見つめ、彼女の手をとってオリヴィエの手に重ねて、二つの手をぎゅっとにぎった。彼女とオリヴィエが父の寝床のわきにひざまずくと、父は胸を引き裂くような声をあげて上体をおこしたが、すぐまた倒れて、ふかい吐息とともにことされた。ふたりは声をあげて嘆き、慟哭《どうこく》した。オリヴィエの話では、その夜、師匠に供を命じられていっしょに出かけたその途中、彼の目のまえで師匠が刺されたのだが、瀕死の重傷だとは思わず、重いからだをかついで、やっとのことで家に運びこんだのだった。朝になるとすぐ、同じ建物に住んでいて夜半の物音と泣き声に気がついていた人たちがやってきて、まだ悲嘆にくれたまま父の骸《むくろ》のそばにひざまずいているふたりをみつけた。そこで大騒ぎとなり、騎馬警察隊がやってきて、オリヴィエを親方殺害の犯人として牢獄へ引きたてていった。

マドロンはここまで話し終えると、こんどは愛するオリヴィエの美徳と篤い信仰と誠実さを、せつせつと訴えるように説明しはじめた。彼が親方を実の父親のようにどれほど敬っていたか、父のほうも、その情愛にどんなにたっぷりと応えたか、オリヴィエは貧しくはあっても、腕前は彼の誠実さや高貴な心根に負けず劣らず確かだから、父は彼を婿に選んだのだ、と。マドロンはすべてを真心こめて語ると、最後に、たとえオリヴィエがわたしの目のまえで父の胸に匕首《あいくち》を突きたてたとしても、そんな悪逆非道の罪を犯せるような人だと信じるよりは、サタンの目くらましの妖術にかかったのだとみなすでしょう、と結んだのだった。

スキュデリは、マドロンの言いようのない苦しみにふかく心動かされ、あわれなオリヴィエを無実と思いたい気持にすっかり傾いて、いろいろ情報をあつめてみたところ、家庭内での師弟関係についてのマドロンの話は、すべて事実だと確かめられた。同じ建物の住人も隣人たちも、オリヴィエを異口同音に賞《ほ》めて、品行方正、篤信、誠実、勤勉の手本だと言い、彼についてよからぬことを知る者は一人もなかったが、それでもあの凶行に話がおよぶと、だれもが肩をすぼめて、どうも不可解なところがありますな、と言うのだった。

聞くところによると、オリヴィエは火刑裁判所に引き出されると、毅然とした率直な態度で、自分に着せられた罪を否認し、親方は自分の面前で街頭で襲われて刺され、自分がまだ息のある親方を家へかついで帰ったが、まもなくこときれたのだと主張したという。これもマドロンの語ったことと一致していた。

何度となくスキュデリは、このおそろしい出来事のごくごく細かな点までマドロンに訊きただして、師弟のあいだに争いがなかったか、ひょっとするとオリヴィエに短気なところがあったのではないか、くわしく探ろうとした。癇癪《かんしゃく》というのはしばしばごく気だてのよい人間にも襲いかかって、どんな意志の働く余地もなく突っ走ったと見えるような行為にいたらせることがあるからだ。しかしマドロンが、心からの愛情でむすばれた三人の和やかな家庭のしあわせを熱心に語れば語るほど、殺人の告発をうけたオリヴィエへの疑惑の影はますます薄れてゆく。無実をはっきりと示すあらゆる証拠を棚上げして、オリヴィエがカルディヤック殺害犯人だと前提してすべてを吟味してみても、オリヴィエの幸福をかならず破壊することになるあのような凶行への動機は、どこを探してもみつからない。──オリヴィエは貧乏だが、腕が立つ。──当代随一の名匠の好意をかちえて、その娘を愛し、親方はそれをあたたかく認めていた。全人生の幸福と繁栄は彼のまえに開かれていたのだ！　──だが、かりにオリヴィエがなにかの理由でかっとなって、自分の庇護者であり父親でもある親方を襲って殺したとしても、悪魔のような偽善をもってしなければ、じっさいに彼が示したような事後の態度はとれないだろう！　──オリヴィエの無実を確信したスキュデリは、なんとしてでも彼を救おうと決意した。

国王ご自身の慈悲にすがろうとも思ったが、そのまえにまず、裁判所長官のラ・レニを訪ねて、オリヴィエの無実を物語るはずのあらゆる事情に注意をむけさせるのが上策だと考えた。そうすれば長官の心に、被告に有利な確信が芽生えるかもしれない、その確信が裁判官たちに伝わればいい効果を望めそうだ、と。

ラ・レニは、ひじょうな敬意をもってスキュデリを迎えた。相手はなにしろ国王にすらおおいに尊敬されている高貴な婦人なのだ。そしておとなしく彼女の話に耳をかたむけた──あの凶行について、オリヴィエの境遇について、彼の性格について。そのあいだに一度だけ、微妙な、冷笑にちかい笑みをちらっと浮かべたのは、彼女が涙ながらに、裁判官は被告の敵であってはならず、被告の有利となる事柄すべてに注意をむけるべきだと強調したときで、これが、うわの空で聞いているわけではない証拠として彼の示した反応のすべてだった。マドモワゼルがとうとう疲れ果て、涙も涸れて、口をつぐむと、ラ・レニはながながと話しはじめた。

「マドモワゼル、さすがにごりっぱな心根をおもちだけあって、恋におぼれた若い娘の涙に心動かされ、彼女の話をすっかり信じておしまいになりましたな。じっさい、おそろしい悪事を想定して考えてみることなど、おできにならないのも当然です。しかし裁判官となると、話はべつでして、厚顔無恥な偽善の仮面を剝ぐことを習い性としております。ですが、お尋ねになる方お一人おひとりに、刑事裁判のすすめかたをご説明するのは、私のつとめではありますまい。マドモワゼル！　私は自分の義務を果たすだけで、世評などは顧慮いたしません。悪人どもは、血と火の刑罰のほかを知らない火刑裁判所に恐れおののくがいいのです。しかし、尊敬するマドモワゼル、私のことを残忍苛酷な怪物とお思いいただきたくはありませんので、ひとつお許しを願って、あの若い悪人、ありがたいことに天の復讐の手に落ちた悪人の流血の罪を、ご納得のいくように少々説明させていただきましょう。そうすればあなたのご明敏な精神は、あなたにはご名誉となっても私にはまるで似合わない温情というものそれ自体を、拒絶なさることでしょうな。

さて、それでは！——あの朝、ルネ・カルディヤックは短刀で刺殺されているのを発見されました。そばには、弟子のオリヴィエ・ブリュソンと娘のほか、だれもいなかった。オリヴィエの部屋からみつかったのは、とりわけ、鮮血に染まった短刀、その刃《は》は傷口にぴったり合致した。

オリヴィエが言うには、

『カルディヤック親方は夜、わたしの目のまえで刺されて仆《たお》れました』

『強盗か？』

『わかりません！』

『おまえはいっしょだったのに、防げなかったのか？——捕まえることも、助けを呼ぶこともできなかったのか？』

『一五歩か、二〇歩ほどでしょうか、親方がまえを歩いていて、わたしはあとについていったのです』

『なんだってそんなに離れて？』

『親方にそうしろと言われました』

『カルディヤック親方はそんな夜遅くになんの用事で出かけたのか?』

『それは申し上げられません』

『ふだんの彼は、夜九時以後はけっして家から出なかったのだろう?』

ここでオリヴィエは言葉に詰まって、うろたえ、溜息をつき、涙をながし、ありったけの聖者に誓って、カルディヤックはあの夜は外出して殺されたのだと断言しました。

しかしよくご注意のほどを、マドモワゼル。カルディヤックがあの夜、家を出なかったことには、完全に確かな証拠があがっている、ですから、いっしょに出かけたというオリヴィエの主張は真っ赤な嘘なのです。建物の玄関には重い錠がついていて、開け閉めのたびにひどい音をたてるし、扉も動かすと蝶番《ちょうつがい》がぎいぎいと派手にきしんで、現場検証でも確かめられたのですが、建物の最上階にまで反響する。さて、いちばん下の階、つまり玄関のすぐわきに住んでいるのが、年寄りのクロード・パトリュ親方と、ほとんど八十近い歳だがまだ達者なその家政婦。この両人があの夜、カルディヤックがいつものように九時きっかりに階段を降りてきて、大きな音を立てて扉をしめて錠をかけ、また階段をのぼり、夕べの祈りを声たかく唱え、それから寝室に入ったのがドアの閉まる音からわかったと言っております。クロード親方は老人にありがちなように不眠に悩んでいて、あの夜も寝つけなかった。そこで家政婦が、九時半ごろでしょうか、玄関ホールをとおって台所へ行き、明かりをともしてクロード親方のもとへもってゆき、古い歴史物語の本が置いてあるテーブルのまえにすわって、それを読んでやった。その間、親方はなにか考えごとをしながら、肘掛け椅子にすわったり立ち上がったり、疲れと眠気を呼ぼうと部屋のなかをのろのろ歩きまわったりしていた。あたりはしんと静まりかえって、やがて真夜中すぎになった。すると不意に激しい足音がして、なにか重たいものがどしんと床に落ちたような音、つづけて鈍い呻き声。ふたりは尋常ならぬ不安と胸騒ぎにおそわれた。そのときまさにおこなわれた凶行が、戦慄の風となってふたりのそばを吹き抜けていったのです。——夜明けとともに、闇のなかではじまった罪業が明るみに出ました」

「でも」と、スキュデリが口をはさんだ。「はじめに事情を詳しくお話ししたではありませんか、それに照らせば、いったいどこに、こんな地獄の所業へ向かわせた動機があるとお考えになれますの？」

「ふむ」とラ・レニは答えた。「カルディヤックは貧乏じゃなかった——りっぱな宝石をいろいろともっていましたからね」

「ぜんぶ、娘のものになるわけでしょう？　――お忘れですね、オリヴィエはカルディヤックの婿になるはずだったのですよ」

「やつはだれかと山分けしなければならなかったのかもしれない、いや、ほかの連中に頼まれて殺したということさえ、ありえますな」

スキュデリは呆気にとられた。

「山分け？　ほかの連中に頼まれて殺した？」

「いいですか、マドモワゼル！　オリヴィエの犯行が、これまでパリじゅうを脅《おびや》かしてきたあの謎につつまれた諸事件と無関係なら、もうとっくにグレーヴ広場で処刑されていますよ。だが、どう見ても、オリヴィエはあの呪われた一味の仲間らしい、裁判所のあらゆる注意と努力と捜査をあざ笑うように、悪行を確実に、罰せられずに重ねている一味のね。彼を取り調べれば、すべてが明らかになるでしょう――いや、明らかにしなければならない。カルディヤックの傷は、街頭や屋内で殺され強奪された人たちみんなの傷と、じつによく似ている。それに決定的なのは、オリヴィエ・ブリュソンが逮捕されて以来、あらゆる殺人、あらゆる強盗行為が、ぴたりとやんだことです。街は夜でも昼間とおなじに安全になった。おそらくオリヴィエがあの殺人団の頭目だったことの十分な証拠ですよ。いまはまだ自白しようとしませんが、泥を吐かせる手はあります」

「するとマドロンは」と、スキュデリは叫んだ。「誠実な、罪のない鳩、マドロンは？」

「おや、おや」と、ラ・レニは毒のある笑いをうかべて言った。「彼女が共犯でないと、だれが請け合えますか？　彼女には父親のことなどどうでもいい、涙はあの殺人犯だけのためですよ」

「なんということをおっしゃいます。そんなことはありえません、父親を！　あの娘が！」

「まあ、まあ！　あのブランヴィリエのことを考えてみれば、おわかりでしょう！いずれあなたの被保護者を無理にでもあなたから引き離して、投獄せざるをえないことになるかもしれませんが、そのときはどうぞ悪しからず」

スキュデリはこのおぞましい嫌疑に鳥肌が立った。このおそろしい男が相手では、誠実さも徳も無力のようだ。腹の底では、殺人と流血の罪を嗅ぎだすことしか考えていないらしい。彼女は立ち上がった。

「どうか人間味を」

胸ふさがり、かろうじて言葉にできたのはこれだけだった。

裁判所長官に形ばかりは礼儀ただしく見送られて、階段を降りかけたとき、自分でも理由はわからぬままに、ふと妙な考えが浮かんだ。さっと長官のほうを振り向いて、こう訊いた。

「お許しいただけないでしょうか、不幸なオリヴィエ・ブリュソンに会いたいと存じますが」

長官は疑わしそうな面持で彼女をじっと見たが、やがて、もちまえの不快な笑みに顔をゆがめて言った。

「きっとあなたは、マドモワゼル、われわれの目のまえで起きたことよりも、ご自分の感情、ご自分の内なる声を信用なさっていて、オリヴィエの罪の有無をご自身でお調べになりたいのですな。犯罪の暗い吹き溜まりをお厭《いと》いでないのなら、あらゆる段階の罪業の姿を見るのがおいやでないのなら、裁判所付属監獄の門をいまから二時間したらあなたのために開けるよう、申しつけておきます。その運命にあなたが同情をかきたてられておいでの当のオリヴィエに、お会いいただけるようにしましょう」

じっさい、スキュデリはオリヴィエの罪を信じられなかった。たしかにすべてが彼に不利であって、およそどんな裁判官でも、これほど決定的な事実があがっていては、ラ・レニとちがう対応の仕方はすまい。とはいえ、マドロンがスキュデリに生きいきと描いてみせた一家のしあわせな図は、その明るい光でどんな疑惑をも退散させてしまう。だから彼女は自分の内なる声が憤然と逆らうようなことを信じるよりは、なにか不可解な秘密があるのだろうと思いたかった。

彼女はオリヴィエに、あの宿命の夜に起きたことをもう一度すっかり話してもらうつもりだった。もしかすると、気にかけるには値しないことのように思えて、裁判官には言わずにおいたことがあるかもしれない、そういうところから秘密にできるかぎり近づくことにしよう。

監獄に着くと、大きな明るい部屋へ通された。待つほどもなく、鎖の鳴る音が聞こえた。オリヴィエ・ブリュソンが連れてこられた。ところがドアを入ってきた彼を見るなり、スキュデリは気を失って倒れてしまった。気がついたときには、オリヴィエの姿はなかった。彼女は激しい口調で、すぐ馬車のところへ連れて行ってくれと要求し、一刻も早くこの凶悪犯監獄から立ち去ろうとした。なんと！　――彼女は最初の一瞥で、オリヴィエ・ブリュソンはあの若者だと知ったのだった――ポンヌフの上であの紙きれを馬車に投げこんだ若者、宝石入りの小箱をもってきた若者。

いまや疑う余地はなくなった。ラ・レニのおそろしい推測は正しかったのだ。オリヴィエ・ブリュソンはおそるべき殺人団の一味で、師匠を殺したのもきっと彼だ！　――するとマドロンは？　――いまだかつてスキュデリは、内心の感触にこれほどひどく欺かれたことはなかった。地上で暗躍する地獄の力など信じたことはなかったのに、いまやその力にひっつかまれて、あらゆる真実が絶望的に疑わしくなってしまった。そうなると、マドロンも共謀しておぞましい殺人に加わっていたのではないかと、おそろしい疑惑が頭をもたげてくる。人間の精神というのは、いったんある想像図が浮かぶと、懸命に色を探しだしてきて、もっと鮮明に、もっとけばけばしく塗りたてようとするものだ。だからスキュデリも、凶行をめぐる状況を一つひとつ検討し、マドロンの態度を細かな点まで思い返してみると、疑いを濃くする材料がそれこそたくさん見つかったのだ。これまでは無垢と純真の証拠と思えたあれこれが、いまわしい悪意、巧みな偽善の確実なしるしとなった。あの胸も張り裂けんばかりの悲嘆も血涙も、死の恐怖が絞りだしたもので、恋人が血を流すのを見たくない、いや、自分が刑吏の手にかかりたくないからではないか。わたしは蛇を懐に飼っていたのだ、すぐに捨てよう、スキュデリはこう決心して馬車を降りた。

部屋へ入ると、その足もとにマドロンがひれ伏した。天使もおよばぬ天上のひとみを上げ、波うつ胸もとに両手を組み合わせて、嘆きの声を上げ、助力と慰めを哀願する。スキュデリはかろうじて心をしずめ、声にできるかぎりの厳しさと落ち着きをこめて言った。

「おさがり——おさがりなさい——殺人犯が恥ずべき行いにふさわしい罰を受けることを、せめてもの慰めにするのですね——おまえの身にも人殺しの罪が重くのしかからぬよう、聖母さまがお守りくださいますように」

「ああ、望みはもうないのですね！」

この絶望の叫びとともに、マドロンは気を失って床にくずおれた。スキュデリは娘の介抱をマルティニエールに任せて、べつの部屋へと立ち去った。

胸の内は引き裂かれ、この世のすべてに愛想がつきたスキュデリは、こんな地獄のまやかしにみちた世界にもう生きていたくないと思った。運命を責めたてた。これほど長い年月、運命はわたしが徳と誠意への信念をつよめるのを、辛辣に嘲笑しながら許してきたのか、そしていまこの歳になって、わたしの人生を明るく照らしてきた美しい像を破壊したのか、と。マルティニエールがマドロンを連れてゆくのが聞こえる。マドロンが低い溜息とともに嘆く声。

「ああ！　あの方まで、あの方までも、おそろしい人たちの言うことに惑わされてしまいになった。――惨めなわたし――かわいそうな、不幸なオリヴィエ！」

その声はスキュデリの胸にしみた。するとまたあらためて胸の奥から、なにかの秘密がありそうな予感、オリヴィエの無実を信じようとする気持が、頭をもたげてくる。矛盾する感情に苦しめられて、スキュデリはわれを忘れて叫んだ。

「どんな地獄の悪霊が、わたしをこんなおそろしい事件にまきこんで死ぬ思いをさせるのか！」

そのとき、バプティストが蒼ざめた顔に恐怖を浮かべて入ってきて、デグレが訪ねてきていると告げた。ラ・ヴォワザンの忌まわしい裁判このかた、デグレがだれかの家にあらわれるのは、なんらかの刑事告発の確かな前触れだった。バプティストの驚愕はそのためだ。だからマドモワゼルはできるだけ穏やかな笑みをうかべて彼に訊いた。

「どうしました、バプティスト？——まさか、スキュデリの名がラ・ヴォワザンのリストに載っていたのではないでしょうね！」

「ああ、とんでもない、どうしてそんな言い方がおできになるのやら——」と、バプティストは身震いして答えた。「でもデグレは——あのおそろしいデグレは、なにやら仔細ありげで、ひどく急《せ》いておりまして、お目にかかるのを待ちきれないようすなのです！」

「それでは、バプティスト、おまえがそんなに怖がる人をすぐお通ししなさい、少なくともわたしには心配する理由はありませんよ」

デグレは入ってくるなり言った。

「裁判所長官のラ・レニの使いで、お願いに参上いたしました。マドモワゼル、あなたの徳と勇気を存じあげていなかったなら、そして凶悪な殺人罪を白日のもとにさらす最後の手段があなたの手に握られているのでなかったなら、さらには、火刑裁判所とわれわれすべてに息つく暇も与えぬあの悪質な事件の審理に、あなたご自身がすでにかかわっておいでなかったなら、とてもお聴きとどけいただけるとは期待できないようなお願いなのですが。オリヴィエ・ブリュソンは、あなたにお目にかかって以来、半狂乱になっております。いったんは自白しそうな気配になっていたのに、いまではまたこと新たに、キリストと全聖人に誓って自分はカルディヤック殺害について完全に潔白だと言い張り、それでも死刑は甘んじて受けよう、当然の報いなのだから、と言うのです。この最後の補足部分にご留意ください、マドモワゼル、これは明らかに彼がほかの罪も犯していることを示唆しています。しかしどうやってみても、それ以上ひとことも彼から引き出すことはできず、拷問の脅しをかけても効き目がありません。彼はあなたに会わせてほしいと、必死に訴えております、あなたにだけ、あなたおひとりにだけ、すべてを告白すると言うのです。恐縮しごくではありますが、マドモワゼル、ブリュソンの告白を聴いてやってはいただけないでしょうか」

「なんということを！」と、スキュデリは憤然として叫んだ。「わたくしに血の裁判所の手先になれと？　不幸な人間の信頼を悪用して、断頭台に送れと？——いやです、デグレ！　かりにブリュソンが忌まわしい人殺しだとしても、そんな小賢《こざか》しい手で彼をだますなんて、わたくしには絶対にできません。神聖な告解のようにわたしの胸ひとつに封じ込めておくような秘密など、聴きたくはありません」

「ひょっとすると、マドモワゼル」と、デグレはかすかな笑みをうかべて言った。「ひょっとすると、ブリュソンの話をお聴きになったら、お考えが変わるかもしれませんよ。長官に人間味をお求めになったのは、あなたご自身じゃありませんか。長官はまさに人間味をもって、ブリュソンのとんでもない要求に譲歩したのです、拷問にかけるまえに、最後の手段を試みようと。ブリュソンはもうとっくに拷問にかけられてしかるべきなのです」

スキュデリはわれにもあらず縮みあがった。

「いかがでしょう」と、デグレはつづけた。「あなたをおぞましさと嫌悪でいっぱいにしたあの暗い牢獄に、もう一度お越しいただこうというつもりは、けっしてございません。夜更けにそっと、ひと目につかぬように、オリヴィエ・ブリュソンを自由な人間のようにしてお宅へ連れてまいります。見張りはつけるにしても、立ち聞きなぞいたしません、彼が気兼ねなくすべてをあなたに告白できるように。あなたご自身はあのならず者を怖れる必要がないことは、わたしが命をかけて保証いたします。彼はあなたのことを熱烈な尊敬をこめて口にするのです。もっと早くにお目にかかりたかったのに、ひとえに暗い運命のせいでそれもかなわず、死の淵に投げ込まれてしまったと、申しております。それに、ブリュソンが打ち明けたことをどの程度までわたしどもにお聞かせくださるかは、どうぞあなたのお気持しだいに。あなたにそれ以上のことを強いるなぞ、できましょうか?」

スキュデリは視線を落としてじっと考えこんでいた。崇高な力がいま、なにやらおそろしい秘密を解明せよとわたしに求めている、それに従わなくてはいけないのではないか。心ならずも巻き込まれてしまったこの不可解にもつれた事件から、もはや手を引くすべはないのではないか。

にわかに決心して、彼女は威厳をもって言った。

「神さまがわたくしに平静と不動の落ち着きをお与えくださいましょう。ブリュソンをお連れください、会いましょう」

ブリュソンが小箱をもってきたあのときとおなじように、真夜中にスキュデリの玄関の扉をたたく音がして、あらかじめ夜半の訪問を知らされていたバプティストが扉を開けた。スキュデリは、しずかな足音とくぐもった囁き声から、ブリュソンを連れてきた看守たちが廊下の各所に配置されるようすを聞き取って、氷のように冷たい戦慄が身うちを走るのをおぼえた。

ついに部屋のドアがしずかに開いた。デグレが入ってきた。そのうしろからブリュソンが、鎖も足枷もなしで、まともな服装で。

「ブリュソンを連れてまいりました、マドモワゼル！」

デグレは恭《うやうや》しく身をかがめて言うと、部屋を出ていった。

ブリュソンはスキュデリのまえに両膝をつき、哀願するように組んだ両手を高くあげた。目には涙があふれている。

スキュデリは蒼ざめた面持で、言葉もなく彼を見つめた。顔は苦悩にやつれ、はげしい心痛にひきつってはいても、このうえなく誠実な心根をうかがわせる純な表情がかがやき出ている。その顔をじっと見ればみるほど、スキュデリの脳裡になつかしいだれかの記憶がおぼろによみがえってくるのだが、それがだれなのか、はっきりとは思い出せない。恐怖は消えてゆき、目のまえにひざまずいているのがカルディヤック殺しの犯人であることを忘れて、彼女はいつもの親切心をにじませたやさしい口調で声をかけた。

「さあ、ブリュソン、わたしに話したいことというのは？」

相手はなおもひざまずいたまま、悲しげな深く熱い吐息をついて、ようやく言った。

「おお、気高い、尊敬するマドモワゼル、わたしのことを少しも憶えていらっしゃらないのでしょうか？」

スキュデリは、さらに注意ぶかく彼を見つめながら、たしかに彼の顔立ちにはだれかなつかしい人の面影が感じられる、だからこそ殺人犯への深い嫌悪を抑えて、こうして冷静に話を聴こうとしているのだと答えた。ブリュソンはこの言葉に深く傷ついて、さっと立ち上がると、暗いまなざしを床に落として、一歩しりぞいた。そして沈んだ声で言った。

「するとアンヌ・ギュヨのこともすっかりお忘れですか？　――その息子のオリヴィエ――あなたがよく膝のうえであやしてくださった男の子が、いまあなたの目のまえにいるのです」

「なんとまあ！」とスキュデリは叫んで、両手で顔をおおって椅子のクッションに倒れこんだ。

マドモワゼルがこれほどおどろくには十分な理由があった。アンヌ・ギュヨというのはある零落した市民の娘で、幼いときからスキュデリが引き取って、母親がわが子をいつくしむように、真心こめて大事に育てたのだった。アンヌが年ごろになると、クロード・ブリュソンという見目よく礼儀正しい若者があらわれて求婚した。彼はひじょうに腕の立つ時計職人で、パリでたっぷりパンを稼げるにちがいなかったし、アンヌも心から彼を好ましく思うようになっていたので、スキュデリはためらうことなく養女の結婚に同意した。若いふたりは所帯をかまえ、穏やかで幸せな暮らしをおくり、やがて愛の絆《きずな》をいっそう固めたのが、やさしい母親そっくりの愛くるしい男の子の誕生だった。

スキュデリは幼いオリヴィエを溺愛して、何時間でも何日でも、母親の手から奪ってきては愛撫したり、あやしたりしたのだった。だから子どものほうもすっかりなついて、母親のそばにいるのとおなじほどスキュデリのそばにいるのが好きだった。こうして三年ほどが過ぎたころ、ブリュソンの稼ぎのよさが同業者たちの妬みを買って、仕事が日ごとに減りはじめ、ついには食べるにも事欠くようになってしまった。それに加えて、彼の美しい故郷ジュネーヴへのなつかしさもつのり、とうとうこの小家族は、スキュデリができるかぎりの援助を約束して引き留めたにもかかわらず、ジュネーヴへと引き移っていった。何度かアンヌから手紙は来たものの、やがてそれもふっつりと絶え、スキュデリとしては、ブリュソンの故郷で幸せに暮らしているから、薄れゆく昔の日々のことなどもう思い出さないのだろうと考えるしかなかった。

ブリュソンが妻子を連れてパリを去ってから、ちょうど二三年がたっていた。

「なんとおそろしい」と、いくらか落ち着きをとりもどしたスキュデリは叫んだ。

「おどろきました！　──おまえがオリヴィエ？　──わたしのアンヌの息子？　──それがいままでは！」

「はい」とオリヴィエは、覚悟をきめた冷静さで答えた。「マドモワゼル、あなたには思いも寄らなかったことでしょう、あなたがやさしい母親のようにあやしてくださった子ども、膝のうえで揺すりながら、甘いお菓子をつぎからつぎへと口に入れたり、いろいろとかわいい名前で呼んだりしてくださった子どもが、成人していつかあなたのまえに立とうとは、それもおぞましい殺人罪の告発を受けて！　──わたしとて、非の打ちどころがないわけではありません、火刑裁判所がなにかの罪でわたしを咎《とが》めるとしても仕方ない。けれど、たとえ首切り役人の手にかかるとしても、浄福のうちに死にたいのです。あの殺人については、わたしは潔白です、不運なカルディヤックが仆《たお》れたのは、わたしのせいではない、わたしの罪ではありません！」

ここまで言うと、オリヴィエはわなわなと震えだした。スキュデリはオリヴィエのそばにある椅子を無言で指し示した。彼はのろのろと腰をおろした。

「あなたにお目にかかってお話しできるのは」と、彼はまた語りだした、「天が怒りを鎮めてお与えくださる最後の恵みと思っています。時間は十分ありましたから、そのための心の準備をして、わたしのおそろしくも前代未聞の不運をお話しするのに必要な落ち着きと覚悟が得られました。これからわたしの打ち明ける秘密は、きっとあなたの予想もなさらなかったことで、びっくりなさる、それどころかぞっとなさるかもしれませんが、どうかお慈悲をもって、冷静にお聴きください。——かわいそうに、わたしの父は、パリを離れたりしなければよかったのです！　——ジュネーヴでの幼いころの記憶をたどると、涙にかきくれる絶望した両親と、自分には理解できないその悲嘆に誘われていっしょに泣いているわたし自身の姿が、よみがえってきます。もっとあとになると、両親の暮らしの困窮、その深刻なみじめさが、わたしにもはっきりと感じられ、十分に意識されるようになりました。父はすべての希望を裏切られてしまったのです。深い遺恨に打ちひしがれ、押しつぶされた父は、わたしをどうにかある金細工師のもとに弟子入りさせた直後に死んでしまいました。母はあなたのことをよく口にしていて、あなたに苦境を訴えたかったのですが、貧窮のなせるわざでしょう、その勇気がでませんでした。それによくあるように誤った羞恥心も、深く傷ついた心をむしばんで決心を阻《はば》んだようです。父の死後、幾月もたたないうちに母もあとを追いました」

「かわいそうなアンヌ！　かわいそうなアンヌ！」

スキュデリは悲痛な声をしぼった。

「賞むべきかな、天の永遠の御力よ、おかげで母は世を去り、愛する息子が恥辱の烙印を押されて刑吏の手にかかるのを見ずにすんだのです」

オリヴィエはこう叫ぶと、おそろしい目付きで天をふり仰いだ。と、部屋の外がさわがしくなった。足音が往き来する。

「ほう」と、オリヴィエは苦々しげな笑みをうかべて言った。「デグレめ、わたしがここから逃げるのじゃないかと、手下どもを叩き起こしているな。──まあいい、話をつづけましょう。わたしは親方からひどい扱いを受けましたが、それでもやがて一番の働き手となり、ついには親方をはるかに凌ぐ腕前になりました。あるとき、異国の人がわれわれの工房に装身具を買いにきました。わたしのつくった美しい首飾りに目をとめると、親しげにわたしの肩をたたいて、首飾りをちらちら見ながら言うのです。

『やあ！　お若いの、これはじつによくできている。きみを凌ぐ者といったら、ルネ・カルディヤックのほかにはいまい。彼はおよそ世界随一の金細工師だ。彼のもとに行くべきだよ。喜んで工房に入れてくれるよ、彼の芸術的な仕事を手伝えるのはきみしかいないだろうし、きみのほうもこれまで以上のことは彼からしか学べないだろうからね』

異国の人のこの言葉はわたしの胸深くに落ちました。ジュネーヴにいてはもはや心落ち着かず、遮二無二とびだしたくなって、ついに親方から離れることに成功しました。そしてパリへ。ルネ・カルディヤックはわたしを冷たく無愛想にあしらいました。それでもめげずに、どんなつまらないものでもいいからつくらせてみてくれと粘って、ようやく仕事をもらったのです。小さな指輪でした。出来上がったのをもっていくと、彼は腹の底まで見通そうとするかのように、ぎらつく目でじっとわたしを見てから、言いました。

『腕の立ついい職人だな。ここに移ってきて、仕事場で手伝ってくれてもいい。給料はたっぷり払おう、わしのところなら、きっと満足するだろうよ』
カルディヤックは約束を守りました。それから何週間も彼のところにいるあいだ、マドロンの姿は一度も見かけませんでした、記憶ちがいでなければ、そのころ彼女は田舎の、カルディヤックのなんとかいう伯母さんのところに行っていたのです。それがついに帰ってきた。おお、天の永遠の御力よ、あの天使の姿を見たときのことといったら！――これほどの恋に落ちた者がわたしのほかにあったでしょうか！――おお、マドロン！」
オリヴィエは悲痛のあまり言葉がつづかず、両手を顔に押しあてて嗚咽した。ようやく、激しい痛みを無理にも抑えこみながら、また先をつづけた。
「マドロンは好意のある目でわたしを見てくれて、しだいに足しげく仕事場へ来るようになりました。彼女が愛してくれているのがわかって、天にも昇る心地でした。父親の監視はきびしくても、その目を盗んでは手を握りあい、それが二人をつなぐ絆のしるしになりましたが、カルディヤックはなにも気がついていないようでした。まずは彼の好意をかちえて、そして親方の資格をとることが先決、そうしたらマドロンに求婚しよう、そうわたしは思っていました。ところがある朝、仕事に取りかかろうとしたとき、カルディヤックがつかつかと近づいてきて、怒りと軽蔑のこもる暗い目付きでわたしを見るではありませんか。『もう仕事をしてもらわなくていい』と、言いはじめました。『即刻、この家から出ていけ、二度とわしの目のまえに姿を見せるな。なぜおまえをここに置いておくわけにいかないかは、言うまでもないだろう。おまえのような貧乏人には、お目当ての甘い果実は手の届かぬ高みにあるんだぞ！』

わたしはなにか言いたかったのですが、頑強な手に掴まれてドアから放り出され、階段をころげおちて頭と腕にひどい傷を負いました。——憤懣やるかたなく、苦痛に引き裂かれてそこを立ち去り、ようやく市外のサン・マルタン〔パリ東部の職人居住地区〕のはずれに気のいい知人を訪ねあてて、屋根裏部屋に住まわせてもらいました。しかし気はしずまらず、休息の眠りも訪れず、夜になるとカルディヤックの家のまわりをうろうろしては、わたしの溜息を、わたしの嘆きを、マドロンが聞きつけてはくれまいか、ひょっとしたら窓から顔を出してそっと声をかけてくれはしまいかと、はかない期待を抱いていました。頭の中では、彼女を説得して実行したいありとあらゆる無謀な計画が入り乱れていました。

ニケーズ街のカルディヤックの家は、中庭が壁龕《へきがん》付きの高い石塀に囲まれていて、それらのくぼみには古い崩れかけた石像が立っています。ある夜、そういう石像の一つのすぐそばに立って、塀の内の中庭に面した窓を見上げていたときです。突然、カルディヤックの仕事場に灯りが見えました。もう真夜中、ふつうならカルディヤックがこんな時間に起きているはずがない、いつも九時の刻《とき》が鳴るとすぐ寝にゆくのですから。わたしは不吉な予感がして動悸がたかまり、なにごとかが起きたのではないか、そうだとしたら中に入ろう、と考えた。でも灯りはすぐ消えた。壁龕の中の石像に背を押しつけて立つと、不意に石像が命を得たかのように押し返してくる感じがして、ぎょっとして跳びのきました。夜の薄闇に目をこらすと、石像がゆっくりと回るのが見え、そのうしろから黒い人影がするりとあらわれでて、足音を忍ばせて通りを遠ざかってゆく。石像に跳びかかってみると、まえとおなじように壁にしっかりついている。わたしは思わず知らず、内なる力に駆りたてられるようにして、人影のあとをこっそりと追いました。ちょうどマリアさまの像のあるあたりでその人物がうしろを振り返り、お像のまえのランプの明るい光にその顔が照らしだされました。カルディヤックです！　わけのわからぬ不安、不気味な恐怖が、わたしを襲いました。でも魔法で呪縛されたように、いやでも足はまえへまえへとゆく――この幽霊じみた夢遊病者のあとをつけて。そう、親方のことを夢遊病者だと思ったのです、その手の亡霊が眠っている人を誘い出すという、満月のときでもないのに。しまいにカルディヤックは道路わきの深い物陰に消えました。小さいながら聞きなれた咳払いから、彼がある家の車寄せに入ったことがわかる。どういうことだろう、なにをするつもりだろう？――おどろいて、そう自問しながら、わたしは手前の建物にぴったり身を寄せました。ほどなく、一人の男がトリルをひびかせて唄いながら、帽子の羽根飾りをきらきらさせ、拍車を鳴らしてやってきた。すると獲物を襲う虎のように、陰にひそんでいたカルディヤックがとびかかり、その刹那、相手は喉をぜいぜい鳴らして地面に崩れおちた。わたしはおどろきの声をあげて、倒れた男にのしかかっているカルディヤックに走り寄った。

『カルディヤック親方、なにをなさるんです』

『こん畜生め！』

カルディヤックはそう唸《うな》るなり、稲妻のようにわたしのそばを駆けぬけて消えてしまいました。わたしは気も顚倒し、走る気力もなくなって、倒れている男に近づいた。

まだ助かるかもしれないと思って、膝をついてかがみこみましたが、もう生きている気配はまったくない。あまりのおそろしさに、騎馬警察隊の憲兵たちにいつのまにかとり囲まれていることに気がつきませんでした。

『また一人、悪魔にやられたな──おいこら──若いの、そこでなにをしとる？──殺人団の一味か？──とっとと失せやがれ！』

彼らは口ぐちに叫びたて、わたしを捕えてしまった。わたしにこんな人殺しはできっこない、穏やかに立ち退かせてほしいと、どもりながら言うのがやっとでした。

すると一人がわたしの顔をランプで照らして、笑いながら言う。

『なんだ、金細工職人のオリヴィエ・ブリュソンか、正直でまっとうなあのルネ・カルディヤック親方のところで働いているやつだな！──そうさな──こいつなら街頭で人を殺すだろうよ！──いかにもそう見える──死体のそばでめそめそしていて、とっつかまるなんて、人殺しどものやりそうなこった。──どうだったんだ、若いの？──怖がらずに話してみろ』

『わたしのすぐまえで、だれかがいきなりその男に跳びかかって突き倒し、わたしが大声で叫ぶと、稲妻みたいに走って逃げたんです。襲われた人がまだ助かるかどうか、見ようと思って――』

『だめだな』と、死体をもちあげた憲兵の一人が言いました。『死んでいる、いつものように、短刀が心臓を突きとおしている』

『悪魔め』べつの一人が言う。『またもやこっちは一足遅れだったな、おとといとおんなじだ』

彼らは死体を担いで立ち去りました。

どんな気分だったか、とても言いようがありません。悪い夢にたぶらかされたのではないかと、自分のからだをあちこち触ってみた、すぐに目を覚ませば、とんでもない幻を見たと、われながら呆れるにちがいない。――カルディヤックが――わたしのマドロンの父親が、呪われた殺人鬼！――力なく、だれかの家の石段にすわりこんでいるうちに、だんだんと夜が明けてくる。羽根飾りのたくさんついた士官帽が、すぐそこに落ちています。カルディヤックの凶行、わたしがすわっているこの現場でおこなわれた殺人が、朝の光にはっきり照らしだされてくる。おそろしくなって、わたしはそこを逃げだしました。

すっかり混乱し、意識朦朧として屋根裏部屋にいると、ドアが開いて、ルネ・カルディヤックが入ってきました。

『なんてことだ！　いったいなんの用です？』

彼はわたしの叫びにはおかまいなしに近づいてきて、落ち着きはらって愛想よくほほえみかけてくる。それがいっそうわたしの内心の嫌悪をつのらせました。彼は古い壊れかかった腰掛けを引き寄せて、藁《わら》の寝床から身を起こすこともできずにいるわたしのそばにすわりました。

『なあ、オリヴィエ』と、切りだす。『具合はどうだ、かわいそうに。じっさい、わしは早まったよ、おまえを追い出したりして、おまえがいないとどうにもならん。ちょうどいま、おまえに手伝ってもらわんと完成できそうもない仕事が一つあってな。どうだろう、またわしの仕事場で働かんか？　――答えてはくれんのか？　――そうだ、わかっとる、わしはおまえを侮辱したからな。マドロンといい仲になったりしたおまえに腹が立って、黙っていられなかった。だがあとからよく考えてみて、気がついたよ、おまえの腕前と働きぶりと忠実さを思えば、これ以上の婿はほかに望みようがないとな。どうだね、わしと来て、どうすればマドロンを女房にかちとれるか、やってみるがいい』

カルディヤックの言葉はわたしの心をずたずたにしました。彼のあくどい底意《そこい》に震えあがって、ひとことも口が利けません。『ためらっているな』と、彼は目をぎらつかせてわたしを見すえながら、こんどは鋭い口調になってつづけました。『ためらっているんだな？　――今日はどうやら、わしといっしょには来られない、ほかにすることがある、というんだろう！　――ひょっとするとデグレのところへ行く気か、それともいっそ、アルジャンソンかラ・レニにお目通りを願い出るつもりか？　気をつけるがいい、若造、ひとさまを破滅させるつもりでおびきだした鉤爪に、自分がとっつかまって八つ裂きにされないようにな』

わたしの胸の底でたぎっていた怒りが突然、噴き出しました。『むごい罪業を犯したおぼえのある人にこそ、あんたのいま挙げた名前が胸にこたえてほしいものだ、わたしはちがう――あの連中とはなんのかかわりもない』『そもそもだな、オリヴィエ』と、カルディヤックはつづけました。『わしのところで働くのは、おまえの名誉なんだぞ、わしは当代きっての名匠とうたわれ、誠実と正直さでどこでも高く尊敬されているからな。だから悪質な誹謗《ひぼう》なぞすれば、すべて自分の頭の上に跳ね返ってくるぞ。――ところで、マドロンのことだがね、白状すると、わしが譲歩したのはひとえにあの娘のおかげなんだ。あれはおまえを愛している、あのやさしい子がと、信じられないほどの激しさでな。おまえがいなくなるとすぐ、わしの足もとに身を投げ、膝にとりすがって、おまえなしでは生きていけないと、涙ながらに打ちあけた。そんなのは恋に落ちた小娘にありがちな錯覚にすぎん、とわしは思った、はじめて会った生っ白い顔にやさしく見つめられると、娘っ子はすぐ死にたいのなんのと言い出すものだからな。ところがマドロンはほんとうに弱って病気になってしまって、ばかげた考えは捨てろと言いきかせようとすると、おまえの名を百回も叫ぶ始末だ。絶望させまいとしたら、ほかにどうしようもない、とうとうゆうべ、あの娘に言ったのだ、なにもかも承知する、明日おまえを連れてくる、とな。するとひと晩でバラが花ひらいたみたいになって、いまはおまえを恋こがれて待っているところだ』

お赦しあれ、天の永遠の御力よ、どうしてそんなことになったのか自分でもわからないのですが、気がついたときにはもうカルディヤックの家にいて、マドロンが『オリヴィエ――わたしのオリヴィエ――いとしいひと――わたしの夫』と、喜びの声をあげてとびついてきて、両の腕をまわしてわたしを胸に抱きしめていたのです。わたしは天にも昇るうれしさに、聖母マリアとすべての聖者にかけて、もう二度と彼女のそばから離れないと誓っていました！」

この決定的瞬間の記憶に心ゆさぶられて、オリヴィエは話をしばし中断せざるをえなかった。スキュデリは、徳と廉直の権化とばかり思っていた男の罪業に慄然として叫んだ。

「なんとおそろしいこと！——ルネ・カルディヤックがあの人殺したちの一味だったとは。このりっぱな町を長いあいだ強盗の巣窟にしてきた連中の！」

「なにをおっしゃいます、マドモワゼル」と、オリヴィエが言った。「一味ですって？——そんな徒党などなかった。カルディヤックひとりだったのです、町じゅうに出没して死の生贄《いけにえ》を探し、みつけだしていたのは。ひとりだったからこそ、犯行を確実に遂行できた。犯人をどうしても割り出せなかったのも、そのせいです。——でも、話をつづけさせてください、そうすればおいおい、あらゆる人間のうちもっとも極悪非道で、それと同時にもっとも不幸でもある男の秘密が、おわかりになるでしょう。——さて、このときからの親方のもとでのわたしの立場がどんなだったかは、だれにでも想像がつくとおりです。一歩踏み出してしまったからには、もうあともどりできません。ときどき、自分がカルディヤックの殺人幇助《ほうじょ》をしているかのような気がしてくる。ただマドロンの愛のなかでだけ、わたしを苦しめる内面の呵責を忘れられる、ただマドロンのそばにいるときだけ、名付けようのない心痛の跡を顔から消すことができる、という具合でした。親方と工房で仕事をしているときは、彼の顔をまともに見ることができず、ほとんどひとことも口を利けずに、誠実でやさしい父親とよき市民の徳をすべてそなえていながら夜には闇にまぎれて凶行を重ねるおそろしい人間のそばにいるという恐怖で、震えていました。マドロンは、従順で天使のように純真な子で、父親を崇拝せんばかりに愛していました。もしもいつか、仮面をかぶったこの悪党に復讐の鉄槌がくだったら、彼女は、サタンの地獄の奸計のかぎりをつくして欺かれていた彼女は、残酷な絶望に打ちひしがれてしまうにちがいない、それを考えるとわたしは胸がきりきりと疼きました。それだけでもう、わたしの口の蓋は閉じてしまって、たとえ犯罪者として死刑になってもいい、蓋は取るまいと決心したのでした。

騎馬警察隊の人たちの話からいろいろのことが察しはついたものの、それでもカルディャックの犯行、その動機、実行方法などは、わたしには謎でした。それが解ける日が、ほどなくやってきました。

ある日のこと、仕事中はいつも機嫌よく冗談をとばしたり笑ったりして、わたしに嫌悪をもよおさせていたカルディヤックが、ひどく真剣な面持でなにか考えこんでいたのですが、突然、やりかけの仕事をわきに放り出しました、宝石や真珠がばらばら転がるほどに。そしてぱっと立ち上がって言ったのです。

『オリヴィエ！　――わしら二人のあいだがこのままじゃどうにもならん、こんな状態は耐えられん。――わしの秘密を、デグレとその手下どもが狡知のかぎりを尽くしても発見できなかったというのに、偶然がひょいとおまえの手に握らせてしまった。おまえが目撃したわしの夜更けの仕事、あれはわしの悪い星がやらせていることで、どうにも抵抗できんのだ。――そしておまえにも悪い星がついていて、おまえにわしのあとをつけさせた、見えないヴェールでおまえを包みかくし、足どりを軽くして、小さな動物のように音も立てずに歩かせた。だからわしは、夜中でも虎のようによく目が利くというのに、遠くへだたった街路のどんな小さな音でも、蚊の飛ぶ音だって聞き取る耳をもっているというのに、おまえに気がつかなかった。おまえの悪い星が、おまえをわしの相棒として、わしのところに連れてきたのだ。裏切るなんて、いまのおまえにはもうできない。だからなにもかも話して聞かせよう』

『相棒なんぞになるものか、偽善者め！』

そう叫びたかったのに、カルディヤックの言葉で胸の奥が恐怖につかまれ、喉が締めつけられて言葉にならず、わけのわからぬ音を発しただけでした。カルディヤックはまた仕事椅子に腰をおろすと、額の汗を拭いました。過去の記憶にはげしく動揺して、なんとか落ち着こうとしているようでしたが、ようやくまた話しはじめました。

『賢者たちがよく言うことだが、妊娠中の女は奇妙な感受性をもっていて、外部から自分の意思ではどうにもならぬ強い印象を受けると、それがふしぎな影響をお腹の子におよぼすとか。わしの母親についても妙な話を聞かされたことがある。わしを身ごもった最初の月に、彼女はほかの女たちとトリアノン離宮での盛大な宮廷祝典を見物にいった。するとスペイン風の衣裳を着てまばゆい宝石の鎖を首にかけた騎士が目にとまり、視線が釘づけになった。この世のものとも思えぬきらびやかな宝石が欲しくてたまらず、全身これ欲望と化したのだ。この騎士は何年もまえ、おふくろがまだ結婚していなかったころ、純潔を奪おうとつけまわして肘鉄砲を食った男だった。おふくろはそいつだと気がつきはしたが、ダイヤモンドの輝きのせいで、もっと崇高な存在、美の権化のように思えてしまった。騎士はおふくろの憧れに燃える視線に気がついて、こんどはうまくいくぞと踏んだ。近づいて、連れの女たちから引き離し、まんまと人影のないところへ誘いだして、両腕で抱き寄せ、彼女のほうは美しい宝石の鎖を手で摑んだ。その瞬間、彼はおふくろもろとも地面に倒れこんだ。卒中の発作か、ほかの原因か、ともかく彼は死んだ。おふくろはいくらもがいても、死の痙攣でこわばった相手の腕から抜けだせない。光の失せたうつろな目を彼女に向けて、死者は彼女といっしょに地面を転がるばかり。助けを呼ぶ彼女の悲鳴が、遠くを通りかかった人たちの耳にようやくとどいて、彼女はおぞましい色男の腕から救われたというわけだ。

このときの恐怖でおふくろは重い病気になった。おふくろも腹の中のわしももう助かるまいと思われたが、彼女は回復して、出産もこれ以上望めないほど順調にいった。ところが、あのおそろしい瞬間の恐怖の矢は、このわしに命中していたのだ。わしの悪い星は天空にのぼって閃光を放ち、それがわしのなかに異様で破滅的な情熱の火をつけた。年端《としは》もゆかない子どものときから、きらめくダイヤモンドや金の装身具に、なによりも惹かれた。まわりの人はただの子どもっぽい好みだと思っていたが、そうじゃない、小僧っ子ともなると、金や宝石を盗めるならどこからでも盗むようになったからな。訓練を積んだ玄人そこのけの本能で、紛い物とほんものを見分けられた。ほんものにしか興味はなく、紛い物や金メッキなんぞには見向きもしなかったね。だが、おやじのこっぴどい折檻には、この生まれつきの欲望もさすがに勝てなかった。わしは金と宝石をあつかう仕事だというただそれだけの理由で、金細工師の職をえらんだ。熱情こめて働いて、やがてこの道いちばんの名匠になった。そのときからだ、長いあいだ抑えこまれていた生来の衝動が猛然と頭をもたげてきて、まわりのものすべてを喰らいつくして膨れあがっていったのだ。一つ細工物を仕上げて、註文主に渡したとたん、どうにもやりきれない救いのない気分になって、眠りも、健康も——生きる元気も奪われてしまう。——わしがつくってやった装身具を身につけたやつが、夜となく昼となく、幽霊のように目のまえに立つ。そしてだれかの声がわしの耳にささやく。

〈あれはおまえのもの——おまえのものじゃないか——取りあげろ——死人にダイヤモンドがなにになる?〉

そこでついにわしは熱心に盗みの腕をみがくようになった。お偉方の家にはよく出入りしていたから、どんな機会もすかさず利用したし、どんな錠前もわしの器用さには逆らわなかった。こうしてまもなく、わしのこしらえた装身具はのこらずわしの手にもどったのだ。

だがそこまでしても、穏やかならぬ気分は消えなかった。依然としてあの不気味な声が嘲るように呼びかけてくる。

〈ほ、ほう、死人がおまえの金細工をつけてるぞ！〉

どうしてか自分にもわからなかったが、装身具をつくってやった相手がどうにも憎くてならなかった。それどころか、腹の底には自分でもぞっとするほどの殺意がうごめいていたのだ。

その時期にわしはこの家を買った。持ち主との合意ができて、いっしょにこの部屋で商談成立を祝ってワインを一本空けた。夜になったので帰ろうとすると、売り主が言う。

〈じつは、ルネ親方、お帰りのまえに、この家の秘密をぜひとも知っておいてもらいたいのだが〉

そしてそこの壁に造りつけになっている戸棚を開けて、奥の壁を押すと、その向こうの小さな部屋へもぐりこんで、床の上げ蓋をもちあげた。狭い急な階段を降りると、小さい戸口があって、開けると中庭に出る。売り主の老人は塀に近づいていって、ほんのちょっと突き出ている鉄の棒を押す。すると塀の一部がぐるっと回って、人間が一人らくに通って出られるくらいの隙間ができる。おまえもこの仕掛けを一度見ておくといい、オリヴィエ。むかしここには修道院があったから、ずるがしこい僧たちがこっそり出入りできるように造らせたのだろうな。そこの部分は木でできていて、表面にモルタルを塗ってごまかしてあるだけだ、外側には、石像そっくりだが、やはりただの木の像が嵌めこんであって、塀といっしょに、見えないように仕込んである蝶番で回転するようになっている。

この仕掛けを見たとき、わしのなかにどす黒い考えが湧いた。自分にもまだどうしたらいいのか謎のままだった行為を、この仕掛けがどうぞと言わんばかりに準備してくれているじゃないか、と。それはちょうど、宮廷のさる殿方にりっぱな装身具を渡したばかりのときだった、贈る相手はたしかオペラの踊り子だったな。死の拷問のような苦しみはあいかわらずつづいた——あの幽霊がいつも付きまとう——耳にはたえずサタンのささやき！

わしはその家へ引っ越した。血なまぐさい恐怖の汗にまみれて、眠れぬままベッドの上で輾転《てんてん》反側した！　あの男がわしの金細工をかかえて踊り子のところへ忍んでゆくのが目に浮かぶ。怒りに燃えて、がばとはね起き――マントを羽織る――秘密の階段を降り――塀をくぐり抜けてニケーズ街へ。あいつがやってくる、わしは襲いかかる――あいつは叫ぶが、それをうしろから羽交い締めにして、短刀で心臓をぐさり――金細工はわしのものだ！　やりおえたときには、かつてないほどの心の安らぎ、満足をおぼえた。幽霊は消え、サタンの声もしなくなった。これでわしの悪い星がなにを望んでいるかがわかったのだ、それに従うしかない、さもなければ破滅だ！

これでわしの所業のいっさいがわかったろう、オリヴィエ！　だがな、やむにやまれずこういうことをやっているからといって、わしが同情や憐憫の感情という、人間の本性にそなわっているはずのものを、きれいに捨ててしまったとは思わないでくれ。おまえも知ってるだろう、装身具を渡すとなると、わしがどんなに辛い気持になるか。死なせたくない人からの註文はぜったいに受けないことも、それればかりじゃない、明日になったら血がわしの幽霊を追い払うことになりそうだとわかると、今日のうちに、わしの宝石の持ち主を拳骨で叩きのめしてでもそれを取り返すことも、知っているはずだ』
こうしてカルディヤックはすべてを語りおえると、わたしを秘密の地下室へ連れていって、彼の宝石収蔵庫を見せてくれました。国王とてこれほどはおもちではないでしょう。どの装身具にも小さな紙の札がつけてあって、だれの註文品か、いつ窃盗、強奪、殺人のいずれかによって手にいれたかが、正確に記してありました。
『おまえの婚礼の日に』と、カルディヤックはくぐもった声でおもおもしく申しました、『婚礼の日には、オリヴィエ、十字架のキリスト像に手をのせて、神聖な誓いをたててくれ、わしが死んだらすぐにこの財宝すべてを、いずれおまえに知らせておく方法で塵に帰させると。血で贖《あがな》われたこの宝を、どんな人間であれ、だれかが、ましてやマドロンやおまえが、所有してほしくないのだ』
このような犯罪の迷路にひきずりこまれて、愛と嫌悪、至福と恐怖に引き裂かれたわたしは、あの呪われた男と同じようなものでした。やさしい天使がほほえみかけてくれているのに、サタンの灼けるような爪にがっしと摑まれていて、敬虔な天使のほほえみは天上の至福のすべてを映しだしているのに、それがかえってもっとも辛い責め苦となってしまう。——わたしは逃亡を考えた——それどころか自殺も——しかしマドロンはどうなる！　――どうぞお叱りください、マドモワゼル、わたしを犯罪にいやおうなくつなぎ止めている情熱に、どうしても打ち勝てなかったわたしの弱さを。しかし恥辱にまみれた死をもってすれば、わたしはそれを償えるのではないでしょうか？

ある日のこと、カルディヤックはいつになくご機嫌で家に帰ってきました。マドロンを愛撫し、わたしにこのうえなく好意あふれる視線を投げかけ、食卓につくとよほどのお祝いの日にしか開けない上等のワインを飲み、唄ったり歓声をあげたりでした。マドロンが部屋を離れ、わたしも仕事場へ行こうとすると、カルディヤックが呼びとめました。

『まあ、座っていろよ、今日はもう仕事はなしだ。パリ随一の気高い優れたご婦人の健康を祝して、もう一杯やろうじゃないか』

杯を打ちあわせて、それを飲み干すと、彼はこう言うのです。

『どうかね、オリヴィエ！　こういう詩句は気に入るかな？』

恋する者が盗人をおそれては
恋の名に値いたしませぬ！

そこで彼は、マントノン夫人の部屋であなたと国王のあいだにあった出来事を語り、そのあと付け加えて、以前からだれよりもあなたをどれほど尊敬しているかと話しはじめました。あなたはじつに高い徳をそなえておいでだ、そのまえでは悪い星も力を失うだろう、かりに彼のつくったいちばん美しい飾りを身におつけになろうと、悪霊が彼に殺意を起こさせることはけっしてあるまい、と。

『オリヴィエ、わしの決心したことを聴いてくれ。ずいぶんまえのことだが、イングランドのアンリエットさまのための首飾りと腕輪の註文があって、宝石自体もこちらで見つくろうようにとのご用命だった。仕事はことのほかうまくいったのだが、わしの心の宝となったその首飾りと腕輪と別れねばならんと思うと、胸も張り裂けんばかりだった。だがおまえも知ってのとおり、公妃は不幸にも謀殺されてしまい、宝はわしの手もとに残った。そこでいまそれを、わしの崇敬と感謝のしるしとして、追跡されている強盗団の名でマドモワゼル・ド・スキュデリに贈ろうと思うのだ。――そうすればスキュデリさまがその勝利にふさわしいしるしを得られるだけじゃない、デグレとその手下どもを、やつら相応にあざ笑ってやれるからな。――お届けするのは、おまえの役目だ』

カルディヤックがあなたのお名前を口にしたとたんに、マドモワゼル、まるで黒い霧が吹きはらわれたように、わたしの幸せだった幼いころの美しく明るい光景が、あざやかな色をおびて甦ってきました。わたしの魂にすばらしい慰め、希望の光が射しこみ、暗黒の亡霊どもは消えてゆくようでした。カルディヤックは自分の言葉がわたしに与えた印象を見てとって、自分流に解釈したのでしょう、こう言いました。

『わしの計画が気に入ったと見えるな。白状すると、胸の奥ふかいところで、貪欲な猛獣のように血の生贄を求めてきたのとはまったくべつの声がして、これをしろと命じたのだ。――ときどき妙な気分になることがあってな――内心の不安、なにかおそろしいものへの恐怖、そういうのが遥かな彼岸からどっと現世に押しよせてきて、わしをひっつかんでしまう。そうなると、わしの永遠の魂は、悪い星がわしにやらせた

5　チャールズ一世の娘ヘンリエット・アン・スチュアート（一六四四～一六七〇）、通称イングランドのアンリエットはルイ一四世の弟オルレアン公フィリップ一世の后となったが、二十六歳で不可解な死をとげ、毒殺ではないかとの噂が広まった。

ことにまるっきりかかわっていないのに、それでもやはり責任を取らされるかもしれないと思えてくるのだ。そういう気分のとき、聖ウスタッシュ教会の聖母マリアさまのために美しいダイヤモンドの冠をつくろうと決心した。ところが仕事にかかろうとすると、たちまちあの得体の知れない不安がいっそうつよく襲ってくるものだから、それっきりやめてしまった。いまのわしは、その代わりにスキュデリさまに、わしのこれまでの作品のうちいちばん美しいものをお贈りすることで、徳と敬神そのものにつつしんで捧げものをして、効験あらたかな罪のおとりなしをお願いしたい気持なのだ』

カルディヤックは、マドモワゼル、あなたのお暮らしをなにからなにまで正確に知っていて、きれいな小箱におさめた装身具を、いつ、どういう時刻に、どうやってあなたにお渡しするかを指示しました。わたしは喜びでいっぱいでした。天ご自身が、邪悪なカルディヤックをとおして、わたしに道をお示しくださったからです、見放された罪びとのわたし自身を地獄から救い出す道を。そう思ったのです。カルディヤックの意思にはまったく反しますが、押し入ってでもあなたにじかにお目にかかるつもりでした。アンヌ・ブリュソンの息子として、あなたの養い子として、あなたの足もとに身を投げだし、なにもかも――なにもかも打ち明けよう、と考えていました。あなたなら、かわいそうな罪のないマドロンが事実を知ったらどんなに苦しむかを思いやって、きっと秘密を守ってくださるだろう、そしてあなたの気高く聡明な精神は、秘密を暴露せずにカルディヤックの忌まわしい悪行を抑えこむ確かな方法を、きっとみつけてくださるだろう、と。そんな方法がどこにあるかなどと、お訊きにならないでください、わたしにはわからないのですから。――でもあなたがマドロンとわたしを救ってくださる、この確信だけは、聖母マリアの慰めにみちた助けを信じる気持とおなじに、心にしっかかと抱いていたのです。――ご存じのように、マドモワゼル、あの夜、わたしの意図は果たせなかった。でもつぎの機会にはという希望は失いませんでした。ところが突然、カルディヤックがすっかり快活さをなくすという事態になったのです。陰気な顔で歩きまわる、目のまえをぼうっと見つめている、わけのわからぬ言葉をぶつぶつつぶやく、敵でも防ぐかのように両手を振りまわす、といったありさまで、悪い考えに苦しめられているらしい。ある日のこと、午前中をずっとそんなようすで過ごして、ようやく仕事台に向かったかと思うと、また不機嫌に立ち上がって、窓の外をながめ、暗い、本気な口調で言いました。

『こんなことなら、あれがイングランドのアンリエットの身を飾っていたらよかったのに！』

この言葉にわたしはぞっとしました。彼の血迷った頭が、またあのおぞましい人殺しの幽霊にとりつかれた、サタンの声がまた耳にきこえてきたのだ、とわかったのです。あなたのお命が呪わしい殺人鬼に脅《おびや》かされている。カルディヤックの手にあの装身具がもどってきさえすれば、あなたの命は救われる。刻一刻と危険がふくらんでゆく。そこでわたしは、ポンヌフであなたの姿をお見かけするや、すぐ人ごみをかきわけて馬車に近づき、あの紙切れを投げこんで、装身具を即刻カルディヤックの手におもどしくださるようお願いしたのです。でもあなたはおいでにならなかった。翌日になると、カルディヤックが口にするのは夜どおし目のまえにちらつく貴重な装身具のことばかり、わたしは不安のあまり絶望に駆られました。彼が言っているのはあなたのお手もとにある装身具のことだとしか考えられない、きっと彼は襲って殺そうと企んでいて、今夜にも実行するつもりだ。なんとしてもあなたをお救いしなければならない、たとえカルディヤックの命を犠牲にしようとも。そう決意したわたしは、カルディヤックが夕べの祈りのあと、いつものように部屋に閉じこもると、窓から中庭に降り、塀の抜け穴を忍び出て、遠からぬ深いものかげに身をひそめました。ほどなくカルディヤックは姿をあらわすと、通りをそっと歩いてゆく。あとをつけました。サン・トノレ街への方向です、心臓がおののきました。カルディヤックが突然消えた。わたしはあなたの玄関のまえに立ちはだかろうと決心した。すると、偶然がわたしをカルディヤックの殺人の目撃者にしたあのときと同じように、一人の士官がトリルまじりに鼻歌をうたいながらやってきて、わたしには気づかずに通り過ぎてゆく。その瞬間、黒い人影がおどり出て、彼に襲いかかった。カルディヤックです。殺させてはならじと、わたしは大声をあげて二跳び――三跳びで現場に。だが士官ではなく――カルディヤックが致命傷を受けて、喉をぜいぜい鳴らしながら地面に倒れていたのです。士官はわたしを人殺しの子分だと思ったのか、手にした短剣を捨て、剣の鞘を払って身構えましたが、わたしが彼にはかまわず屍を調べているばかりなのを見ると、いそいで立ち去りました。カルディヤックはまだ生きていました。わたしは士官の捨てた短剣を懐に入れてから、カルディヤックを肩にかついでなんとか家まで引きずってゆき、秘密の通路を通って仕事場へ運んだのです。――あとのことは、ご存じのとおりです。

おわかりいただけたでしょうが、マドモワゼル、わたしの犯した唯一の罪は、マドロンの父親のことを裁判所に告げずにいて、そのために彼の悪行に終止符が打てなかったことです。どの殺人についてもわたしは潔白です。――でも、どんな拷問を受けようと、カルディヤックの悪行の秘密を明かすつもりはありません。天の永遠の御力は、行い正しい娘に父親のおぞましい殺人行為を隠しておいてくださったのに、それに逆らってまで、過去の悲惨さ、彼の全生涯の悲惨さのすべてを、いまになって彼女に暴露して死ぬ思いをさせたくはありません。いまさら世俗の復讐の手が、土に埋まった屍を掘り返すなんて、いまさら刑吏が、殺された者のからだに恥辱の烙印を押すなんて――絶対にいやです！　――わたしの魂の恋人は、わたしが罪なくして斃れたと泣き悲しむでしょうが、時がその痛みを和らげてくれましょう。でも愛する父親のおそろしい地獄の犯行となると、いつまでたっても克服できない悲嘆となるでしょう！」

オリヴィエは口をつぐんだが、突如、その目からどっと涙があふれでた。スキュデリの足もとに身を投げだして懇願する。

「わたしの無実を信じてくださいましたね――きっとそうです！　――どうかお慈悲

をもっておしえてください、マドロンはどうなったのでしょうか？――」

スキュデリはマルティニエールを呼んだ。数秒後には、マドロンがオリヴィエのところへ飛んでいって首に抱きついた。

「これでなにもかもいいのね、あなたは無事にここにいる――わかっていました、この気高いお方があなたを救ってくださると！」

マドロンは何度もこう声をあげ、オリヴィエはおのが運命を忘れ、自分を脅かしている危険をすべて忘れて、幸福感にひたった。たがいに耐えてきたことどもを嘆きあい、またあらためて抱擁しあいながら、再会の喜びに涙するようすは、感動をさそった。

スキュデリはそれまでオリヴィエの無実を確信しきれなかったとしても、これほどの愛の絆の至福にひたってこの世を忘れ、名づけようのない苦悩を忘れている姿を見ては、無実を信じないわけにはいかなかったのだろう、声に出していった。

「そうですとも、すべてを忘れるほどのこのような至福は、純粋な心にしかありえない」

朝の光が窓から射しこんできた。デグレがそっとドアをたたき、部屋へ入ってくると、もう時間です、オリヴィエ・ブリュソンを連れて帰らなくてはいけない、これ以上遅くなるとひと目につかずには済みませんから、と告げた。恋人たちは別れるしかなかった。

ブリュソンがこの家に足を踏み入れてこのかた、スキュデリの気持にまといついていた暗い予感が、いまやおそろしい姿の生きた現実となってしまった。いとしいアンヌの息子は無実なのに、事態のややこしい糸にからめとられて、汚辱の死から救おうにも救いようがない。秘密を明かしてマドロンを死に追い詰めるくらいなら、喜んで罪を背負って死のうという若者の英雄的な心情は、尊重しなくてはならぬ。スキュデリはどこをどう探しても、このうえなくあわれな若者を残酷な法廷から救えそうな手だてが見つからなかった。それでも心では断乎、いまおこなわれようとしている許すべからざる不正義を防ぐためなら、どんな犠牲をもいとうまい、と決意していた。

さんざん知恵を絞って、冒険すれすれの計画まで考えてはみたが、どれも思いつくが早いか捨てねばならないような案ばかりで、かすかな希望すらしだいに消えてゆき、いまにも絶望に落ち込みそうだった。しかしマドロンの寄せる子どもっぽい無条件な信頼と、恋人はもうすぐ晴れて自由の身になって自分を妻として抱擁してくれると言うときの、晴れやかな表情を見ると、深く心打たれて、スキュデリの背筋はまたしゃんと伸びるのだった。

とにかくなにかするしかないと、ついに思い定めたスキュデリは、ラ・レニに長い手紙を書いて、オリヴィエ・ブリュソンはきわめて信頼しうる仕方で、カルディヤックの死について完全に無実であるのを証明したこと、しかし事実を暴露すれば、無垢で有徳なひとを破滅させるだろうから、彼は秘密を墓場にまでもっていく覚悟でいること、裁判所にありのままを自白すれば、カルディヤック殺害ばかりか、呪うべき殺人団の一味というおそろしい嫌疑は晴れるにちがいないが、その自白を阻んでいるのは、ひとえに彼の英雄的決意であることを、したためた。燃える熱意と、才気あふれる表現力のかぎりを、スキュデリはラ・レニの石の心をやわらげるために傾けたのだった。

何時間もたたないうちに、ラ・レニの返事が来た。オリヴィエ・ブリュソンが高貴なる保護者にたいして完全な身の証《あか》しをたてたとは欣快《きんかい》にたえない。だが、犯行に関係のある秘密を墓場にまでもっていくというオリヴィエの英雄的決意に関して言うならば、遺憾ながら、火刑裁判所はかかる英雄的勇気を尊重することはできず、むしろそれを強力な手段で挫《くじ》くべく努力せざるをえない。三日後には、世にもまれな秘密が手に入るものと期待している、それがおそらく、これまでのありうべからざる事件のかずかずを白日のもとにさらすでありましょう、と。

スキュデリには、ブリュソンの英雄的勇気を挫く手段というのがなにを意味するのか、わかりすぎるほどわかった。不運な若者がもうすぐ拷問にかけられることはまちがいない。居ても立ってもいられない不安のなかで、スキュデリはようやく、猶予を与えてもらうためだけにでも、法律に明るい人の助言が役にたつかもしれないと思いついた。ピエール・アルノー・ダンディーイは当時のパリでもっとも有名な弁護士だった。深い知識と幅広い理解力があるうえに、それに勝るとも劣らぬほどの廉直さと徳もそなえていた。この人のところへスキュデリは出かけていって、ブリュソンの秘密には触れずに話せることはすべて打ち明けた。ダンディーイなら熱意をもってあの無実の者の弁護を引き受けてくれると信じていたのだが、期待は無惨に裏切られた。彼はしずかに話を聴きおえると、ほほえみを浮かべて、ボワローの言葉をもって答えたのだ。

「真実は、かならずしも真実らしく見えるとはかぎりませんよ」[6]

彼はスキュデリに、ブリュソンへの嫌疑には彼に不利な、きわめて注目をひく根拠があることを説明した。それにラ・レニのやり方にしても、けっして残酷とも性急にすぎるとも言えず、むしろ完全に法にかなっているし、裁判官の義務に違反すまいとすれば、ほかにやりようがないだろう。ダンディーイ自身、どんなに巧みな弁護をもってしようと、ブリュソンを拷問から救えるとは思えない。それができるのはブリュソン本人だけで、正直に自白すれば、あるいはせめてカルディヤックの殺害状況をごく正確に話せば、それをもとにまた新たな精査がなされるかもしれない、と言う。

「それならわたくしが国王のお足もとにひれ伏して、ご慈悲を乞います」

スキュデリはわれを忘れて、涙に声を詰まらせながら言った。

「そんなことは」とダンディーイが叫んだ、「そんなことは絶対にいけません、マドモワゼル！――最後の救済手段としてとっておくべきです。いったん失敗に帰したら、それっきりおしまいですよ。国王はこの種の犯罪者の恩赦はけっしてなさりますまい、危険におびえている民衆から、それこそ厳しい非難を浴びせられますからね。まだ可能性はありますよ、ブリュソンが秘密を明かすか、あるいは嫌疑を晴らす手段をほかになにか見つけるか。そのときこそ、国王の慈悲におすがりする時機です。国

6　ボワロー＝デプレオーの『詩法』（一六七四年刊）による。

王は、法廷でなにが立証されたか、されなかったかなぞ、お尋ねにはならずに、ご自身の内なる確信から助言をお引き出しになるでしょう」

スキュデリは経験の深いダンディーイの言うことに同意せざるをえなかった。

その晩おそく、不幸なブリュソンを救うにはいったいどうしたらいいのか考えあぐねて、深い苦悩に沈んで自分の部屋にすわっていると、マルティニエールが入ってきて、近衛隊の大佐、ミオサン伯爵が、ぜひともマドモワゼルにお目どおりを願っていると取り次いだ。

「どうかお赦しください」と、ミオサンは軍人の作法で一礼して言った。「マドモワゼル、このように不都合な遅い時間に押しかけまして。われわれ軍人はこうするよりほかないうえに、非礼をかえりみず参りました理由は、二語で申し上げられます。――オリヴィエ・ブリュソンです」

スキュデリはいままたなにを知らされるのかと緊張して、大きな声をだした。

「オリヴィエ・ブリュソン？　だれよりも不幸なあの人のこと？　――なにかご存じなのですか？」

ミオサンはほほえんだ。

「思ったとおりですね、あなたが庇っておられる若者の名を出せば、きっとお耳をかしていただけると踏んでおりました。世間はあげてブリュソンの有罪を信じています。あなたがべつのご意見をおもちのことは存じておりますが、ただ、聞くところによると、そのご意見は被告の主張にだけもとづいているとか。その点で、わたしはちがいます。わたし以上に、カルディヤックの死についてブリュソンの無罪を確信できる者は一人としておりません」

「お聞かせください、ぜひ、お聞かせください」

スキュデリは目をかがやかせて叫んだ。

「わたしなのです」ミオサンは力をこめて言った。「サン・トノレ街のお宅からほど遠からぬところで老金細工師を刺したのは、このわたし自身です」

「なんとまあ、あなたが、あなたが！」

「そして」と、ミオサンはつづける。「誓って申しますが、マドモワゼル、わたしは自分のしたことを誇らしく思っております。カルディヤックはこのうえなく凶悪で偽善的な悪漢でした、彼こそ、夜の闇にまぎれて殺人強盗をおこない、かくも長いあいだ、どんな罠にもかからなかったやつなのです。あの悪漢への疑いは、いつとも知れずわたしの胸中に芽生えていました。註文した装身具をもってきたときの見るからに落ち着きのないようすや、だれのための註文かと根掘り葉掘り訊いたり、さるご婦人をいつわたしが訪ねるのかを、わたしの従僕からうまく聞き出したりするやり方が、どうも怪しいと思えたのです。——以前から気がついていたのですが、忌まわしい猛獣の餌食となった不運な犠牲者は、みな同じ致命傷を受けています。殺人鬼が一突きで刺殺する技に熟達していて、その腕を頼みにしていることは確かでした。刺し損じれば、あとは互角のたたかいになりますからね。そこでわたしは予防策をとることにしました、簡単なことです、ほかの人たちがどうしてそれを思いつかず、殺人の危険から身を守らなかったのか、理解に苦しみますよ。チョッキの下に軽い胴鎧《どうよろい》を着こんだのです。カルディヤックはうしろから襲いかかってきました。ものすごい力でわたしを抱えこんだものの、狙いさだめた一突きは鉄にぶつかって逸れてしまった。その瞬間、わたしは身をもぎ離して、かねて用意の短刀で彼の胸を刺したのです」

「そしてあなたは黙っていたのですね？」スキュデリは訊いた。「そのことを裁判所にお届けにはならなかったのですね？」

「失礼ながら、マドモワゼル、言わせてください、そんなことを届け出たら、すぐさま身の破滅とはいかないまでも、不愉快きわまる裁判沙汰にまきこまれてしまいます。いたるところに犯罪を嗅ぎつけるラ・レニが、わたしの訴えをすんなり信じてくれるでしょうか、実直なカルディヤック、敬神と徳行の手本たる彼が、わたしを襲って殺そうとしたなどという訴えを。司直の剣のきっさきがわたし自身にむけられたら、どうします？」

「そんなことはありえません。あなたのお生まれ――あなたのご身分が――」

「おやまあ」と、ミオサンはつづけた。「考えてもみてください、リュクサンブール元帥のことを。ル・サージュに星占いをしてもらおうと思いついたばっかりに、あらぬ毒殺の嫌疑でバスティーユの牢に放りこまれたではありませんか。聖ドニの名にかけて、絶対にご免です、われわれみんなの喉もとに刃《やいば》を突きつけようといきりたっているラ・レニなんぞのために、一時間の自由だって、耳たぶ一つだって、犠牲にするつもりはありません」

「でもそうすると、あなたは無実のブリュソンを断頭台に送ることになりますよ」

「無実？　マドモワゼル、凶悪なカルディヤックのあの手下が無実だとおっしゃるのですか？　――犯行現場にいたあいつを？　――万死に値するやつを？　――とんでもない、やつは血を流して当然です。しかし尊敬するマドモワゼル、ことの真相をこうしてお話ししたのは、あなたならわたしを火刑裁判所に引き渡したりはなさらずに、わたしの秘密をなんらかの方法で、あなたの保護する若者のためにお役立てになるだろうと思ったからなのです」

スキュデリは、ブリュソン無実の確信にこれほど決定的な確証を得たことが心の底からうれしくて、伯爵はカルディヤックの犯行をもう知っているのだからと、ためらうことなくいっさいを彼に打ち明けて、ダンディーイのところへいっしょに来てくれと頼んだ。絶対に他言しないと約束させてすべてを打ち明ければ、ダンディーイはこれからどうしたらいいかを助言してくれるだろう、と。

ダンディーイは、スキュデリの詳しい話を聞きおえると、さらに重ねて些細な点まで問いただした。とくにミオサン伯爵に訊いたのは、彼を襲ったのはカルディヤックだと確信をもって言えるか、オリヴィエ・ブリュソンに会えば、これが死体を運び去った男だと再認できるか、という点だった。ミオサンは答えた。

「月の明るい夜でしたから、あの金細工師だとはっきり見分けがつきました。そのうえ、カルディヤックを刺した短刀を、わたしはラ・レニのところで見てもいます。わたしの短刀です、柄《つか》にみごとな細工がほどこしてあるのですぐわかる。若者のほうも、ほんの一歩の距離から見たし、頭から帽子が落ちてもいたので、容貌はすっかり見てとれました。会えばもちろん彼だとわかるでしょう」

ダンディーイはほんのしばらく黙って目を落としていたが、やがて言った。

「ふつうのやり方では、ブリュソンを司直の手から救い出すことはとうていできません。彼はマドロンを思いやって、カルディヤックを殺人強盗犯として名指ししようとはしない。無理もないのです、たとえそう名指しして、秘密の出入り口と奪い集めた宝の発見によってそれが立証されたとしても、彼自身、やはり共犯者として死刑をまぬがれることはできないでしょうからね。これとおなじように、ミオサン伯爵が裁判官に金細工師とのあいだに起きたことをありのままに明かしたとしても、事態は変わらない。猶予、これをなんとかかちとることしか、いまは手がありません。ミオサン伯爵が裁判所付属監獄《コンシェルジェリ》に出向いて、オリヴィエ・ブリュソンに面通しさせてもらい、カルディヤックの死体を運び去った男だと確認する、そしてその足でラ・レニのところへ急いで、こう言っていただく。『わたしはサン・トノレ街で一人の人間が刺されて倒れているのを見つけました。すぐそばに近寄ると、べつの男が飛び出してきて、死体にかがみこみ、まだ息があるのを感じとると、肩にかついで連れ去りました。オリヴィエ・ブリュソンに会って、彼がその男だと確かめてきました』

この供述があれば、ブリュソンの再度の尋問、ミオサン伯爵との対面がおこなわれます。そうなれば拷問は中止、さらに調査がつづけられることになる。そうなれば、国王ご自身におすがりする潮時です。マドモワゼル！　これはあなたの聡明さにお任せしましょう、このうえなくみごとなお手際をお見せください。わたしの思うには、国王に秘密をすっかりお明かしになるのがいいでしょう。ミオサン伯爵のこの証言で、ブリュソンの自白は裏付けられます。同様の裏付けは、おそらくカルディヤックの家をひそかに捜索することによっても得られるでしょう。これだけのことがそろえば、裁判所の判決の根拠にはならなくとも、国王のご決断を仰ぐには十分です。裁判官が罰をくださざるをえない場合でも、国王はご自身の内なる感情が慈悲を示せと言うならば、それに従ってご決断なさいます」

ミオサン伯爵はダンディーイの助言を正確に実行にうつし、じっさい、ことは弁護士の予想どおりに運んだのである。

さていよいよ国王に立ち向かう段になったのだが、これが最大の難問だった。というのも国王は、ブリュソンこそ長らくパリじゅうを不安と恐怖におとしいれてきた、おそるべき強盗殺人犯だとばかり思って、ひじょうな嫌悪を抱いておられ、あの悪名高い裁判事件をちらりとでも思い起こさせられようものなら激怒なさるからだった。マントノン夫人は、国王にはご不快な話はけっしてしないという彼女の原則を守って、どんな取りなしも断ってしまうので、ブリュソンの運命は、ひとりスキュデリの手に委ねられている。ながいこと思案したすえに、彼女はある決心をすると、すばやく実行にうつした。ずっしりした黒絹のローブを着て、カルディヤックのみごとな装身具を身につけ、丈の長い黒いヴェールをかぶると、ちょうど国王がおられる時間を見計らってマントノンの部屋にあらわれたのである。威厳あるマドモワゼルがこのように正装した気品ある姿は、威風あたりを払うようで、控えの間でいつも無思慮にも人を人とも思わぬ態度をとっている厚顔な連中にすら、深い畏怖の念を起こさせずにはいなかった。みんながつつしんで脇へ退きさがるなかを、マントノンの部屋に入ると、国王さえすっかりおどろいて立ち上がり、歩み寄ってきた。すると首飾りと腕輪のみごとなダイヤモンドのきらめきが目に入り、国王は叫んだ。

「これぞまさしくカルディヤックの作品！」

そしてマントノンのほうを振り向いて、優渥《ゆうあく》なるほほえみとともに付けくわえた。

「ごらんなさい、侯爵夫人、われらが麗しの花嫁ごが、花婿どのの喪に服しておられる」

「おやまあ、陛下」と、スキュデリはその冗談をひきとって答えた。「悲しみにくれる花嫁ならば、どうしてこのようにきらびやかに身を飾りましょうか。いえいえ、わたくしはあの金細工師とはすっかり縁を切っておりました。殺された彼がわたくしのすぐそばを運ばれていった、あのおぞましい光景が目のまえにちらつくことさえなければ、彼のことはもはや念頭に浮かぶこともなかったでございましょうに」

「なんと」と、国王は訊ねた、「なんと！　彼を見たのですか、あのかわいそうな男を？」

スキュデリはそこで手短に、殺害が発見されたとき、たまたまカルディヤックの家のまえにいたことを（それがブリュソンに頼まれてであることはまだ伏せておいて）話した。そしてマドロンの悲嘆のさま、天使のようなこの娘から受けた深い印象、自分が民衆の喝采のうちに彼女をデグレの手から救い出したようすを、語りはじめた。

しだいに相手の興味を高めながら、話はいよいよラ・レニとの面会の場面——デグレとのそれ——オリヴィエ・ブリュソン自身とのそれにさしかかる。スキュデリの語り口には生きいきとした生命の力が燃え立っていて、国王はすっかり心奪われ、憎《に》っくきブリュソンの不愉快きわまる審理が話題になっているのも気に留めず、ときおり内心の感動を声にして洩らすばかり、言葉はひとことも発することができなかった。前代未聞の話にわれを忘れて、まだ頭の中の整理もつかぬうちに、気がつくとすでにスキュデリが足もとにひれ伏して、オリヴィエ・ブリュソンの助命を乞うていた。

「なにをなさる」と叫んで、国王はスキュデリの両手をとって、むりやり椅子に腰掛けさせた。「なにをなさる、マドモワゼル！　——奇妙な奇襲をかけましたな！　——たしかにおそろしい話だ！　——だがブリュソンのほら話を、だれがほんとうだと保証してくれます？」

「ミオサンの証言——カルディヤックのところの家宅捜査——内心の確信——ああ！　マドロンの徳操高い心、その同じ徳を彼女は不幸なブリュソンのうちに認めているのです！」

なにか答えようとした国王は、ドアのあたりの物音に気がついて振り向いた。別室で執務していた宰相ルヴォワが、心配そうな顔でのぞきこんでいる。国王は立ち上がって、ルヴォワのあとを追って部屋を離れた。スキュデリもマントノンも、この中断はあぶないと思った。一度不意打ちに遭った国王は、二度と同じ罠にかからぬよう用心するだろう。しかし数分後に国王はまたもどってきて、部屋のなかを何度かせかせかと行きつ戻りつしてから、スキュデリのすぐまえに後ろ手を組んで立って、彼女には目を向けずに呟くように言った。

「あなたのマドロンに会ってみたいものだ！」

スキュデリはすかさず答えた。

「おお、慈悲ぶかい陛下、なんと、これほど身にあまる——身にあまる幸せを、あのかわいそうな不幸な子に恵んでくださるとは——ああ、お目くばせ一つで、あの子は陛下のお足もとに参ります」

即座にスキュデリは、重たい衣裳の許すかぎりの急ぎ足でドアのところへ行き、国王がマドロン・カルディヤックを御前にお召しですと告げ、そして席にもどると、喜びと感動の涙にむせんだ。このようなご厚意をお示しいただけることもあろうかと、彼女はマドロンをあらかじめ連れてきて、ダンディーイ作成の嘆願書をもたせて侯爵夫人の侍女のもとで待たせておいたのだ。

いく秒もたたないうちに、マドロンは言葉もなく国王の足もとにひれふしていた。不安——おどろき——恥じらい——畏怖——愛と苦しみに、あわれな娘の熱い血潮は速く、ますます速く、全身をかけめぐる。頬は真紅に燃え——眼は真珠の涙できらめき、その粒が絹の睫毛《まつげ》から、はらり、またはらりと、百合の胸もとにこぼれる。国王は天使のようなその美しさにおどろいたようすだった。やさしく手をのべて扶《たす》けおこすと、握ったその手に接吻しようとするかのような仕草をしたが、すぐまた手を離して、深い感動をものがたる涙に濡れたまなざしで、かわいらしい子をじっとみつめた。

マントノンがスキュデリにそっとささやいた。

「ラ・ヴァリエールに[7]瓜二つじゃありませんか、この子は。——陛下は甘い思い出にひたっていらっしゃる。あなたは賭に勝ちましたね」

7　ラ・ヴァリエール公爵夫人（一六四四～一七一〇）。ルイ一四世の愛人で四人の子をもうけたが、王の寵愛をモンテスパン夫人に奪われて、一六七五年、ライヴァルに追われるようにして修道院に入った。

マントノンはごく小声で言ったのだが、国王の耳に聞こえてしまったらしい。一瞬、彼の顔が赤らみ、視線がちらっとマントノンをかすめた。彼はマドロンの差し出した嘆願書に目を通し、それから穏やかに、やさしく言った。

「おまえが愛する人の無実を確信していることは、信じよう。だがね、火刑裁判所がなんと言うか、それを聞いてからのことだ！」

国王の手のかすかな動きが合図となって、涙に溺れんばかりのマドロンは退出した。

スキュデリは、はじめのうちヴァリエールの思い出があれほど有利に作用しているように見えたのに、マントノンがその名を口にしたとたんに国王の気持が変わったことに気がついて、愕然とした。陛下は、厳格な法を美しさの犠牲にしようとしていると、意地悪く注意されたように感じられたのだろうか。あるいは、夢のさなかに冷やかな声で呼びさまされて、いまにも掴もうとしていた美しい魔法の姿がかき消えてしまった、ということだろうか。おそらく国王はもはや彼のヴァリエールの姿を思い浮かべてはいないだろう。考えておられるのは、《慈悲のルイーズ尼》（カルメル会修道院でのヴァリエールの名）のことだけ、その篤信と懺悔で彼に苦い思いをさせているあの修道女のことだけかもしれない。――いまとなっては国王のご決定をおとなしく待つよりほかあるまい。

そのうちに、ミオサン伯爵の火刑裁判所での証言は世に知れわたった。民衆の気持が極端から極端へと変わりやすいのは世のつねで、このときもやはり、はじめは凶悪な殺人鬼としてののしられ、八つ裂きにされかねなかったその同じ人物が、血の処刑台にのぼらぬうちに一転して、野蛮な司法の罪なき犠牲者として同情を集めるようになった。いまになってようやく近所の人びとは、彼の行い正しい生活態度、マドロンへの大いなる愛、誠実さ、老金細工師に全身全霊をささげた服従ぶりを思い出した。――ラ・レニの邸宅のまえに、幾列もの民衆が威嚇するようにあらわれて、「オリヴィエ・ブリュソンを返せ、彼は無実だ」とわめきたて、窓に投石さえすることもしばしばで、ラ・レニは怒れる暴徒からの保護を騎馬警察に求めざるをえないありさまだった。

日はどんどん過ぎてゆくというのに、スキュデリのもとにはオリヴィエ・ブリュソンの審理について、ほんの些細な知らせ一つ来なかった。すっかり気落ちして、マントノンのもとへ出向いてみたが、陛下はその問題についてはなにもおっしゃいません、思い出していただこうなんて、とんでもない、お勧めできませんよ、とはっきり言われた。おまけにそのあと夫人は妙な笑みを浮かべて、あの小さなヴァリエールはどうしているかと訊いたのだ。スキュデリは、やはりそうだったのかと納得がいった。この誇り高い夫人の胸の奥には、あの一件への不快さがわだかまっている。あの件は感じやすい国王を、彼女がそこでは魅力を揮《ふる》いようのない美の領域へ誘い込む力があったのだ。だからマントノンからはもうなに一つ期待できない。

とうとうダンディーイの助力でスキュデリは、国王がミオサン伯爵と長時間の密談をされたという情報を手に入れることができた。さらに、国王のもっとも信頼する侍従で代理公使もつとめるボンタンが、監獄へ出向いてブリュソンと話をしたこと、ついにはある夜その同じボンタンが、おおぜいの者を引き連れてカルディヤックの家へ行き、長いことそこにいたことも突きとめた。階下の住人、クロード・パトリュは、たしかにあの夜は頭の上でずっとがたがた音がしていた、オリヴィエもいたにちがいない、彼の声はよく知っているからちゃんとわかる、と断言した。してみると、国王自身が事件の真相を究明させていることだけは確かだが、依然として不可解なのは、どうして決定がこれほど遅れているのかだった。ラ・レニが、くわえこんだ獲物をさられまいと必死になっているのかもしれない。それを思うと、芽生えかけた希望もしぼんでしまう。

ひと月近くたったころ、マントノンが使いをよこして、国王が今晩マントノンの部屋でスキュデリに会いたいとお望みだと伝えてきた。

いよいよブリュソンの件に決着がつくことになると悟って、スキュデリの胸は高鳴った。それを伝えてやると、マドロンは聖母マリアとありったけの聖者の名を呼んで、どうか国王さまの胸にブリュソンの無実の確信を呼び覚ましてくださいと、ひたすら熱い祈りをささげるのだった。

ところが国王は事件のことはすっかり忘れているようすだった。いつものようにマントノンとスキュデリを相手に上品な会話をかわしているばかりで、あわれなブリュソンのことにはひと言も触れない。そのうちにようやくボンタンがあらわれて、国王に近づくと、ふたこと、みこと、両貴婦人には聞きとれないほどの小声で言った。

スキュデリの胸はおののいた。国王は立ち上がると、スキュデリに歩み寄って、目をかがやかせて言った。

「おめでとう、マドモワゼル！　あなたのオリヴィエ・ブリュソンは自由放免です！」

スキュデリは、涙があふれ、言葉も出ず、国王の足もとに身を投げだそうとしたが、国王はそれを押しとどめながら言った。

「ぜひともあなたには、マドモワゼル！　議会弁護士になってわたしの係争問題を扱ってほしいですな。聖ドニにかけて、およそこの世にあなたの弁舌に太刀打ちできる者はない。――とはいえ」と、真顔になって付けくわえた。「とはいえ、徳そのものに守護されている者であっても、どんな悪意の告発からも、火刑裁判所や世のすべての法廷の追及からも、安全だとはいえないようだ！」

スキュデリはようやく口が利けるようになって、熱い感謝の奔流をほとばしらせた。国王はそれをさえぎって、自分があなたに要求できるよりもっともっと熱い感謝が、あなた自身を家で待っているはずだと告げた。たぶんいまこの瞬間には、幸せなオリヴィエがもうマドロンを腕にかきいだいているだろうから、と。

「ボンタンが」と、国王は最後に言った、「わたしの名であの娘に婚資として与える千ルイをあなたにお渡しする。ブリュソンと結婚するがいい、彼にはそれほどの幸運はもったいないがね。しかしそのあとふたりはパリを離れること、これはわたしの意思だ」

マルティニエールが急ぎ足でスキュデリを迎えに出てきた。つづいてバプティスト、ふたりとも顔を喜びにかがやかせ、歓声をあげて。

「彼が来ていますよ――自由の身になって！　――おお、あの若いひとたちといったら！」

その幸せなふたりが、スキュデリの足もとへ駆けよってひざまずく。

「おお、わかっていました、あなたが、あなただけが、わたしの夫を救ってくださるだろうと！」と、マドロンが叫ぶ。

「ああ、わたしの母上、あなたを信じる気持は、かたときもわたしの心を離れなかった！」とオリヴィエ。

ふたりはマドモワゼルの手に接吻し、熱い涙を雨と降らせ、そしてまた抱き合っては、この瞬間の天にも昇るほどの幸福は過ぐる日々の言いしれぬ苦しみを償って余りある、死ぬまでふたりはけっして離れない、と誓うのだった。

ほんの数日後には、ふたりは神父の祝福を受けて結ばれた。ブリュソンはたとえ国王に命じられなくとも、パリにはとても留まれなかっただろう。ここにいては、なににつけてもカルディヤックのあのおそろしい悪行時代が思い出される。しかも、いまでは何人もの人に知られてしまったあのいやな秘密が、なにかの偶然で悪意ある暴露をされでもしたら、平穏な生活は永久に潰《つい》えてしまうだろう。だから彼は結婚後ただちに若い妻とともに、スキュデリの祝福に送られてジュネーヴへ移っていった。マドロンの豊かな婚資、彼の職人としての人並みすぐれた技倆、市民としてのあらゆる徳のおかげで、その地でなに不自由ない幸せな暮らしが送れるようになった。彼の父親には墓に入るまで満たされずに終わった希望が、彼にはぞんぶんに実現したのである。

ブリュソンの出立から一年後、パリの大司教アルロワ・ド・ショヴァロンと議会弁護士ピエール・アルノー・ダンディーイの署名で、つぎのような内容の公告が発表された。

悔悟したさる罪びとが、告解の封印のもと、強奪した金銀宝石細工の大量の宝を教会へ引き渡した。ほぼ一六八〇年末までの時期に、とりわけ街頭で襲われて装身具を奪われた者は、ダンディーイのもとに申し出よ。奪われた装身具がどんな品かの申し立てが当方保管品のいずれかと正確に一致し、かつその他の点でも要求の適法性に疑いがないならば、それを返還するものとする。

カルディヤックの遺したリストに、殺害ではなく、殴打によるたんなる昏倒と記されていた多くの者が、つぎつぎと議会弁護士のもとにやってきては、少なからぬおどろきに打たれながら、奪われた装身具を返してもらったのだった。残りの品は聖ウスタッシュ教会の宝物庫に納められた。

ドン・ファン

――旅する熱狂家の遭遇した不可思議な出来事――

けたたましく鐘を振り鳴らす音、「公演開始!」という甲高《かんだか》い呼び声が、やすらかな眠りに沈んでいたぼくを叩きおこした。チェロやコントラバスが入り乱れて唸《うな》り──ティンパニーがひびきわたり──トランペットが高鳴る──オーボエがながながと吹き鳴らす澄んだA音──ヴァイオリンが音を合わせる。ぼくは目をこすった。いつもなにかしら企んでいるサタンのやつめが、酔っぱらったこのおれを──? いやいや、そんなことはない! ぼくはちゃんとホテルの部屋にいる。ゆうべ、馬車の旅でいいかげんくたびれて着いたのだ。鼻のすぐ上には、呼鈴の紐のりっぱな総《ふさ》がぶらさがっているじゃないか。ぐいと引っ張ると、ボーイがあらわれた。

「いったいぜんたい、すぐそばで聞こえるあのうるさい音楽はなんだ? この建物のどこかでコンサートでも?」

「閣下」(昼食のときホテルの食堂で、なにしろぼくはシャンパンをきこし召したのだからな!)「閣下は、このホテルが劇場とつながっていることを、まだご存じないようでございますね。こちらの壁掛けで隠してあるドアは、小さな廊下に通じておりまして、そこからじかに二三号桟敷《さじき》にはいれるようになっております。お泊り客用の桟敷でして」

「なんだって？ ——劇場？ ——泊り客用の桟敷？」

「はい、小さな桟敷で、お二人様か、せいぜい三人様用——ご身分の高い方々だけにお使いいただいております。壁と床はぜんぶみどりの毛氈《もうせん》張り、格子窓がついていて、舞台のすぐそばでございます！ おのぞみとあれば——きょうの演《だ》しものはウィーンのかの有名なモーツァルト氏の『ドン・ファン』[1]でございまして、入場料は一ターラーと八グロッシェン、お勘定におつけしておきましょう」

最後の言葉を、ボーイはもう桟敷のドアを押しあけながら言ったのだった。ドン・ファンという言葉を聞くなり、ぼくはすぐさま壁掛けのうしろのドアをくぐって廊下に出てしまったからだ。劇場は中規模の町にしてはゆったりした広さで、装飾の趣味もよく、照明もきらびやかだった。桟敷も平土間も満員の盛況。序曲の最初の和音を聞いただけで、こんなにすぐれたオーケストラなら、歌手さえある程度うまければ、この傑作を心ゆくまで堪能させてくれるだろうと確信できた。

アンダンテでは、おそろしい地獄の「嘆きの領界《レグノ・アル・ピアント》」[2]の戦慄がぼくをとらえ、身の毛もよだつ恐怖の予感が心を満たした。背徳のあげる勝鬨《かちどき》の声のように、アレグロの第七小節でファンファーレが高らかに鳴りひびく。ふかい夜の闇から、火を吐くデーモンたちが赤熱した爪を突き出してくるのが、ぼくには見える——その爪がねらっているのは、底なしの奈落をおおう薄板の上で、踊り浮かれるおめでたい人間たちの生きざま。人間の本性と、その破滅をねらって人間をとりかこむ未知の悪しき力との相剋《そうこく》が、心の目にまざまざと浮かんでくる。

ようやく嵐がしずまり、幕があがった。寒そうに不機嫌な顔でマントにくるまったレポレロが、闇夜の中、四阿《あずまや》のまえに登場する。“Notte e giorno faticar.”〔夜も昼も

1　すぐあとで語り手が言うように、このときモーツァルトのオペラ『ドン・ジョヴァンニ』はイタリア語で上演されたことになっているが、その主人公をホフマンはつねにスペイン名でドン・ファンと呼んでいる。なお、当時のドイツではこのオペラはやはり『ドン・ファン』の名で公演されるのが普通だった。ホフマンが原文で引用しているイタリア語の歌詞は、かならずしも原典どおりではない。

2　ダンテの『神曲』の「地獄篇」より。

苦労ばかり〕――するとイタリア語でやるのか？　――このドイツの町でイタリア語で――Ah che piacere!〔なんとうれしい！〕レチタティーヴォもなにもかも、あの偉大なマエストロが心に感じ、考えたままに、聴けるのだ！　そこへドン・ファンがとびだしてきた。そのあとにドンナ・アンナが、この悪党のマントの裾をしっかりつかんでついてくる。なんという様子だ！　もっとすらりと背が高く、歩き方も堂々としていいはずじゃないか。しかしその顔！　――両のまなこは、ぎらぎらした光のピラミッドを放射する燃える光源のように、愛と怒りと憎しみと絶望をほとばしらせ、その火花は、水にも消えぬギリシャの火のごとく、胸の奥まで焼き尽くさずにはおかない！　編んだ黒髪はほどけて、ゆたかな捲毛《まきげ》がうなじに波うち、白い夜着は、かいまみせるだに危険な肌の魅力を裏切るようにのぞかせる。おそろしい犯行の爪につかまれた胸は、はげしい動悸にふるえている。――そしてまた――なんという声！　"Non sperar se non m'uccidi."〔わたしを殺さぬかぎり、おまえを逃がすものか〕――嵐と鳴りさわぐ楽器の音のなかを、霊気《エーテル》にも似た金属の鋳《い》だす歌声が、電光のように貫く！　――ドン・ファンは身を振りほどこうと、いたずらにもがく。――だがほんとうにそうしたいのか？　なぜ拳《こぶし》で女を突きとばして逃げないのだ？　悪行が彼の力を萎《な》えさせたのか、内なる愛憎の葛藤が勇気と剛力《ごうりき》を奪ったのか？

ドンナ・アンナの年老いた父親が駆けつけ、愚かにも暗闇のなかで力のまさる敵を成敗しようとして、命を落としてしまう。ドン・ファンとレポレロは、レチタティーヴォで会話を交わしながら、舞台の前面にすすみでてくる。ドン・ファンがマントを脱ぎすて、深紅の切り天鵞絨《ビロード》に銀の刺繍のきらびやかな衣裳ですっくと立つ。たくましい、みごとな体格、顔は男性的でうつくしい。秀でた鼻すじ、炯々《けいけい》たる眼光、やわらかなかたちの唇。眉の上、額の筋肉ひとすじの奇妙な動きが、一瞬、相貌にメフィストフェレスめいた雰囲気を添えるが、それも顔のうつくしさをそこないはせず、かえって思わず背すじの寒くなる思いをさせる。がらがら蛇さながらの魔力をもっているのか、魅入られたら最後、女たちは彼から離れられず、不気味な力にとらえられたまま、われとわが身の破滅につきすすむほかないようだ。

　ひょろりと背が高く、紅白の縞のチョッキに小さな赤マント、白い帽子に赤い羽根かざりをつけたレポレロが、彼のまわりをうろちょろする。その目鼻立ちは妙にちぐはぐで、人の好さと、道化っぽさと、好色と、皮肉ごのみの厚かましさの、まじりあった表情をつくっている。白髪にちかい頭やひげとは対照的に、眉毛ばかりが異様に黒い。こいつならドン・ファンを手助けする下僕にぴったりだと、ひと目で人に思わせる。

首尾よくふたりは塀をのりこえて逃げおおせた。——たいまつの光がゆらぐ——ドンナ・アンナとドン・オッタヴィオの登場。華奢《きゃしゃ》な、めかしこんだ、のっぺりした小男で、歳のころはせいぜい二十を一つ越えたくらいのところか。呼ばれてこうもすぐに出てこられたのだから、アンナの許婚者として屋敷にいたのだろう。最初のさわぎも聞こえていただろうに、そのときすぐ駆けつけて父親を救えたはず。ところがまずは、おめかしが先、それにそもそも、夜そとに出るなぞいやなのか。

“Ma qual mai s'offre, o dei, spettacolo funesto agli occhi miei!”〔わが目に映るは、ああ神々よ、なんと無惨な光景か！〕このレチタティーヴォと二重唱の胸かきむしる声の調子には、むごい所業への絶望以上のものがある。ドン・ファンには破滅の危険を意味しただけだが、ドンナ・アンナの父親には死をもたらしてしまった暴力行為だけが、この声を不安におののく胸からしぼりださせたのではない。内心の危険な、身を滅ぼす葛藤があってはじめて、このような叫びが生まれるのだ。

昔日《せきじつ》のうつくしさを明らかにとどめながらも、いまや花の盛りをすぎた背の高いやせぎすのドンナ・エルヴィーラが、裏切り者のドン・ファンを“Tu nido d'inganni”〔あなたは欺瞞《ぎまん》の巣窟〕となじり、同情したレポレロが“Parla come un libro stampato”〔まるで本を読みあげてるみたいだ〕と名言を吐いたちょうどそのときのこと、ぼくは自分の横かうしろに人の気配を感じた。桟敷のドアをそっと開けて中にすべりこむのは簡単だ――そう思うと、心臓がずきんとした。ぼくはひとりでこの桟敷にすわり、だれにもじゃまされずに、これほど間然するところなく上演されている傑作を、感覚の触手という触手を水母《くらげ》のようにひろげて抱きこみ、われとわが身に吸収しつくすことができるのを、こよなくしあわせに思っていたのに！　わずかひとことでも言われたら、ましてそれが愚にもつかぬ言葉だったら、詩と音楽への陶酔のすばらしい瞬間からむざんに引き離されてしまう！　ぼくはだれがそばにいようといっさい無視して、ひたすら舞台に注意を集中し、言葉をかけられるのも、視線を向けられるのも防ごうと決心した。頰づえをついて、同席者に背を向けたまま、じっと前方に目をこらした。

公演は開始のときのすばらしさにふさわしく、みごとに進んでいった。色気のある惚《ほ》れっぽい小娘ツェルリーナが、まことにかわいげな声と仕草で、お人好しの武骨者マゼットをなぐさめる。ドン・ファンが、内面の引き裂かれたおのが本質と、周囲のけちな人間ども、生気のないそいつらのすることなすことに手を出してぶち壊してやりたい気持をそそるだけの連中への軽蔑を、じつにあからさまに、すさまじいアリア、“Fin ch'han dal vino”〔酒がやつらの頭にのぼるまで〕で表明する。額の筋肉がこれまで以上にはげしく引きつっている。――仮面をつけた三人が登場。その三重唱は、きよらかにきらめく光のなかを天へと昇ってゆく祈り。――中仕切の幕がぱっとあがる。陽気なさわぎがくりひろげられる。杯がひびきあい、ドン・ファンの宴席に誘い寄せられて集まった農民やありとあらゆる仮装の男女が、浮かれて動きまわる。――そこに復讐を誓った三人組がやってくる。お祭り気分はますます高まり、ついに踊りがはじまる。ツェルリーナが救い出されたあと、雷鳴のようにとどろきわたるフィナーレのうちに、ドン・ファンは抜き身の剣をひっさげて敵に立ち向かう。花聟《はなむこ》の手から礼装用の鋼《はがね》の剣を叩きおとし、暴君チモスコの軍勢をけちらした勇者オルランド[3]もかくやと、愚民どもの群をかきわけ血路をひらけば、だれもかももんどり打って重なり倒れる滑稽さ、こうしてドン・ファンは外に逃れる。

もういくどとなく、ぼくはすぐうしろに、かすかな、あたたかい息づかいを感じ、きぬずれの音を聞いたような気がしていた。それからすると女性がいるのかもしれないと思いはしたが、オペラがひらいてみせる詩の世界に浸りきっていたから、そちらには注意がいかなかった。しかしいま幕がおりたので、振り向いてみた。——なんと！——そのときのおどろきは、どんな言葉をもっても言いあらわせはしない。ドンナ・アンナが、たったいま舞台で見た衣裳のままでそこに立ち、その真情あふれるまなざしは、まっすぐぼくに注がれているではないか。——言葉もなく、ぼくは彼女を見つめた。その唇は（ぼくにはそう思えたのだが）かすかに皮肉めいた微笑を浮かべている。そこに鏡のように、ぼくのまぬけた姿が映っているのに気がついた。話しかけなくてはと思ったが、おどろき、いや、恐怖と言いたいほどの衝撃で、こわばった舌が動かない。ややあってようやく、ほとんど無意識に言葉が口をついて出た。

「ここでお目にかかるとは、いったいどうしてまた？」

すぐに彼女は生粋のトスカーナ地方の言葉でこたえて、もしもあなたがイタリア語を解さないとすると、自分はそれしか話せないから、語り合う愉しみは諦めるしかな

3 イタリアのルネッサンス期の詩人アリオスト（一四七四〜一五三三）の『狂えるオルランド』より。

い、と言った。――そのうつくしい言葉は歌のようだった。話しているとき、その藍色の目の表情はいっそうつよまり、そこにきらめく光が一閃《いっせん》ごとにぼくの胸を燃えたたせて、動悸がたかまり全身が震えた。――疑う余地なくドンナ・アンナだった。どうして舞台とぼくの桟敷の両方に同時にいることができるかを詮索するなど、ぼくは思いつきもしなかった。しあわせな夢というのは、摩訶不思議《まかふしぎ》なことを結びあわせ、それを素直に信ずる心は、超感覚的なものを理解して、それを生活のいわゆる自然な現象とむりなく同列にならべてしまうものだ。だから、ぼくはこのすばらしい女性のそばにいてそういう一種の夢遊状態におちいり、彼女とぼくをふかく結びつけている神秘的なつながりを認識し、だからこそ彼女は舞台に出ているあいださえ、ぼくのそばを離れずにいられたのだと納得したのだ。――ああ、わがテオドールよ、シニョーラとぼくのあいだに始まったおどろくべき会話のひとこと、ひとことをすべて、どんなにきみに伝えたいことか。ただ、彼女の言ったことをドイツ語で書こうとすると、どの言葉も堅苦しくて味気なく、どの句も武骨になってしまって、トスカーナ語でかろやかに優美に語られたことを、どうにも表現できないのだ。

ドン・ファンについて、自分の役について、彼女が語るのを聞いていると、いまはじめてこの傑作の深みが目のまえにひらけてくるようだった。その深みが明るく照らし出されて、ぼくにも別世界の夢幻的なもろもろの現象がはっきり認識できたのだ。彼女は自分の生きることまるごとが音楽だと言った。そして、心の奥に秘密のまま閉ざされていて言葉では表現できないものが、歌をうたっていると理解できたと思えることが、しばしばあるという。

「ええ、そういうとき、よくわかるのです」と、彼女は目をきらめかせ、声をつよめてつづけた。「それなのに、わたしのまわりは死んだように冷えきったまま。むずかしいルーラードだの、うまく歌えた装飾音だのに拍手することで、わたしの燃える心臓を氷のような手でつかんでしまう！――でもあなたなら――あなたなら、わかってくださいますね。あなたにも、あのすばらしいロマン的世界、音楽のこの世ならぬ魔力の住む王国が、扉を開いているのを、わたしは存じておりますもの！」

「どうしてまた、すばらしい、ふしぎな方――どうしてぼくをご存じなのです？」

「あなたの新作オペラの＊＊＊の役の、永遠に渇望しつづける愛の魔力にとらえられたような狂乱は、あなたの内面から出てきたのではないでしょうか？――わたしはあなたを理解したのです。あなたの心が、歌っているうちにわかってきたのです！――そうですわ、（ここで彼女はぼくの名を呼んだ）わたしはあなたを歌った、そしてあなたのメロディーはわたしなのです」

劇場の鐘が鳴った。ドンナ・アンナの化粧気のない顔がみるみる蒼ざめた。彼女は突然の痛みにおそわれたように胸に手を当てて、低い声で言った。

「不幸なアンナ、とうとうおまえのいちばんおそろしい瞬間が来る」

そのまま彼女は桟敷から姿を消した。

第一幕はすでにぼくを魅了していたのだが、このおどろくべき出来事のあとでは、音楽はまったくべつの稀有《けう》な作用をおよぼすようになった。まるで、久しく約束されていた無上にうつくしい夢の成就が、別世界から現実界にはいりこんできたかのようだった。まるで、陶酔した魂のひそかな予感が、音楽の中に魔法でしっかりと封じ込められていて、それらがなんとしてでも、こよなくすばらしい認識へと結晶してゆこうとしているかのようだった。――ドンナ・アンナの出てくる場面では、やわらかく、あたたかな息がぼくをかすめてゆくのを感じて、陶然とする快感に震えた。思わず目をつぶると、灼《や》けるような接吻が唇に燃えるかに思えた。だがその接吻は、永遠に渇きつづける憧憬《しょうけい》が発するような、ながながと引きのばされたひとつの音だったのだ。

フィナーレが冒瀆《ぼうとく》的な乱痴気さわぎのうちにはじまった。“Gia la mensa è preparata!”〔食卓の用意はととのった！〕――ドン・ファンはふたりの娘を両脇にはべらせて戯れながら、コルク栓をつぎつぎと抜いては、酒壜に密閉されてざわめいている酒霊どもが思うさま自分を支配するのを許してやる。そこは奥行きのあまりない部屋で、背景に大きなゴシック式の窓があり、そこから外の闇が見える。エルヴィーラがこの不実な男にあらゆる誓いを思い出させているあいだからすでに、窓の外にはたびたび稲妻がきらめくのが見え、近づいてくる雷雨のにぶい呟きが聞こえている。ついに、ずしんずしんと重々しいひびき。エルヴィーラと娘たちは逃げ去り、地下の霊界のおそろしい和音が鳴りひびくなか、巨大な大理石像が立ちあらわれる。そのまえではドン・ファンはこびとさながら。巨人の足音に床が打ち震える。――ドン・ファンが嵐をつらぬき、雷鳴をつらぬき、デーモンたちの咆哮《ほうこう》をつらぬいて、あのおそろしい“No!”を叫ぶ。破滅のときが来た。石像は消え、もうもうたる煙が部屋にみち、その中からおそろしい妖怪どもの姿が浮かびあがる。地獄の責め苦にのたうちまわるドン・ファンが、ときおりデーモンたちのあいだにかいま見える。幾千もの雷が落ちるがごとき爆発音。――ドン・ファンもデーモンたちも、どうやって消えたのか、どこにもいない！　レポレロが部屋のすみに気絶してのびている。

ここでありがたいことにほかの登場人物たちが登場して、地下の力に罰せられることで地上の復讐をまぬがれたドン・ファンを、むなしく探しもとめる。これでやっと地獄の亡霊のおそろしい世界から逃れられたような気になれる。――ドンナ・アンナは変わり果てたようす。顔は死人のように蒼ざめ、目の光は消え、声は震えておぼつかない。だがまさにそのために、天意により危険な仇討《あだうち》を幸いにもまぬがれたからにはすぐにも婚礼を、と言う優男の許婚者との短い二重唱には、心をかきむしるほどの効果がある。

フーガふうの重唱が作品全体にみごとな締めくくりをつけた。これまで味わったことのないほど昂揚した気分で、ぼくは部屋へいそいだ。ボーイが食事に呼びにきたので、機械的に彼のあとについていった。――年の市が開かれているせいで食堂はにぎわっていて、きょうの『ドン・ファン』の公演が話題になっていた。全般に賞賛の的となったのは、イタリア人たちとその演技力だった。しかし、あちらこちらでまことに気軽に吐かれる寸評から察するに、オペラ中のオペラたるこの作品のもっと深い意味となると、漠然とでも感じとった者はひとりとしていないようだった。――ドン・オッタヴィオは好評をあつめていた。だがドンナ・アンナは、ある人に言わせると、情熱的にすぎた。舞台の上では、ほどよい節度を心がけ、あまりに熱っぽい演技は避けるべきだというのだ。襲われたときの話をするようすには、まったく度肝を抜かれたよ、とその男は言って、嗅ぎ煙草をひとつまみとると、なんとも表現しようのないしたり顔で隣の男に目をむけた。すると、そいつのいわく、それにしてもあのイタリア女はすごい美人だな、ただ衣裳や化粧に無頓着すぎる、ちょうどその場面でも、捲毛がほつれて横顔を半分隠してしまっていたぞ！　こんどはまたべつの男が、ごく小さな声で、"Fin ch'han dal vino" と口ずさみはじめた。――すると、あるご婦人が言った。あたくしにはドン・ファンがいちばん不満でしたわ、あのイタリア人ときたら、あまりに陰気で、深刻ぶりすぎて、そもそも軽佻浮薄な役どころを、ちゃんと軽やかに演じていませんでしたもの。――最後の爆発は、だれもがほめそやした。

こんなおしゃべりにうんざりしたぼくは、そそくさと部屋へもどっていった。

宿泊客用二三号桟敷にて

湿っぽい部屋の中は狭苦しくて、うっとうしかった！ ——真夜中ごろ、テオドール、きみの声が聞こえたような気がした！ はっきりぼくの名を呼んだのだよ、そして壁掛けのあるドアのあたりに人の気配がしたようだった。ぼくはあのふしぎな出来事のあった場所に、もう一度行ってみたくなった。どうしていけないわけがある？ ——ひょっとすると、きみに会えるかもしれない、ぼくの全存在を満たしている彼女にも！ ——この小さなテーブルを運び込むのは、造作もないことだ——それに二つの燭台《しょくだい》と——筆記用具と！

ボーイがぼくの注文したパンチ酒をもってやってきたが、部屋はからっぽで壁掛けの裏のドアが開いている。ぼくのあとを追って桟敷にくると、不審そうな目つきでこっちを見た。合図すると、飲み物をテーブルにおいて、もの問いたげにぼくのほうをもう一度見てから、出ていった。ぼくは彼に背を向けて、桟敷のへりから身をのりだし、ひとけのない建物の中をながめやった。その建築様式が、ぼくのもってきた二つの灯りに妖しく照らされて、異様な反射のなか、見も知らぬ幻想めいた姿を浮かびあがらせてきた。緞帳《どんちょう》が、建物を吹きぬける隙間風にゆれている。──もしあの緞帳があがったら？　おぞましい妖怪におびえたドンナ・アンナがあらわれたら？

「ドンナ・アンナ！」

思わず呼んでしまった。声はひとけのない空間に消えていった。だがオーケストラの楽器の精霊たちが目を覚ました──すばらしい音が一つ、震えながら立ちのぼる。その音の中で、いとしい名前がさわさわと鳴っているかのようだ！　──ひそかな恐怖を感じずにはいられなかったものの、その音はこころよくぼくの神経を震わせた。

ぼくは気分をしずめてきみに、テオドール、せめて暗示だけでもしたい気がするのだ、こよなき巨匠のこのすばらしい作品をいまはじめて、その深い性格においてどのように正しく理解したと思うのかを。──詩人のみが詩人を理解する。ロマン的心情のみが、ロマン的なるものの中に分け入ることができる。神殿で聖別を受け、詩的に昂揚した精神のみが、聖別された者が霊感を得て語る言葉を理解するのだ。

この詩（ドン・ファン）を考察するとき、もっと深い意味をそこに与えることもせずに、ただ物語の筋ばかりを取りあげるとしたら、モーツァルトがなぜこのような音楽を考え、詩にうたいあげることができたのか、ほとんど理解できはしない。度はずれに酒と女を愛する遊蕩児《ゆうとうじ》が、自分の身を守ろうとして老父を刺し殺し、その身代りの石像をいたずら半分に酒宴に招く——まったくのところ、ここにはたいして詩的なものはないし、正直に言えばこんな人間には、地下の悪霊勢が地獄の収集品中のとくべつな逸品あつかいをしてやるほどの値打ちはない。死者の魂を吹きこまれた石像が、わざわざ馬から降りてこの罪人のもとに来て、最期のときが訪れぬうちに懺悔《ざんげ》せよと迫ったり、ついには悪魔が選《え》りすぐりの手下を送って、地獄送りの凄絶な場面をくりひろげたりする価値はないのだ。

だがテオドール、信じてもらえるだろうが、自然は最愛の寵児《ちょうじ》にするように、ドン・ファンにすべてを授けたのだ——つまらぬ愚民ども、作業場でいい加減に作られた無にひとしい粗悪品のように数量にものをいわせるしかない連中から、神々に近い人間を抜きん出させるもの、彼をしてつねに勝利者、支配者たらしめるものを、なにもかも。たくましい、りっぱな肉体、そのかがやきが見る者の胸に火を点じて神の姿を予感させるほどの容姿、深みのある心情、明敏な頭脳。

しかし、まさしく原罪のおそるべき結果なのだが、人類の敵はいまもなお人間のすきをうかがっていて、人間がその神的な本性にふさわしく至高をめざして努力しているときでさえ、よこしまな陥穽《かんせい》を仕掛ける力をもっている。この神的な力とデモーニッシュな力との相剋が、地上の生という概念を生み、この闘いでかちとられた勝利が、超地上的な生という概念を生む。

ドン・ファンを鼓舞していたのは、彼の肉体的、精神的組成からくる生への要求だった。そして全身の血をたぎらせつつ永遠に燃えさかる憧憬が、彼を駆りたてて、地上世界のあらゆる現象をやすみなく貪欲《どんよく》にあさりまわらせ、むなしくそこに満足を求めつづけさせたのだ！

ここ地上では、人間を内なる本性においてもっとも昂揚させるもの、それは恋をおいてほかにあるまい。まさに恋こそは、じつに不可思議な、じつにはげしい作用をもって、存在のいちばん奥深くの要素を破壊もすれば、神々しくかがやかせもする。だからドン・ファンが、胸かきむしる憧憬を恋によってしずめようと望み、悪魔がそこをねらって罠をしかけたことに、なんのふしぎがあるだろうか？　われわれの胸にたんに天上の約束として宿っているもの、それがわれわれを超地上的なものに直接に結びつけるあの無限の憧憬にほかならないのだが、この憧憬は、恋によって、女を味わうことによって、この地上ですでに満たすことができるのではないか？　こういう考えが、宿敵、悪魔の奸計によってドン・ファンの心に生じたのだ。美しい女からさらに美しい女へとやすみなく渡りあるき、その魅力に飽満し身を滅ぼすほどに酔いしれるまで、燃えさかる熱情をもって遊蕩三昧にふけりながら、どの女を選んでもつねに期待を裏切られたと思い、いつかは満足のゆく理想の女をさがしあてたいと望みつづける。だが最後には、地上の生すべては味気なく退屈だと思わざるをえなくなる。そしておよそ人間というものを軽蔑し、人生最高のものと信じていたのにこれほどこっぴどく彼を裏切った恋という現象に反抗する。こうなると、女遊びはもはや官能の満足ではなく、自然と創造主への冒瀆的な嘲笑となる。卑俗な人生観なんぞ糞くらえ、おれはそんなものを超越しているぞと感じ、自然が意地わるくもわれわれの胸のなかに忍びこませた崇高な願望は、幸福な恋とそこから生まれる市民的な結婚において、いささかでも実現されると期待している人間どもを、せせら笑う。だから彼は恋だの結婚だのとくると、とりわけむらむらと反抗的になり、人間の運命を支配する未知の実在、それは彼にとっては、冷笑的な気まぐれで創ったみすぼらしい被造物をむごたらしくもてあそんでは、ざまみろと笑う怪物のように思えたのだが、その未知の実在にたいして、破滅を覚悟で大胆不敵な戦いをいどむ。

花嫁を誘惑する、恋人たちに痛みの消えない打撃を与えてその幸福をぶちこわす、こういう行為のひとつひとつが、かの悪意ある力にたいする、自然にたいする、創造主にたいする、かがやかしい勝利、窮屈な人生から彼を一歩一歩高みに押し上げてくれる勝利なのだ！

しかし、たとえほんとうに人生を脱してますます高みにのぼったとしても、それはただいつか、冥府にまっさかさまに堕ちるためでしかなかった。アンナの誘惑と、それによって生じた事態は、彼の到達した高みの頂点だったのだ。

ドンナ・アンナは、自然の最高の寵を受けたという点では、ドン・ファンと好一対をなしている。ドン・ファンが生来すばらしくたくましい美丈夫《びじょうふ》だったのにたいして、アンナは神々しいばかりの女性で、その無垢な心には悪魔もなにひとつ手出しができなかった。地獄の術策がなしえたのは、彼女をたんに地上で破滅させることだけだった。——サタンがこの破滅を完遂したとなると、天の摂理にしたがえば、地獄のほうも、もはや復讐の役目の実行をさき延ばしにはできない。ドン・ファンは、自分が刺し殺した老人の石像を嘲笑するように飲めや歌えの宴《うたげ》に招待し、死者の霊は、いまはじめてこの堕落した人間の本性を見ぬいて、彼のために悲しみ、あえておそろしい姿をとって彼に改悛を勧めることにした。しかしドン・ファンの心はあまりにも腐りはて、あまりにもずたずたになっていたから、天上の浄福さえ、彼の魂にひとすじの希望の光を射し入れることも、より善き存在へと魂を燃え立たせることもできなかった!

きみはきっと、テオドールよ、ぼくがアンナの誘惑のことを話したのを不審に思っただろうね。いまは、心の奥から舞いあがる想念に言葉が追いつかないありさまだが、それでもなるべくかいつまんで、この相闘う二つの本性(ドン・ファンとドンナ・アンナ)の関係全体が、テキストはさておき、音楽のなかでどう表現されているように思えるかを話そう。

さっきも言ったように、ドンナ・アンナはドン・ファンの対極に立つ人間だ。彼女への恋はサタンの術策によってドン・ファンを滅ぼすのだが、もしもドンナ・アンナが天命によって、この恋において彼をみずからの内なる神的な本性に目覚めさせ、むなしいあがきへの絶望から解放するように定められていたとしたら、どうだろう?

だがもう手遅れだった、ふたりが出会ったのは、彼の悪行が頂点に達していたころだ。このときの彼を満たしていたのは、彼女を破滅させようという悪魔的な欲望だけ。――その牙から彼女は身を守れなかった！　彼が逃走したときには、犯行はすでになされていた。超人的な官能、地獄の情火が、彼女の奥深くをつらぬき、抵抗をすべて無力にしてしまった。彼だけが、ドン・ファンだけが、彼女のうちに情火を点じることができ、地獄の悪霊たちの圧倒的で破壊的な憤怒を胸に燃やしながら罪を犯す彼を、彼女はかき抱いたのだ。彼が犯行をしおおせて逃げようとしたとき、わが身は破滅したとの思いが、死毒を吐くおそろしい蛇の怪物のように彼女にからみつき締めあげた。――ドン・ファンの手にかかった父の死、自分がかつては愛しているつもりだった薄情で男らしくなく月並みなドン・オッタヴィオとの関係――さらには、最高の快楽の瞬間に燃えあがり、いまでは破壊的な憎悪となって心の奥底を灼く愛の業火――これらすべてが彼女の胸をかきむしる。ドン・ファンの滅亡しか、苦悶するこの魂に平安を与えることはできないと感じる。だがその平安は、彼女自身の地上での滅びでもある。

だから彼女は冷ややかな許婚者にたえまなく復讐をもとめ、みずからも裏切り者を追跡して、地下の力が彼を冥府にひきずり込んだときはじめて、いくらか安堵する——だが、すぐにも婚礼をとのぞむ許婚者の言葉に従うことは、どうしてもできない。"Lascia, o caro, un anno ancora, allo sfogo del mio cor!"〔許してください、愛する方、心が吹っ切れるまであと一年の猶予を！〕彼女はその一年を永らえとおすことはできないだろう。敬虔な心のおかげで、サタンに捧げられた花嫁でありつづけることから救われた彼女を、ドン・オッタヴィオはもはや二度と腕に抱くことはないだろう。

これらすべてを、夜の暴行事件をめぐる最初のレチタティーヴォと語りの、胸かきむしるような和音のなかに、ぼくは魂の奥底でどんなにまざまざと感じとったことか！——第二幕目でドンナ・アンナが"Crudele"〔わたしが残酷ですって？〕と歌う場面でさえ、皮相的に見ればこの歌はドン・オッタヴィオだけに向けられているようだが、ひそかなひびきのうちに、それらの絶妙な関連のうちに、あの内面の、いっさいの地上的幸福を喰らい滅ぼさんばかりの魂の気分がにじみ出ている。そうでなければどうして詩人は、おそらく無意識にだろうが、あのように奇妙な言葉まで書き添えてしまったのだろうか。

"Forse un giorno il cielo ancora sentirà pietà di me!"
〔いつの日か天はわたしに、また憐れみをお示しくださるでしょう！〕

二時の刻が鳴った！　――あたたかな、電気を帯びたような息吹がぼくの上をかすめてゆく――きのう、そばに女の人がいると察する最初のよすがとなった、あのかぐわしいイタリア香水がほのかに匂う。至福感がぼくをつつむ。この感情は音楽でしか表現できそうもない。隙間風がいちだんとつよく吹きぬける――オーケストラ・ボックスでピアノの弦がざわめく――なんと！　遥かかなたから、風のようなオーケストラの音の翼にのって、アンナの声が聞こえてくるようだ。"Non mi dir bell'idol mio!"〔わたしが残酷だなどとおっしゃらないで、いとしい方！〕

扉を開いてくれ、遥かな未知の霊界よ――かがやきにみちた妖精《ジン》たちの国よ。名状しがたいこの世ならぬ苦悩が、言うにいわれぬ歓びとなって、魅せられた魂に地上で約束されたすべてをこのうえなく叶えてくれる国よ！　おまえの愛らしい幻たちの世界に、ぼくを入れてくれ！　おまえが地上の人間たちに、あるときはおそろしい、あるときはよろこばしい使者として選んで送ってくれる夢よ――眠りが肉体を鉛の枷《かせ》でしばるとき、どうか夢よ、ぼくの精神を霊気ただよう園へとみちびいてくれ！　――

余録——ホテルでの午餐の席の会話

したり顔の男、手にした嗅ぎ煙草入れの蓋をこつこつ叩きながら言う。

「情けないことですなあ、まともなオペラはもうそのうちに聴けなくなりそうだとはね！ それというのも、あのぶざまな誇張した演技のせいですよ！」

黒人との混血らしい顔の男。

「そうですとも！ もう何度も彼女には言ったんですがね！ ドンナ・アンナの役はいつも彼女をひどく消耗させるんです！ ——きのうはまるっきり、とり憑かれたようでしたな。幕間じゅう気を失っていたそうですし、第二幕では神経発作までおこして——」

平凡な男。

「え、なんですって——」

混血顔の男。

「そう、神経発作ですよ、それでも劇場から連れ出すことはできなかったんですからね」

ぼく。

「なんということだ――深刻な発作じゃなかったでしょうね？　まもなくまたシニョーラの歌は聴けるんでしょう？」

したり顔の男、嗅ぎ煙草をひとつまみして。

「それはむりですな。シニョーラは今朝の二時ちょうどに亡くなりましたからね」

クライスレリアーナ（小品を抜粋）

彼はどこから来た？　――それを知る者はひとりもいない！　両親は何者？　――これも不詳！　だれの弟子だった？　――よい師匠についていたのだろう、なにしろ演奏の腕前はすごいのだ。知力も教養もそなえているから、付き合うのに我慢のならないやつじゃない、それどころか音楽のレッスンを任せることすらできる。それに、彼は正真正銘の楽長だったことがあるんだぞと、如才のない人物たちが付け加えて言う。いつだったか彼は上機嫌のおり、さる宮廷劇場当局の交付した文書をこの連中に見せたそうな。それによると彼、楽長ヨハネス・クライスラーが解雇されたのは、宮廷詩人の書いたオペラ台本の作曲を断乎《だんこ》拒んだこと、また一再ならず、ひとの集まる酒場でプリモ・ウオモ［主役の男性歌手］をこきおろしたり、自分が歌を教えている小娘をほめそやしてプリマ・ドンナよりもずっとうまいと、わけのわからぬ言いたい放題の暴言を吐いたりしたこと、そんな程度の理由によるものだった。にもかかわらずその文書は、彼に宮廷お抱えの楽長たる称号をひきつづき名乗るのを許しているばかりか、場合によっては復帰してもいいとまで認めていた。彼がある種の気むずかしさだの、たとえば、もはや真のイタリア音楽は消滅したなどという笑止千万な偏見だのを、きれいさっぱりと捨てて、第二のメタスタージオ[1]と世に認められているあの宮廷詩人の卓越性をすすんで信じる気になったならば、というのである。友人たちに言わせると、自然は彼という有機体を組成するにあたって新しい処方箋を試みたのだが、この実験は失敗だったのだ。彼のやたらと激しやすい心情と、破壊的なまでに燃えあがってしまう空想力《ファンタジー》にたいして、これに混ぜあわせた粘液質の量があまりに少なすぎたものだから、バランスが崩れてしまったのである。芸術家が世間と折り合いをつけて生きてゆくためには、またそもそも世間自体がもっと高度な意味においても必要としているような作品をつくるには、このバランスは不可欠だというのに。

事情はどうあれ——要するにヨハネスは、彼の内なる幻覚と夢に衝《つ》き動かされて、永劫に波立ちさわぐ海を運ばれてゆくかのように——あんなところまでいってしまったのだ。なんとか港をみつけて、それなしでは芸術家がなにひとつ創造することができない静謐《せいひつ》と晴朗を得ようとしてみたらしいものの、だめだった。そんなふうだったから友人たちにしても、彼に作曲したものを記譜させておくことも、じっさいに書きあげてある譜面を破棄させないでおくことも、なかなかできなかった。ときには彼は夜半に昂揚した気分になって作曲したものだ――そして隣に住む友人を叩きおこして、有頂天でぜんぶ弾いて聴かせ、信じられないような速さで譜面に書きとり――上出来の作品だと随喜の涙を流し――おれはなんたる幸せ者かと自賛する。ところがあくる日には――そのあっぱれな作品は火の中なのだ。

歌曲は彼にほとんど破滅的な作用をおよぼした。空想力があまりにもつよく刺激されて、彼の精神はだれも危険なしにはついていけない領域へと逃げ去ってしまうのだ。それとは反対に、ピアノのまえにはしばしば何時間もすわって、じつに風変わりなテーマを、優美な対位法的転回と模倣や、精巧な経過句《パッサージュ》を工夫しながら推敲するのが好きだった。それがうまくできると、何日もずっとご機嫌で、ちょっと道化じみた皮肉っぽさが会話に薬味を添えて、友人たちのくつろいだ小さな一座を楽しませたもの

1　ピエトロ・メタスタージオ（一六九八〜一七八二）。一七三〇年以降、ウィーンの宮廷詩人をつとめたイタリアのオペラ台本作家。

だった。

それが突然、理由もなにもわからぬまま、彼はどこかに消えてしまったのだ。狂気の兆しがすでにあったと主張する人は多かったし、じっさい、彼が帽子を二つ重ねにかぶり、腰の赤いベルトに二本の五線引き用ペンを短剣のように差して、陽気に歌いながら跳びはね跳びはね町の門を出てゆくのを目にした者もいたのだが、身近な友人たちには、ふだんと格別ちがうところがあるとはちっとも見えなかった。彼がなにか心痛を抱えていると、それが暴発してひどく突飛な行動に出るのは、いつものことだったからだ。

八方手を尽くして探したものの、彼の行方は杳《よう》として知れず、そこで友人たちは、わずかに遺《のこ》されていた彼の音楽作品とその他の文章を、どうしたものかと相談し合ったのだが、そこへフォン・B嬢があらわれて、こう言明したのである。愛する師であり友であるあのお方が、もはや二度と戻ってこられないとは信じられません。遺されたこれらのものを彼のために保管するのにふさわしい者が、わたくしをおいてほかにありましょうか、と。そこで友人たちは目のまえにひろげた遺稿をすべて、よろこんで彼女に託すことにした。何枚かの楽譜の裏には、機をのがさず鉛筆で走り書きした短文があって、そのほとんどはユーモアに富んだ文章だったので、彼の忠実なる友人が、不幸なヨハネスの忠実なる女弟子の許しを得てそれらの写しをとり、一時的な感興のおもむくままに書いたささやかな作品として、世に伝えることにしたのである。

音楽嫌い

もしも骨の髄まで音楽的であったなら——そう、なにかとくべつな力がそなわっているかのように、巨匠たちが無数の音符とさまざまな楽器の音で組み立てた音楽の巨大な塊をやすやすと楽しげに扱えて、しかもその音楽を、格別な情動のたかまりも、痛いほどに突き上げてくる情熱的な歓喜や、心引き裂くような悲哀も感じることなしに、感覚と思考にすんなり受けいれてしまう、そんなふうに徹頭徹尾、音楽的な質《たち》だったら、おそらくすばらしいことだろう。

そういう人なら、演奏者のヴィルトゥオーゾ的な至芸を、どんなに心の底から愉《たの》しむことができるだろう。そればかりか、内からこみあげてくるこの歓びをいくら声高にしゃべりまくろうと、なんの危険もあるまい。でもわたしとしては、おのれがヴィルトゥオーゾだという幸福感なんぞ、まっぴらご免こうむりたい。そんなことになったら、わたしの苦痛はもっともっと深まって、音楽にたいする感覚がすっかり死んでしまうだろうからだ。このすばらしい芸術の実地訓練では、わたしは残念ながら子どものときから言いようもない無器用さを示していたのだが、いったいこの鈍重さはどこからくるのだろうか。

わたしの父はたしかにいっぱしの音楽家だった。熱心に、しばしば夜おそくまで、大きなピアノを弾いていたし、わが家でひとたびコンサートをするとなると、とてつもなく長い曲を演奏して、ほかの人たちがヴァイオリンや低音楽器、それにフルートやヴァルトホルンなどで、ほんのちょっぴり伴奏する。そういう長大な曲がやっとのことで終わると、みんなは口々にブラヴォー、ブラヴォー！　と叫びたて、「なんとすてきなコンチェルト！　なんと完璧な、なめらかな演奏！」とほめたてて、畏敬の念をこめてエマヌエル・バッハ[1]の名を挙げるのだった。

しかし父はあまりにもつづけざまに鍵盤を叩きつけて音のシャワーを浴びせたもの

1　大バッハの次男のエマヌエル・バッハ（一七一四〜八八）。

だから、音楽といえばすぐに、心に沁みてくる旋律を思うほうだったぼくは、こんなのは音楽じゃない、父はこれをただ面白がってやっているだけで、ほかの人たちもそれを面白いと思っているのだろう、という気がいつもしたものだ。

こういう機会には、ぼくはいつもよそゆきを着せられ、母のとなりの高い椅子にすわって、あまり身じろぎせずに拝聴しなければならなかった。その時間はぞっとするほど長く感じられたから、演奏者の妙なしかめ面やおかしなからだの動きを見て楽しむのでなかったなら、とても我慢しきれなかっただろう。とりわけいまでもよく憶えているのは、いつも父のすぐそばでヴァイオリンを弾いていた老弁護士のことだ。あれは度はずれの熱狂家だと、みんなはいつも言っていた。音楽は彼を半狂乱にさせてしまうので、エマヌエル・バッハや、ヴォルフや、ベンダ[2]といった天才たちにネジを巻かれると、興奮の極へと舞い上がって音程も拍子もとれなくなってしまうのだ、と。

この男のようすはいまでもありありと目に浮かぶ。金めっきボタン付きのスモモ色の上着、小さな銀の短剣、ほんの少ししか髪粉をかけていない赤味がかった鬘《かつら》、その後ろには小さな丸い袋鬘《ふくろかづら》[3]。なんであれ彼のすることには、なんともいえず滑稽な真剣さがあった。父が楽譜を譜面台に配ると、彼はきまって「さあ、仕事だ《アド・オープス》！」と呼ばわる。それから右手でヴァイオリンをとり、左手のほうは鬘をつかむと、それをはずして、釘にかける。そこでいよいよ仕事にかかるのだが、だんだんと深く譜面台にかがみこんでいって、やがては赤い目がぎらぎらととびだし、額には玉の汗が浮かんでくる。どうかすると、ほかの人より早く弾きおわってしまうことがあったが、そういうとき、ご本人は少なからずおどろいているふうで、ぶすっと不機嫌になってほかの連中をながめていた。それに彼の出す音は、隣家のペーターがわが家の猫に出させる鳴き声と似ているな、と思えることもしばしばだった。ペーターは博物誌的な感性をもっていて、猫の隠された音楽的才能を探るべく、うちの飼い猫の尻尾をうまいことつねるやらなにやらして、鳴き声を誘い出していたのだ。そのせいで彼（つまりペーター）は、ときどき父にぶん殴られたものだった。

要するに、スモモ色の弁護士は——ムーゼヴィウスという名だったが——そのしかめ面や、滑稽な脱線ぶりや、ましてやたらと震える調子っぱずれな音で、ぼくをおおいに

2 エルンスト・ヴィルヘルム・ヴォルフ（一七三五〜九二）、ゲオルク・ベンダ（一七二二〜九五）は、いずれも当時、エマヌエル・バッハと並んで、ひじょうに人気の高かった作曲家。

3 後ろで束ねた髪を袋状のリボンで包む。別名、モーツァルト鬘。

楽しませることで、おとなしくすわっている苦痛をたっぷり埋め合わせてくれたのだ。

あるときなど、彼が完全に曲の演奏を攪乱《かくらん》してしまって、父はピアノからぱっと立ち上がり、みんなも彼のそばに駆け寄るというさわぎになったことがあった。なにかたちのわるい偶発事が彼をおそったのかと、みんなは心配したのだ。というのも最初のうち、彼は頭を少し振るようにしていたのだが、そのうちに、つのりゆくクレッシェンドよろしく、頭を前後左右にますます激しく振りまわすようになり、弓で弦のあっちこっちをこすってぞっとする音を出すわ、舌打ちはするわ、足を踏み鳴らすわ、となったのである。ところがなんと、それは小さな憎たらしいハエのせいにすぎなくて、そいつが生来のしつっこさで同じ円を描いて彼のまわりをぶんぶん飛びつづけ、いくら追い払っても、何度となく鼻の頭にとまったのだ。これが彼を自棄《やけ》っぱちにさせたのだった。

ときどき、母の妹がアリアを歌うことがあった。ああ、それをいつもどんなに楽しみにしていたことか！　ぼくはこの叔母が大好きだった。なにくれとなくぼくの世話を焼いてくれたし、心の奥に沁みとおる美しい声で、たくさんのすばらしい歌をよく歌ってくれた。それらの歌はいまなおぼくの胸にも頭にも残っていて、ひとりそっと口ずさむことができる。

叔母がハッセやトラエッタ[4]ほか、巨匠と言われるような人のアリアのパート譜を譜面台に配るとき、その場はいつもどこか晴れがましい空気に包まれた。あの弁護士は演奏に加えてもらえなかった。序奏がはじまると、叔母がまだ歌いだしもしないうちから、もうぼくは心臓がどきどきして、悦びと哀しみのいりまじったなんともふしぎな感情にとらわれ、どうしていいかわからなくなる。叔母が一小節歌い終わるか終わらないかのうちに、ぼくは激しく泣き出してしまって、父のひどい叱責を浴びながら広間から連れだされてしまうのだった。そのことで父はよく叔母と言い争ったものだ。叔母に言わせれば、ぼくのこういう振舞いは、音楽がぼくに耐えがたく不快な作用をおよぼすからではけっしてなくて、むしろあまりにも過敏な心情のせいなのだが、父のほうは、ばかな子だと頭ごなしに叱るばかりで、音楽を聴くとぞっとして泣きだすなんぞ、音楽嫌いな犬とおなじだと主張したからだった。

4 ヨハン・アドルフ・ハッセ（一六九九～一七八三）はドイツのイタリア様式オペラ作曲家、トンマーゾ・トラエッタ（一七二七～七九）はイタリアのオペラ作曲家。

叔母はぼくをかばってくれただけでなく、ぼくの深いところに音楽的感性がひそんでいるとさえ言ってくれたが、わけてもその根拠とされたのは、父がたまたまピアノに鍵をかけ忘れたときなど、よくぼくが何時間ものあいだ、あれこれとキーを探りながら、よくひびきあう和音を鳴らしてみるのに夢中になっていたという事実だった。そうやって両手で三つ、四つ、それどころか六つものキーを見つけていっしょに鳴らすと、奇蹟のようにこころよい和音のひびきが得られて、ぼくは飽きもせずに何度もそれらを鳴らしてみては、音が消えてゆくまで聴きいったものだった。ピアノの蓋に頭を横向きにしてのせて、目を閉じる。ぼくは別世界にいた。そしてついには、またしても激しく泣き出してしまうのだが、それが喜悦のせいか苦痛のせいか、自分でもわからなかった。叔母はよく、そういうぼくをそっと見ていて、よろこんでいたのだが、父のほうは、子どもじみたいたずらとしか見てくれなかった。そもそもこのふたりは、ぼくについてと同様、ほかのことでも、とくに音楽に関して、まったく意見が合わなかったようだ。叔母は音楽的な作品、とりわけイタリアの巨匠たちが単純に飾り気なく作曲したものならなおのこと、たいへん好んでいたのだが、父は、気性の烈しい男だったから、そんなものは頭脳を働かせる余地のまったくない安直な音楽だと、ばかにしていた。父はいつも頭脳の働きについて語り、叔母はつねに感情について語ったのだった。

ついに叔母は父を説き伏せて、わが家のコンサートでいつもヴィオラを弾いていた老いた教会オルガニストに、ぼくがピアノのレッスンを受けられるようにしてくれた。ところがなんと、まもなくはっきりしたのは、叔母はぼくを買いかぶりすぎていたこと、そして逆に父の見方が正しかったことだった。オルガニストが言うには、ぼくには拍子にたいする感覚も、旋律を把握する力もけっして欠けてはいないのだが、どうしようもない無器用さがすべてをぶちこわしてしまうというのだ。練習曲を課されて、ぼくは一所懸命やるつもりでピアノのまえにすわる。ところがまもなく、自分でも気がつかないうちに例の和音探しの遊びに没頭してしまって、そうなるともう練習はちっとも進まなくなる。言いようもないほど努力を重ねて、いくつもの調性をしっかり練習したあと、シャープの四つ付いたあの絶望的な調まですすんできたときのことだ、それがホ長調と呼ばれる調性だったことはいまでもまだはっきりと憶えている。曲の頭には大きな文字で、スケルツァンド・プレストと書いてあって、オルガニストが弾いてみせてくれたが、やたらと跳んだり跳ねたりする曲で、ぼくにはまるっきり気に入らなかった。ああ、このいまいましいプレストを練習するのに、どれほどの涙と、不運な教会オルガニストの励ましの平手打ちが要ったことか！

とうとう、ぼくにとっておそろしい日、父とその音楽仲間のまえで、ぼくが身につけた教育の成果、習った曲のすべてを、披露することになっていた日が近づいてきた。あの憎たらしいホ長調プレスト以外はぜんぶ、うまく弾けるようになっていた。そこで前日の晩、なにがなんでもあの曲を間違いなく弾けるように仕上げようと、ほとんどやけっぱちになってピアノのまえにすわった。自分でもどうしてそんなやり方をしたのかわからないが、叩くべきキーのすぐ右隣のキーにずらして弾いてみると、曲全体がずっとやさしくなって、キーこそちがえ、音をひとつも間違えなかったし、教会オルガニストが弾いてみせてくれたよりも曲のひびきがずっとよくなっているようにさえ思えた。ぼくはうれしくなり、気が軽くなった。翌日は意気軒昂としてピアノのまえにすわると、課題の曲をばんばん弾いていった。父は、「これほどとは思わなかった！」と、何度となく声を張りあげた。

スケルツォが終わったとき、教会オルガニストは「むずかしいホ長調だったのにねえ！」と、じつに愛想よく言い、父は友人の一人に、「どうです、むずかしいホ長調をこの子はりっぱに弾きこなしましたな！」と話しかけた。ところが相手は答える、

「失礼ですが、あれはヘ長調でしたよ」「とんでもない、そんなことがあるもんか！」と父。「いや、ヘ長調ですよ。すぐ確かめてみましょう」

ふたりはピアノのそばに来た。「ほら、ごらんなさい」と、父が四つのシャープを指して勝ちほこったように言う。「ところが坊やはヘ長調で弾いたんですよ」と友人。

ぼくは、なんでふたりがそんなにむきになって言い争っているのか、はっきりわからないままに、言われたとおり曲を無邪気にもう一度弾きはじめた。父は鍵盤にじっと目をすえた。ぼくがほんのいくつか音を出すか出さないかのうちに、父の平手打ちがぼくの耳もとへ飛んできた。「とんでもない馬鹿者めが！」と、怒り狂った父の罵声。ぼくは泣きわめきながら逃げだし、これでぼくの音楽レッスンは永久に終わったのだった。

もっとも叔母は、べつの調性に変えただけで全曲をちゃんと弾けるようになったということこそ、ほんとうの音楽的才能がある証拠だと言ってくれたのだが、いまのわたしは自分でも、父がなにか楽器をわたしに習わせるのを諦めたのは、正しかったと思っている。なにしろわたしの無器用さ、指の硬さ、ぎこちなさは、どんな努力にも異を唱えて反抗しただろうからだ。

しかしこの柔軟性の欠如は、音楽に関しては、どうもわたしの精神的能力にまでおよんでいるらしい。たとえば、定評あるヴィルトゥオーゾの演奏を聴いて、みんなが感嘆の拍手喝采をどっと送るような場合でも、わたしは退屈と嫌悪と不快さしか感じないことがしばしばで、おまけに、自分の意見を正直に言う、というよりむしろ胸中の感情をはっきりと吐露するのを、どうしても思いとどまれないものだから、音楽に感激しているよき趣味人たちの笑いものになってしまうのだ。つい最近もそうだった。ある有名なピアニストがこの町に演奏旅行に来て、わたしの友人の家で弾くことになった。「今日こそきみは、音楽嫌いがきっと治るぞ。あの名手のYが、きみを昂揚させてくれるよ——陶酔をね」と、友人は言った。わたしは意に反して、ピアノのすぐそばの席につかされた。演奏がはじまり、ヴィルトゥオーゾは音を上へ下へと転がし、嵐のようなとどろきを巻きおこす。それがいつまでも続くので、わたしは頭がくらくらして、気分がわるくなった。だがそのうちに、ほかのことにふと気をとられた。演奏はもうまったく耳にはいらなくなって、どうやらいつもとはまるで違うようすでピアノを見つめていたらしい。というのは、やっと雷鳴とどろき疾風のうなる演奏が終わったとき、友人がわたしの腕をつかんで叫んだからだ。「おい、すっかり化石になってしまったね。とうとうきみも、すばらしい音楽の深い、われを忘れさせるような作用を、感じとったんだろう？」そこでわたしは正直に、じつは演奏はほとんど聴いてなくて、それよりもハンマーのすばやい動きに見とれていた、——隊列を組んでそれぞれが連続射撃するようなのが、じつに面白かった、と白状した。それを聞いてみんなはどっと笑ったのだった。

わたしはどんなにしょっちゅう、感受性がない、心がない、情緒がないと言われたことか。ピアノの蓋が開けられると、あるいはどこそこのご婦人がギターを手にとって、歌い出そうと咳ばらいすると、たちまちわたしは制止も聞かずに部屋から逃げだしてしまう。というのも、通常、家庭コンサートでひとの心を惹《ひ》こうとばかりに演奏される音楽を聴いていると、気分がわるくて苦しくなり、肉体にまでひびいて胃がきりきりすることがわかっているからだ。

しかしこれはまちがいなく不運であって、お上品な社交界の軽蔑を買ってしまう結果になる。わたしにはよくわかっているのだが、叔母のような声なら、彼女のうたうような歌なら、わたしの胸の奥に沁みいり、言葉では言いあらわせない感情が湧きおこってきて、これこそまさに地上界を高く超えでて、それゆえに俗世ではどんな表現も見いだせないような至福感だと思えてくる。しかしだからこそ、そのような歌い手に聴き入ったとき、ほかの人たちのように声高に賛嘆することなど、不可能なのだ。わたしは黙ったまま、自分の内面をじっと見る。そこにはまだ、外界では消えてしまった音のすべてが、きらめく残光を放っているからだ。するとわたしは、冷たいやつだ、感受性に乏しい、音楽嫌いだと、責められる。

わたしの住まいの斜め向かいにコンサートマスターが住んでいて、彼はいつも木曜日に自宅で四重奏をやるのだが、夏には、晩に街がしずかになったころに窓を開け放して演奏するので、ごくごく小さな音まで聞こえてくる。わたしはソファにすわって、目を閉じて聴き入り、よろこびに満たされる——だがそれは最初の曲のときだけだ。四重奏も二曲目になると、もう音がごちゃごちゃと錯綜してくる。まるで、私の内面にまだ残っている一曲目の旋律と闘わなければならないとでもいうようなのだ。三曲目となると、もはや耐えきれない。そこでわたしは逃げ出す仕儀と相なるのだが、コンサートマスターはよくそんなわたしを笑って、音楽からご敗走ですな、と言ったものだ。——聞くところでは、彼らは六曲も、八曲も、そういう四重奏を弾いたらしいが、じっさい、そんなにたくさんの音楽をつぎからつぎへと理解して、すべてを内面で感じとり考えたとおりに演奏することで、音楽に生きたいのちを吹きこむことができるとは、その桁はずれにつよい精神力と、それに見合う内面の音楽的な力には、ほとほと感心してしまう。

コンサートへ行っても、まったく同じなりゆきとなる。最初の交響曲で、はやくもわたしのなかに混乱が生じて、あとはなにを聴かされてもわたしは死んだも同然。しばしば第一楽章がもうすでにわたしを興奮させ、はげしく揺さぶってしまうこともあって、そういうときは、会場を出てしまいたいと痛切に思う。そしてひとりになって、自分を虜《とりこ》にした奇妙な幻像のすべてをはっきり眺めたい、そう、自分も彼らのふしぎな舞踏にはいりこんで、彼らのひとりになりたい、同類になりたい、と。そうすると、いま聴いた音楽はわたし自身だという気持になる。――だから、それを作曲した巨匠はだれかと訊いたりはけっしてしない。そんなことはどうでもいいのだ。わたしには、最高潮にあるときは質量ある魂だけが生きいきと動かされているかのようで、この感覚のなかで自分がたくさんのすばらしい作曲をしたかのような気がするのである。

こんなことを自分のためだけに書きとめていても、生まれつき無邪気なほどに率直なわたしのことだ、いつかそれがふと口をついて出てしまうのではないかと心配になる。そうなったら、どんなに笑われることだろう！　しんそこから音楽にブラヴォーを叫ぶ連中のだれかれが、わたしの心情の健全さを疑いはしないだろうか。

よくあることだが、わたしが最初の交響曲のあと、そそくさとコンサート・ホールを出ようとすると、彼らはわたしの背中に、「ほら、逃げていくぞ、あの音楽嫌いが！」と、哀れむような声を投げつけてくる。というのも、いまでは教養ある人士のだれもが当然のこととして要求しているのが、礼儀正しくお辞儀をしたり、まるっきり自分の知らないことについてもいっぱしのことを言ったりする芸とならんで、音楽を愛し、たしなむことなのだ。しかし、まさにそれをすることによって、わたしはしばしば孤独のなかへと駆りたてられる。そこでは、永遠にしろしめす聖なる力が、わたしの頭上の樫の葉むらのそよぎ、泉のせせらぎに、妙《たえ》なる音を奏でさせ、それらは、わたしの胸の奥に宿っていて、いまやすばらしい音楽となってかがやきでてくる音と、神秘的にからみあい溶けあってゆく——これぞまさしくわたしの不幸なのだ。

あきれるほど情けないこの音楽理解での鈍重さは、オペラの場合でもしたたかな障碍《しょうがい》になっている。——もちろんときには、そこここでうまいぐあいに騒々しい音楽が鳴ってくれたな、と思えることはある。そうやって退屈だの、もっと始末のわるい怪物だのを、追い払ってくれるわけで、ちょうどキャラヴァン隊がシンバルや太鼓をやたらと打ち鳴らして野獣を寄せつけないようにするのと同じことだ。しかし往々にして、登場人物たちはまさに音楽の強烈なアクセントで語るほかないのだと感じられて、まるで奇蹟の国が燃えあがる星のように立ちあらわれるかと思えるときがある——そうなると、わたしをひっとらえて無限のかなたへ投げこもうとする暴風のなかで、なんとか踏みとどまろうとたいへんな努力と苦労をすることになる。——ところがそういうオペラに、わたしは何度となく通いつめるのだ。するとわたしの内面でしだいに澄明さと光がましてきて、すべての人物がおぼろな霧から歩みでてこちらに近づいてくる。そうすると彼らがだれなのか、わかるのだ。わたしにはそれこそとても親しい者たち、すばらしいいのちを得て、わたしといっしょに波瀾の行脚をつづけている者たちだ、と。グルックの『イフィゲニ』はたしか五〇回は聴きにいったと思う。ほんものの音楽家は当然ながらそんなことを笑って、「一回聴いただけで、もうすべてわかったよ、三回目には、うんざりしたね」と、のたもう。

ところがたちのわるいデーモンがわたしには取り憑いていて、わたしを意志に反して滑稽な人間にしてしまい、わたしの音楽嫌いについて滑稽な話を流布させるのだ。最近、よそから来たある友人につきあって劇場へ行ったときのことだが、わたしは、音楽があんまり空疎な雑音をたてるので（オペラの上演だった）、すっかり自分の考えごとに沈みこんでいた。すると隣の人がわたしをつっついて言った。「じつにすばらしいところですな！」その「ところ」というのは、いま自分たちのいる平土間の席のことだとしかその瞬間思いつかなかったわたしは、まことに天真爛漫に答えたのだった。「そう、いいところですね、ちょっとばかり隙間風が吹きますが！」――すると相手は大笑いした。これが音楽嫌いの逸話として町じゅうにひろまって、わたしは行くさきざきでオペラの隙間風のことでからかわれる羽目になったのだが、わたしの言ったことはまちがってはいなかったのだ。

にもかかわらず、いまでもまだわたしの音楽的感性について、あの叔母と同じ意見をもっている正真正銘の音楽家がいると言ったら、ひとは信じてくれるだろうか。――それがだれあろう、楽長ヨハネス・クライスラーだと、ずばり名を挙げてみたところで、むろんだれひとり意にも介してくれないだろう。なにしろ彼はあの夢想癖のせいで、どこでも悪評ばかり買っているのだから。しかしわたしは少なからず自慢に思っているのだが、彼はわたしの内面の感情にぴったり合うように、わたしをよろこばせ昂揚させるように、わたしに歌ったり弾いたりして聴かせるのをちっともいやがらないのだ。

最近、音楽でのわたしの無器用さをこぼしたとき、彼はわたしがザイスの神殿のあの弟子に似ていると言った。ほかの弟子たちに比べると無器用に見えるけれど、ほかの連中が懸命になって探してもみつけられなかった奇蹟の石を発見したではないか、と。わたしはノヴァーリスの著作[5]を読んでなかったので、彼の言うことがわからなくて、ぜひ読んでみろと奨められた。そこで今日、貸出図書館に使いをやったところだが、たぶん借りられまい。なにしろすばらしい本だということだから、読みたい人がごまんといるだろう。――ところが、そうではなかった。たったいま、ノヴァーリスの二巻本の著作集が手にはいったのだ。図書館員の言うには、このたぐいの本はいつも当館にあるから、いつでも貸し出せる、ただノヴァーリスをすぐに見つけられなかったのは、だれも借りに来そうもない本だと思って、奥のほうに突っ込んであったからだ、とのことだった。――さて、ともかくすぐに、ザイスの弟子たちというのがどういう事情にあるのか、読んでみることにしよう。

5　ノヴァーリス『ザイスの弟子たち』。この著作集二巻は一八〇二年刊。

ヨハネス・クライスラーの修業証書

わが愛するヨハネスよ！　おまえはいまいよいよわたしのもとでの見習修業をおえて、自分なりのやり方で広い世間を渡り歩こうとしているのだから、おまえの師匠として、どの地の音楽家のギルドや同業組合《イヌング》にも通行許可証として提示できるように、一通の修業証書をおまえのザックに入れてやるのは、公正さにかなっていよう。いますぐにでも書けるはずなのだが、しかし鏡の中のおまえを見ていると、どうにも胸が痛んでしかたない。修業年季中に機会あるごとに、われわれがともに考え、ともに感じたことを、いままたもう一度、ぜんぶおまえに話したい。わたしが言いたいことは、もうおわかりだろう。しかしわれわれ両人には、一方が語ると他方も黙っていられない妙な癖があるのだから、わたしが少なくともいくつかを、いわば序曲として書いておくことにするほうがよさそうだ。そしたらおまえは、ときどきそれを読んで役立てることができるだろう。

ああ、愛するヨハネス！ わたしほどおまえをよく知り、おまえの内面を、しかもおまえの内面自体にはいりこんで見ている者が、ほかにあるだろうか。——そのかわり、おまえもわたしを隅々まで知りつくしていると信じている。だからこそ、われわれはときには自分が並はずれて賢明で、それどころか天才的だと思えたり、ときにはまた子どもみたいにたわいもない間抜け野郎、少し頭がおかしいのじゃないかとさえ思えたりして、たがいに極端にちがう意見をぶつけあったにしても、われわれの関係はいつもまずまずのものだったのだと思う。かけがえのない弟子よ！ わたしはいま上記の複雑複合文で、「われわれ」という言葉を高尚な謙譲表現としての複数形で使ったようだけれど、やはりそれは単数のわたし一人のことを言っているような気がしてくる。そう、あたかもわれわれ二人は結局のところ一人の人間であるかのように。いやいや、こんな途方もない想像からは断乎《だんこ》おさらばしよう。そこで話をもどして、もう一度言おう、愛するヨハネス！ ——わたしほどおまえをよく知る者がいるだろうか、それゆえ、わたしほど正当なる権利をもって、おまえが現在しかるべき修業をはじめるに必要な熟達度に到達していると主張できる者が、ほかにあるだろうか。修業をはじめるのにとりわけ不可欠と思えるものを、おまえはじっさいに身につけている。つまり、おまえは聴覚をひじょうに研ぎすました結果、（シューベルトにならって言うならば）[*]おまえの内にひそむ詩人の声を折りあるごとに聴きとっているのだが、語ったのはほかの何者でもなくおまえなのだとは、ほんとうには信じられずにいるのだ。

ある生暖かな七月の夜のこと、わたしがひとりで、おまえも知っているあのジャスミンの園亭の苔むしたベンチにすわっていると、われわれがクリュソストモス[1]と呼んでいる物静かで好ましい若者がそばに来て、子どものころのふしぎな出来事を話してくれたことがあった。

「わたしの父の小さな庭園は」と彼は語った、「音や歌にあふれる森と接していました。来る年ごとに、一羽のナイチンゲールがそこのみごとな老木に巣をかけるのですが、その木の根もとには、ありとあらゆるふしぎな苔のむした、血管のような赤い石目の走っている大きな石がありました。この石について父が話してくれたことは、ほんとうに作り話のように聞こえたものです。

それによると、むかしむかし、その領主《ユンカー》の城に、異様な容姿と服装の堂々とした見知らぬ男がやってきました。だれの目にもこの異国人はとても風変わりに映って、内心のおののきなしには長いこと直視はできず、それでいて視線は釘づけになって二度と逸らすことができない。領主はほどなく彼がたいへん気に入るようになった。それでも彼を目のまえにしているとなんとも妙な気分になる、話を聴いていると氷のような戦慄が身内を走る、とたびたび洩らしていた。この異国人はなみなみと注がれた酒杯をまえに、あまたの遠い見知らぬ国々のこと、風変わりな人びとや動物のことなど、広く各地を歩きまわって得た見聞を話して聞かせたが、語るうちに彼の言葉はふしぎな音となって消えてゆき、まるでその余韻のうちにもなお、彼は言葉なしに未知の神秘的なことどもを、よくわかるように語っているかのようでした。

＊原注　シューベルトの『夢の象徴学』。（自然科学者で自然哲学者だったゴットヒルフ・ハインリッヒ・シューベルト（一七八〇～一八六〇）の一八一四年刊の著作）

1　クリュソストモスは雄弁で有名だった四世紀の説教者で、のちに聖人とされ、教会暦では一月二七日が彼を守護聖人とする日。なお、モーツァルトの誕生日はこの日に当たり、ホフマンはのちの作品『牡猫ムルの人生観』で、クライスラーの誕生日をこの日に設定している。

だれひとり、この男の呪縛から身をもぎはなせる者はいなかった。彼の話はいくら聴いてもまだ聴きたらず、それらの話は、どうしてかはわからぬものの、見定めがたい漠とした予感をはっきり認識できるかたちで、心眼のまえに差し出してくれたのです。まして彼がリュートを手に、さまざまなすばらしいひびきの歌を見知らぬ国の言葉でうたうと、聴く者はみな、地上のものとも思えぬなにかの力にとらえられたかのようになって、この人は人間ではあるまい、智天使《ケルビム》と熾天使《セラピム》が天上でもよおす音楽会の調べを地上に運んでくる天使にちがいない、と言いあったとか。この城のまだとても若くて美しい令嬢の心を、この異国人は不可思議な解きがたい絆で呪縛してしまった。彼女は歌とリュートの手ほどきを彼から受けていたので、ほどなくふたりはすっかり親密になり、彼はしばしば真夜中に、令嬢の待っているあの老木のもとへ忍んでいった。そういうとき、遠くから彼女の歌声と男のリュートのかすかな余韻が聞こえてきたけれど、その旋律があまりにも風変わりで、あまりにも不気味にひびいたので、だれも近くへ行ってみようとはせず、恋人たちの密会の秘密を洩らす気にもなりませんでした。

ある朝、男は忽然といなくなり、令嬢もまた、城じゅうどこを探しても姿がない。心さいなむ不安とおそろしい予感に駆られて、父親は馬に跳び乗ってまっしぐらに森へ向かいながら、悲痛な声で娘の名を呼びつづけました。あの石、あの異国人がよく夜中に令嬢とともにすわって愛を交わしたあの石のところまできたとき、気丈な馬がきゅうにたてがみを逆立て、激しくあえいで、地獄の悪霊の魔術で金縛りにされたかのように、一歩も動こうとしない。石の奇妙なかたちに怯えたのだろうと思って、領主は馬から降り、手綱を引いてそこを通りすぎようとしたそのとき、恐怖に血が凍りついて立ちつくしました。鮮血が石から滲《にじ》みだして、滴りおちているのが見えたのです。この世ならぬ力に衝き動かされるようにして、お伴の狩人や農民たちがたいへんな苦労のすえに石を押しのけてみると、その下には、哀れにも短剣で何箇所も刺された令嬢の屍《しかばね》が埋まっていて、かたわらにはあの男の粉々に壊れたリュートがありました。そのとき以来、その老木には毎年一羽のナイチンゲールが巣をかけて、夜半になると、心の奥に沁みいるような嘆きの歌をうたうのです。令嬢の血からはふしぎな苔や草が生えでて、いまでは石の上でなんとも珍しい色のかがやきを放っています。

わたしは、まだほんの子どもでしたから、父の許しなしには森には行けませんでしたが、その木と、とりわけその石に、どうしようもなく惹きつけられました。庭の門には鍵がかかっていないことがよくあったので、こっそりと外へ出て大好きな石のところへ行き、そこにふしぎな図像を描いている苔と草を飽きもせずながめていたものでした。それらの図の意味がわかるように思えたこともしばしばで、母が話してくれたいろいろなふしぎな物語が、そこに解説つきで描かれているような気がしたのです。そうやって石をながめていると、思わず知らず、父が毎日チェンバロを弾きながらうたっていた美しい歌のことを考えずにはいられませんでした。それはいつもわたしの心にとても深く触れて、お気に入りの遊びも忘れ、目に涙を浮かべて、ひたすら聴き入っていた歌なのです。それを聴いていると、こんどはあの大好きな苔が目に浮かんでくる。ですからやがて、わたしにとってこの二つは一つとなり、べつべつに分けて考えることができなくなりました。

ちょうどそのころ、音楽へのわたしの傾倒は日ましにつよまってきて、父自身、いっぱしの音楽家でしたから、丁寧にわたしに稽古をつけることにたいへん関心をもつようになりました。わたしをひとかどの演奏家にするだけでなく、作曲家に育てられるのではないかと思っていたのです。というのも、わたしは熱心にピアノで音をさぐっては、ときには豊かな表情と相互のまとまりのある旋律や和音をみつけることがあったからです。けれども、ひどく泣きだしたい気分になることもしばしばでした。

鍵盤に触れるといつも自分が望んでいるのとはちがう音が出てくるようで、落胆のあまり、二度とピアノになんか触るものかとさえ思ったのです。一度も聴いたことのない未知の歌がわたしの胸をひたひたと満たしていて、それは父の歌ではなく、まさにあの、精霊の声のようにわたしを包みこんでいる歌でした。それらの歌はあの石の苔に、秘密のふしぎな符号のように記されていて、愛情をこめてじっと見つめていれば、あの令嬢の歌が彼女の美しい声にのって、光りかがやく音となって立ちあらわれるにちがいない、と思えました。ほんとうに、そのとおりのことが起きたのです。石を見ながら、わたしはよく夢見心地に落ちてゆきましたが、そうしていると、ふしぎな恍惚の痛みで胸をうずかせるような令嬢のすばらしい歌が聞こえてくるのです。ところがその歌を自分でうたってみようとしたり、ピアノで弾いてみようとしたりすると、あれほどはっきり聞こえたものすべてが茫漠となって、暗い混乱した予感しか残っていない。子どもっぽい冒険を試みて、楽器の蓋を閉めては、あの歌がもっとはっきりと、もっとすばらしく中からひびいてくるのではないかと、耳を澄ましたこともよくあります。ピアノの中にはあの調べが魔法にかけられて住みついているにちがいないと思えたからです。わたしはすっかり悲観し、おまけに父に課される練習曲や歌がいやでたまらなくなって、弾かされるのが死ぬほど苦痛になりました。そのせいで音楽の技術的な勉強はすべて投げやりになり、わたしの能力に絶望した父は、教えるのをすっかり諦めてしまいました。

その後、町の古典高等中学校《リュツェーウム》に入ってから、音楽をやりたい気持が以前とはべつのかたちで目覚めました。何人もの生徒の技術的な熟達ぶりが刺激となって、自分もそうなりたいと思ったのです。おおいに努力しました。ところが機械的な訓練で腕を上げれば上げるほど、それまでいつも心の中ですばらしい旋律となってひびいていたあの音をふたたび聴きとることは、むずかしくなってきました。学校の音楽監督は、かなりの歳の人で、対位法の大家と言われていましたが、この人が通奏低音と作曲法を教えてくれました。そのうえ、どのように旋律をつくらなくてはいけないかの手ほどきをしようとまで言ってくれて、わたしは対位法の語法にぴったりかなったテーマを頭からひねりだしたときなど、得意満面でした。ですから数年後、村へ帰ったときには、れっきとした音楽家のつもりになっていました。わたしの部屋にはまだ、幾夜となくそのまえにすわって不満の涙を流した古いピアノがありました。あのふしぎな石もまた見にゆきましたが、まことに賢《さか》しらになっていたわたしは、その苔から旋律を読みとろうなんてした自分の子どもじみた馬鹿さかげんを、笑ってしまいました。それでも、その木の下の寂しい秘密めいた場所にいると、不可思議な予感につつまれてくるのを、自分でも否定できませんでした。そうなのです！　――草に寝ころんで石にもたれていると、風が木の葉をそよがせるたびに、やさしくも美しい精霊の声のような調べが聞こえてきて、その旋律はたしかに久しくわたしの胸に宿っていたもの、それらがいまふたたび目覚めて息づいているのです！　――それまで自分のつくってきた曲が、どんなに空疎に、どんなに味気なく思えてきたことか。どれもこれもまるっきり音楽じゃない、自分がやってきたことのすべては、無にひとしいものを追い求めるばかばかしい努力だったのだ、と。

夢が微光につつまれたすばらしい王国を見せてくれて、わたしは慰められました。石が見えました――赤い石目が暗紅色のカーネーションのように開いて、その匂いが明るく鳴りひびく光線となって立ちのぼるのが、目に見えるのです。ナイチンゲールの長ながと高まってゆく調べにのって、その光線はしだいにすばらしい女のひとの姿になってゆきましたが、その姿は天上のみごとな音楽でもあったのです！」

われらがクリュソストモスの物語は、愛するヨハネスよ！　きみにもおわかりのように、たしかに教訓に富んでいて、だからこそこの修業証書の中に記しておくのは、まことにその値打ちにふさわしい。それにしてもなんと目に見えるようではないか、見知らぬおとぎ話の時代から崇高なる力が立ちあらわれて、彼の人生に踏み込み、彼を目覚めさせたのが!

われわれの王国はこの世のものではない、と音楽家たちは言う。われわれは自然のどこに、画家や彫刻家のするように、われわれの芸術の原型《プロトテュープ》をみいだせるのか、と。——音はいたるところにある、だが音の連なり、つまり旋律は、霊界のより高次の言葉を語るものであって、それは人間の胸のうちにしか宿っていない。

しかし音の精と同様に、音楽の精もまた自然全体をあまねく行き交っているのではないだろうか。機械的な刺激によって音を出す物体は、刺激によっていのちを得て、みずからの存在を表明する、あるいはむしろ、その内なる生命体が意識化されて立ちあらわれる。そうであるなら音楽の精もやはり、霊感を受けた者によって刺激されると、その人にしか聴きとれない神秘的なひびきを発して、旋律と和声のうちにみずからを表明するのではなかろうか。音楽家とはつまり、みずからの内面で音楽がはっきりと明晰な意識へと発展しゆく者であって、どこにいてもつねに旋律と和声にとりかこまれている。音楽家が、自分には色も香りも光も音として立ちあらわれ、それらのからみあうさまに、驚嘆すべき協奏曲が見てとれるのだと言うとき、それはけっして空疎な心象でも、寓意でもない。だから、さる才気あふれる物理学者の言うように[2]、聴くとは内面を見ることであり、同じように音楽家にとっては、見るとは内面を聴くこと、すなわち、もっとも内奥の意識へ耳をかたむけて、目がとらえたすべてのものの発する音がおのれの精神と共振しつつ奏でる音楽を、聴くことなのだ。したがって、音楽家の突然の昂揚というのは、内面に旋律が成立したということであって、それは自然の秘めやかな音楽を、生命の原理、もしくは生命におけるあらゆるものの働きの原理として、無意識に、いやむしろ言葉では説明のしようのないままに、認識し把握したことにほかならないだろう。風のざわめき、泉のせせらぎ、その他、耳に聞こえる自然の音は、音楽家にとってははじめは個々に鳴りつづける和音であって、それらが

2　ドイツ・ロマン派に強い影響を与えた電気学者ヨハン・ヴィルヘルム・リター（一七七六〜一八一〇）のことで、この前後で述べられていることは、リターの『若き物理学徒の遺稿断片集』（一八一〇年刊）にもとづく。

やがて和声をともなった旋律となる。その認識とともに、内面の意志がしだいに高まって、音楽家は自分をとりまく自然にたいして、磁気催眠術師[3]が夢遊病者にたいするのと同じような態度でのぞむと言えるのではなかろうか。つまり音楽家は自然にたいしてさかんに問いかけようとする、そしてその疑問に自然が答えずにいることはけっしてないのだ。

この認識が鮮明になり、透徹してくればくるほど、音楽家は作曲家としていっそう高みに立つようになり、あの昂揚を、なにかとくべつな精神的力をもってするかのように記号と文字でしっかりと捕縛してしまう能力こそ、作曲の秘訣である。この力は音楽的・芸術的な修養の産物であって、その修養は記号（音符）をおのずと淀みなく思い描けるようになることを目指している。個別化された言語では、音と言葉のあいだのきわめて強い内的結びつきがあるために、形象文字――（書きしるすための文字）なしには、いかなる考えもわれわれのなかに生まれないのだが、音楽は自然の普遍的言語のままでありつづけていて、すばらしい神秘にみちたひびきでわれわれに語りかけてくるから、いくら努力してもそれらを記号で捕縛することはできず、また形象文字のあの人工的な羅列にしても、われわれが聴きとったものを仄《ほの》かに暗示しているにすぎないのだ。

以上のささやかな餞《はなむけ》の言葉をもって、愛するヨハネスよ、鋭意研鑽につとめられるようにイシスの神殿[4]の門へおまえを送りだそう。わたしがどういう点で、おまえにじっさいに音楽の一教程をはじめるだけの能力があると見ているかも、これでよくおわかりだろう。そういうことをおそらく知らずに、あの門のまえにおまえとともに立つ者たちに、この修業証書を見せてあげなさい。そして、あの悪しき異国人と城の令嬢の物語を読んでも、なにをなすべきかがわからない者には、よく説明してあげるがいい。クリュソストモスの人生にあれほど影響したふしぎな出来事は、仇なす力の悪しき意図によってもたらされた現世での没落の適切な比喩であること、しかし音楽のデモーニッシュな悪用は、やがてはいっそうの高みへの飛翔、音と歌における変容ともなるということを！

3 磁気催眠術は、アントン・メスマーの動物磁気説（メスメリズム）にもとづく治療法で、リターは前記の本でこれに触れている。

4 イシスはエジプト神話の主女神で、オシリスの妹にして妻。ロマン派の自然神秘思想においてはイシスの神殿への言及が多く、ノヴァーリスの『ザイスの弟子たち』はその代表的なもの。

さて、大いなる仕事場の門前にお集まりの善良なる師匠と徒弟の諸氏よ、どうかこのヨハネスをあなたがたのなかに親切に迎えいれてやってください。そしてあなたがたが静かに聴き入りたいと思っているさなかに、彼が門をそっと叩いてしまうことがあっても、どうかお腹立ちなきように。あなたがたが形象文字をきれいに書いているときに、彼が金釘流の字をまじえてしまっても、どうか悪くとらないでください、美しく書くことを彼はこれからあなたがたのもとで学ぼうとしているのですから。

ごきげんよう、愛するヨハネス・クライスラー！——もう二度と会えないような気がする！——もはやわたしがどこにも見つからなくなったときには、ハムレットが亡きヨーリックのためにしたように、わたしのためにしかるべく嘆きかなしんだあと、安らかな語句、Hic jacet［彼ここに眠る］をそえて、一基のをたてくれたまえ。
この十字架を同時にわたしの修業証書の印章とし、ここに署名しておこう
――わたしにして、かつおまえである

元楽長
ヨハネス・クライスラー

解説

大島かおり

まずはE・T・A・ホフマンの自画像を見ていただこう。短いもじゃもじゃの髪、異様に大きく見開かれた眼、いまにも皮肉な薄笑いに歪みそうな唇。いかにも異様な風貌ではある。彼の同時代人たちの証言でも、魔法使いじみたやせっぽちの小男、怪《かい》鳥《ちょう》のくちばしのような大きな鼻、ひとをおどろかす奇矯《ききょう》な仕草、激情のままに顔面神経をひきつらせての百面相、夜ごと飲んだくれては寸鉄《すんてつ》ひとを刺す皮肉や冗談を連発する、というたぐいの描写が目白押しだ。年配の読者ならば、映画にもなったオッフェンバックのオペラ『ホフマン物語』の主人公、酒と恋にうつつを抜かすいかにもロマン主義的な破滅型の芸術家を、そこに重ねて見るかもしれない。しかしこういう破天荒の振舞いや常識からの逸脱はむしろ、俗物世界だけでなく自分自身をもシニカルに笑いのめす、きわめて近代的な自己演出だと見ることもできるだろう。そうするとこの自画像は、べつのことも語っているように思えてくる。こちらをひたと見据え

E. T. A. ホフマンの自画像

ている眼は、ファンタジーの世界に遊んでいる夢想家のものというよりも、現実とその背後にまで迫ろうとする冷徹な批評家の眼ではないだろうか。

たしかにホフマンは「メールヘン」的作品をたくさん書いている。これは当時のドイツ・ロマン派の詩人たちのたいへん好んだ文学形式だった。彼らは一八世紀以来の啓蒙主義による合理的な世界理解に反撥して、感性と主観の復権をさけび、理性が切り捨ててきた太古の本源的な自然と生の全体性を回復しようとして、生活と芸術、現実と理想の対立を超えたファンタジーの世界を描いたのである。しかし彼らが憧れのポエジーの王国をもとめて青い霞のなかを漂い、往々にして天空の彼方へ飛んでいってしまったのにたいして、ホフマンのきわだった違いは、彼の描く化けものやおどけ者たちとともに、地上の現実にしがみついていたという点にある。自分はあまりにも多くの現実にからめとられている、と彼は言う。そして「高い領域へ人を導く天国の梯子《はしご》はその脚を現実生活の中に据えていなければならない」のだと。

時はまさにヨーロッパを席巻《せっけん》したナポレオン戦争の時代だった。プロイセン王国の首都ベルリンが占領されたのが一八〇六年、やがて反ナポレオンの解放戦争がはじまり、ドイツ各地は戦場と化した（ホフマンは『黄金の壺』の構想を練っていた一八一三年に、ライプツィヒの会戦をまえにしたナポレオン皇帝をドレスデンで目撃している)。旧体制はがたがたと崩れはじめ、改革による近代化の試みがおこなわれたものの、やがてウィーン会議後の反動時代がやってくる。こういう情勢のなか、新しい時代を担うべき市民社会はドイツではまだ逼塞《ひっそく》状態にあった。芸術を志す若者は、下級役人の職にありつくか、家庭教師に雇われるかして、糊口《ここう》をしのぐしかなかった。ホフマンも戦争で職を失い、各地を流浪し、貧乏のどん底であえぐ長い年月を送っている。

この現実との惨めなたたかいのなかで、彼は幻想をつむいだ。しかし現実からの逃避としてではない。狂った芸術家だの、夢遊病者だの、自動人形だのといった異常なものたちの織りなす彼の作品世界は、たしかに幻想的ではあるが、けっして耽美《たんび》的な夢の世界ではなく、むしろ彼の生きた社会と時代の陰画なのだ。彼は無類の皮肉と笑いを武器に戯画的リアリズムをもってそれを描いたのである。死後に彼の作品がつぎつぎと仏訳されて、王政復古とそれにつづく七月革命の動乱期のフランスの芸術家たちのあいだにホフマン・ショックと呼ばれるほどの反響を生み、その影響はさらにロシアほか世界の国々に及んでいったのも、彼のこの新しい性格を帯びた幻想性に負うところが大きい。おなじようにいままた時代の閉塞感にとらわれている私たちにも、彼の作品は二百年近い歳月を超えて、新しい魅力ある世界をひらいてくれる。

彼はじつに多才な人だった。奇怪な幻想をほしいままにした作家として知られているとともに、絵を画《か》き、とりわけ戯画を得意としたことも、幼いころからなによりも音楽家となることを夢みて、生涯のほとんどをつうじて演奏家、作曲家、指揮者、オペラ舞台装置家、音楽評論家として活動したことも有名だ。その一方、じっさいの人生では司法官の道を歩み、自分では「食うため」と称したその職業でも名を残した。四十六年という短い人生の最後の十年ほど、売れっ子作家となって矢継ぎ早に作品を書きまくっていた時期は、ベルリン大審院の有能かつ謹厳な判事たる実を示した時期と重なっている。

こういうマルチ・タレント的芸術家のホフマンを、絵や音楽ではただのディレッタントで凡庸な作品しか創れなかったが、文学に転向してはじめて成功したのだ、と見る人もいる。それにたいして、いや、彼は本質的に作家であるよりも音楽家だった、音楽家であることをつうじて文学にたどり着いたのだ、と見ることもできる。たしかに、人生はじめの下積み司法官時代と、失職後に各地を転々としながら音楽で食いつないでいた時期をつうじて、彼は交響曲その他、七十数点の作品をものしていて、その頂点を飾るオペラ『ウンディーネ』はベルリンの王立劇場で長期の公演がおこなわれて抜群の成功を収めたほどだ（今日ではかなりの数の作品が再演され、ＣＤ化もされて再評価を受けている）。しかし「お化けのホフマン」と呼ばれるほどの奔放な空想を特徴とする彼の文学作品と比べると、意外なことに、彼の音楽作品には奇をてらったところが少しもない。むしろ古典的な調和と抑制を重んじている。このことから、ホフマンのいちばん美しい音楽は、彼が音でなく文字で描いてみせた音楽だ、と言った人がいる。おもしろいことに、音楽の分野でホフマンの小説世界と同質のものが表現されるようになるのには、一世代後のロマン派音楽を待たねばならなかった。ホフマンの連作『クライスレリアーナ』のタイトルを冠したロベルト・シューマンの作品がその代表格だ。その流れは二〇世紀にもつづいてゆく。だが、たとえば『マドモワゼル・ド・スキュデリ』をオペラ化したヒンデミットの『カルディヤック』（一九二六年）のように、ホフマンの作品に触発されて創られた音楽・演劇・映画は枚挙にいとまがないということは、さまざまな媒体《メディア》を組み合わせたジャンル横断的な表現方法によって多層的・多面的な世界を創出するという、きわめて現代的な芸術活動のありようを、彼がすでに先取りしていたからこそだろう。

ホフマンがリアリストとしての側面をもっともよく発揮したのは、裁判官としての職務においてであった。彼がベルリン大審院判事として書き残した文書は全集に収められていて、その完璧さはじつに手堅い優秀な法曹人だったという当時の評判を裏書きしている。なにしろこの時期の彼は、しょっちゅう病気にやられながらも、午前中はたいてい大審院で執務、自宅でも山なす書類と格闘、日が暮れればおなじみの酒場ルター・ウント・ヴェーゲナーで芸術家仲間と飲みあかすといった毎日で、その間にどうやって書く時間をひねりだしたのか、すでに発表した『カロ風幻想作品集』他につづけて、長編『悪魔の霊薬』、『夜景作品集』、『牡猫ムルの人生観』、『ブランビラ王女』など、印刷ページで年間数百ページにもおよぶ量を矢継ぎ早に世に送り出している。片や本職のほうでは、死の三年まえには、反政府運動調査のための国王直属委員会のメンバーに任命された。ウィーン会議後、反動化した政府は、統一ドイツと憲法を要求する自由派を締め付けようと、この委員会を設置して「扇動家狩り」をおこなったのだが、ホフマンは不法に逮捕された知識人や学生運動指導者の審理に当たり、弾圧政策に果敢に抵抗して厳正な法の立場を守りつづけた。たとえば「体操の父」ヤーンの審理では告発の無効を宣している。このために警察省長官と衝突をくりかえしたあげく、その憤懣を『蚤の親方』のなかの諷刺的な挿話でぶちまけたものだから、ことはセンセーショナルな事件に発展して、ホフマンへの譴責《けんせき》処分と審問が要求されるところまでいった。しかしそのころすでにホフマンは脊椎カリエスにたおれ、麻痺が全身におよびかけていた。凄絶に死とたたかっていた最期の日々、なおも冗談をとばしながら彼が口述筆記で残したのは、二つの短編——死をまえにした病人が、眠れぬままに思い出すかぎりのカンツォーネを歌いつづける話と、部屋の隅の窓から市《いち》の賑わいを眺めやりつつ生の営みをいとおしむ話だった。

本書では、ホフマンの多面的な魅力を味わっていただくために、彼の幻想的メールヘンの代表作一つと、のちのエドガー・アラン・ポーにつづくような近代的な推理小説の嚆矢《こうし》といえる一作品と、音楽家ホフマンの本領をもっともよく発揮しているいくつかの小品を選んでみた。

『黄金の壺』

この物語は、ホフマンの愛好した一七世紀フランスの銅版画家ジャック・カロの幻想的・諷刺的画風にちなんで、『カロ風幻想作品集』と名付けられた彼の最初の作品集の第三巻として、一八一四年に発表された。

おとぎ話《メールヘン》といえば、「むかしむかし、あるところに……」で始まるものと相場がきまっている。ところがホフマンのこの作品は、春たけなわの「昇天祭」の日の午後三時きっかり、ドレスデンの都、というふうにはっきり時と場を特定して始まる。黒門、湖水門、リンケ温泉園、コンラーディの店なども、すべて当時のドレスデンにあったとおりのものだし、登場する善良なる市民たちも、一九世紀初頭のドイツでだれもがおなじみだっただろう常識的な俗物たち。ホフマンはそういう現実のただなかに、忽然と魔女だの、みどりの蛇だの、火の精だのといった摩訶不思議なものたちをすべり込ませてしまう。彼にとって夢幻の世界は、いずこことも知れぬ彼方にあるのではなく、彼の、そして私たちの生きている現実と相互に侵入しあう世界、感受性さえあれば目に見え、耳に聞こえる世界なのだ。彼がこの作品を「新しい時代のメールヘン」と銘打っているのは、そういう意図をこめてのことだろう。

彼がこれを書きはじめたのは、バンベルクでの惨めな楽長時代のあと、ライプツィヒのさるオペラ劇団に雇われて対ナポレオン戦争下のドレスデンへ赴いた一八一三年末ごろ、オペラ上演の旅と戦場の生なましい惨禍という奇怪なコントラストのただなかに身を置いていたときのことである。この作品で、「おとぎ話的な不可思議なことどもが傍若無人にどかどかと日常の現実に入りこんで、登場人物たちをひっとらえていく」さまを描きたいという彼の宣言は、この背景に照らしてみると、夢見る詩人の現実逃避どころか、不器用に現実へ斬り込んでいきながら芸術家としての自己発見に到達しようとした彼自身のありようを示している。

『黄金の壺』という題名は、彼の偏愛したパンチ酒のボウルを象徴したものという説もあるが、彼自身は最初の構想段階では、"Nachttopf"つまり夜間の排尿用の壺をイメージしていて、宝石で飾られたその壺におしっこしたとたんに主人公がオナガザルに変身するという筋書きを出版者のクンツに説明している。さすがにこの悪ふざけにすぎるアイデアは捨てられたが、この種の荒唐無稽さや可笑しさは、のちの『ブランビラ王女』や『ちびのツァッヘス』などの作品ではいっそう高らかな響きを発するようになる。

『マドモワゼル・ド・スキュデリ』

一八一九年出版の『ゼラーピオン同人集』に、『くるみ割り人形と鼠の王さま』などともに収められている。いつもは野放図な空想力にまかせて一気呵成に書きあげるホフマンにしては、めずらしく入念な推敲をへた完成度の高い仕上がりになっていて、発表当時からたいへんな評判となった作品である。日本では、森鷗外が「エドガー・ポーを読む人は更にホフマンに遡《さかのぼ》らざるべからず。……世の探偵小説を好む人々に、せめてはこの種の趣味を知らしめん」として、『玉を懐いて罪あり』という題名でかなり自由に翻訳して早くに紹介している。

題材はフランスのルイ一四世時代の犯罪事件とパリ貴族社会のスキャンダルという歴史的事実から取られ、物語は当時の有名な女性作家マドレーヌ・ド・スキュデリがいわば探偵役を演じさせられるかたちで、推理小説ふうに展開する。しかし彼女の最大の役割はむしろ犯人が判明したあとの山場にある——国王から無実のオリヴィエへの恩赦をかちとる場面だ。つまり事件を解決にみちびくのは、探偵としての彼女ではなく、物語る力をもつ詩人スキュデリなのである。この作品に彼女の名が冠されている理由もそこにある。

ホフマンのもう一つの大きな関心は、殺人鬼となった金細工師カルディヤックという人物の造形にあったのだろう。才能と愛情のすべてを注ぎ込んだ自分の作品が俗物の虚栄心のためのお飾りとなってしまうことに耐えられない芸術家という、ホフマンの小説にしばしば登場するタイプの人物。この芸術家の魂がとどめようもなく病んでゆくさまを描いているところは、有名な「砂男」のような『夜景作品集』中の短編に共通する陰惨で妖気ただよう筆致で、人間のデモーニッシュ的な暗部を照らし出している。

それと同時にこの作品は、犯罪と警察と司法に向けられたホフマンの法律家としての眼も感じさせる。ルイ一四世時代という歴史的背景はたんなる装飾ではなかっただろう。この絶対王政確立期のパリはたしかに壮大な文化の華を誇ったが、その裏には、価値転換がひきおこした社会的不安と動乱と犯罪がはびこっていて、ホフマンの時代のベルリンと似たところがあった。とりわけ異端審問を思わせるほどの警察と司法の絶大な権力と過酷さの点でもそうである。ホフマンがこの作品を書いた一八一九年は、彼が反政府運動調査委員会のメンバーに任じられた年でもある。

『ドン・ファン』

『カロ風幻想作品集』第一巻所収、書かれたのは一八一二年である。

エルンスト・テオドール・アマデウス・ホフマン――この三番目の名、アマデウスを、若いホフマンは司法官試補の職務のかたわら思うさま音楽活動のできた幸福なワルシャワ時代に、モーツァルトから勝手に頂戴して筆名にしたことは有名な話だ。それほどにモーツァルトに心酔していた彼は、とりわけ『ドン・ジョヴァンニ』をオペラ中のオペラとして賛嘆してやまなかった。その音楽評論でもあるこの小品でホフマンの示した解釈は、あの時代にあっては画期的なもので、その後のこのオペラ理解に大きな影響を与えている。当時もてはやされていた色事師ドン・ファン伝説とは異なり、ホフマンの見るドン・ファンは、自然の最高の恵みを受けた「神の愛児《まなご》」、神的な力とデモーニッシュな力に引き裂かれつつ超人的に自己を貫徹しようとした悲劇的英雄である。そしてそれまで重視されてきたドンナ・エルヴィーラに代わって、ドンナ・アンナが中心におどりでて、陵辱の苦悩にもかかわらずドン・ファンへの愛によって彼の魂を救済にみちびく女性として描かれている。このドンナ・アンナ像には、当時のホフマンのユーリア・マルクという女弟子《ジニスタン》への熱病的な恋愛体験が反映していて、芸術家の憧憬と苦悩を理解して調和の夢幻界へいざなう理想の女性像となっている。

ホフマンは他の多くの作品と同様にここでも「旅する熱狂家」の日記とも手紙とも

取れる形式を用いているが、手紙の相手として呼びかけられているテオドールというのは、彼の少年期からの親友ヒッペルの名であるとともに、ホフマン自身の名でもある。どちらとも解釈できるこのような曖昧さを、彼は意識的に使っているのだろう、この韜晦《とうかい》ぶりが、どこまでが現実でどこからが幻想かわからない作品の仕組みとからみあって、たいへんおもしろい効果を生んでいる。

なお、語り手が泊まる劇場付属の宿というのは、当時のバンベルクに〈薔薇亭《ツァ・ローゼ》〉という名でじっさいにあったそうである。

『クライスレリアーナ（小品を抜粋）**』**

『クライスレリアーナ』と題された連作から、ここでは、導入部に当たる小文と、ホフマン自身の少年時代の音楽体験そのままを語ったような「音楽嫌い」と、最後に置かれた一編を選んである。

『クライスレリアーナ』という題名は「クライスラーの言行録」というほどの意味で、失踪した楽長ヨハネス・クライスラーの書きのこした断片集というふれこみで、六編の音楽論ないし随想が『カロ風幻想作品集』の第一巻に、さらに八編が第四巻に収録されている。そのほか彼はホフマン晩年の長編小説『牡猫ムルの人生観』にも登場する。

この天才肌のエキセントリックな音楽家を、まさに音楽家ホフマンそのものと見ることは可能だ。ホフマン自身が手紙にクライスラーと署名したこともあるし、彼の自筆の卓抜な挿絵「狂える楽長クライスラー」は、ほとんど彼の自画像であるかのようにみなされてきた。クライスラーという名は、円環《クライス》の中でぐるぐる回っている人という意味である。人間というのはそれぞれに摩訶不思議な円環の中で堂々めぐりをしていて、外に逃れ出ることができない。クライスラーはこのきりきり舞いに疲れ果て、自由な外の世界を憧れる。「この憧憬ゆえの深い痛みこそが、まさに人生の皮肉《イロニー》なのでしょう」、と彼は言う。このロマン主義的芸術観の化身のような人物に、ホフマン自身の経験や考えがたっぷり投影されていることはたしかである。

狂える楽長クライスラー

しかし一筋縄ではいかないホフマンのことだ。クライスラーとホフマンをあっさり同一視していいものかどうか。「ヨハネス・クライスラーの修業証書」ではホフマンは、クライスラーがクライスラーに修業証書を書くという奇妙な手法をまたしてもとっていて、しかも書き手のクライスラーは自分の死後を相手に托している。してみると、これもホフマン一流の自己韜晦《じことうかい》で、内なる音楽の充溢《じゅういつ》を作品化できないままに狂ってゆく天才音楽家というロマン主義好みのフィクション像を創りだして、そのような芸術家の絶望と死を演出し、自分はそこからするりと脱けだしてしまったのかもしれない。クライスラーと違ってホフマン自身は、彼の耳に響いていた天上の音楽を、文学によって表現するという道をとったのである。いずれにしてもこの百面相の作家は、現代の私たちにもさまざまな解釈を楽しむ余地をふんだんに残してくれている。

翻訳にさいしては、E. T. A. Hoffmann: *Sämtliche Werke in sechs Bänden*, hrg. Hartmut Steinecke und Wulf Segebrecht, Deutscher Klassiker Verlag, Frankfurt am Main, 1985-2004 を底本とし、Winkler 版全集を随時参考にした。

ホフマン年譜

一七七六年

一月二四日、東プロイセンの首都ケーニヒスベルクに、上級裁判所弁護士クリストフ・ルートヴィヒ・ホフマンと、やはり法曹人の家庭出の妻ルイーゼ・アルベルティーネの三男として誕生。

一七七八年　二歳

両親が離婚し、精神を病んだ母親とともにその実家に引き取られ（兄ヨーハン・ルートヴィヒは父のもとに留まる）、法律家で独身の伯父オットー・ヴィルヘルム・デルファーと、芸術に理解のある伯母ヨハンナ・ゾフィー・デルファーに養育される。この家ではしばしば家庭音楽会が催され、幼いホフマンにピアノの手ほどきをしたのもこの伯父である。

一七八六年　一〇歳

小学校の級友で生涯の友となるテオドール・ゴットリーブ・フォン・ヒッペルと知り合う。学校では学科より音楽と絵に熱中。

一七九〇年　一四歳

教会オルガニストのポドビエルスキー

のもとで音楽を、画家ゼーマンのもとで絵を学ぶ。

一七九二年　一六歳

カントで有名なケーニヒスベルク大学に入学、法律を学ぶが、関心はもっぱら音楽と絵画。楽器演奏・作曲や文学作品の習作を始める。

一七九四年　一八歳

音楽教師を始めて、若い人妻ドーラ・ハットとの恋に落ちる。

一七九五年　一九歳

第一次司法試験に合格、ケーニヒスベルク裁判所の司法官試補となる。

一七九六年　二〇歳

三月に母が死去。ドーラとの恋を清算すべくシュレージエン州グローガウへ転勤。

一七九八年　二二歳

六月、第二次司法試験に合格、ベルリンの大審院勤務を認められる。大都会での生活と芸術家たちとの交遊を楽しみ、ロマン主義運動にも触れる。

一八〇〇年　二四歳

三月、プロイセン領ポーランドのポーゼン高等法院の陪席判事に任命されて赴任。いまだに無給。この地の社交界で自作の歌芝居《ジングシュピール》やカンタータを上演する。

一八〇二年　二六歳

高官たちの戯画をカーニヴァルでばらまいた元凶として当局に睨まれ、僻地プロックへ左遷。七月、ポーゼン市役所書記の娘、ミヒャエリーナ・ローラー・チェッィンスカと結婚して任地に赴き、「国外亡命」のような生活を送りながら作曲と執筆に励む。

一八〇四年　二八歳
ようやくワルシャワに配転。ここでの三年間に、「音楽協会」の設立、歌芝居《ジングシュピール》の作曲・上演、自作交響曲の指揮者として登場するなど、活発な音楽活動をおこなうが、一八〇六年末、ナポレオン戦争でプロイセンが敗れ、ワルシャワは占領されて、職も住む家も失う。

一八〇七年　三一歳
六月、職を求めて単身ベルリンへ。ポーゼンに残してきた妻は重病、二歳の娘が死去。窮乏生活がつづく。

一八〇八年　三二歳
新聞に出した求職広告でバンベルク劇場音楽監督の地位を得て、九月、妻子とともに赴任したが、指揮者デビューは失敗に終わる。音楽教師として糊口をしのぐ。

一八〇九年　三三歳
二月、初の文学作品『騎士グルック』が「一般音楽新聞」に掲載され、以後、同紙にたびたび音楽評論を寄稿するようになる。のちにホフマンの最初の出版者となるクンツと昵懇《じっこん》になる。

一八一〇年　三四歳
フランツ・フォン・ホルバインが再建したバンベルク劇場の支配人補佐となり、当代ドイツきっての黄金時代を迎えたこの劇場の作曲家・舞台装飾家・衣装係として活躍する。

一八一二年　三六歳

二月、ホルバインの辞任とともにホフマンも劇場を去る。歌唱レッスンの弟子ユーリア・マルクへの恋に苦しみ、絶望と貧困のうちに創作に打ち込んで、『ドン・ファン』を書き、オペラ『ウンディーネ』の構想を練る。

一八一三年　三七歳

二月末、ヨーゼフ・ゼコンダを座長とするライプツィヒ・ドレスデン巡回オペラ団の指揮者として迎えられ、フランス軍とドイツ・ロシア軍の対峙するなかで音楽活動。『黄金の壺』を書きはじめる。

一八一四年　三八歳

二月、オペラ団を解雇され、パンのために諷刺漫画・作曲・文筆活動に集中。五月に他の小編とともに『カロ風幻想作品集』（全四巻）を翌一八一五年にかけて出版。ヒッペルの助力でプロイセン法務省に復職が叶い、九月にベルリンに出る。出版作品が好評を得て、音楽論集『クライスレリアーナ』各編や、長編小説『悪魔の霊薬』など、旺盛な執筆がすすむ。

一八一六年　四〇歳

四月、大審院判事に任命され、給料がもらえるようになる。八月、オペラ『ウンディーネ』が王立劇場で初演され、その成功が作曲家としての名声をもたらし、作家としても売れっ子になって、はじめて経済的にも安定する。『悪魔の霊薬』第二巻、『夜景作品集』第一巻（第二巻は翌年）出版。

一八一七年　四一歳
七月、王立劇場が火災で消失して『ウンディーネ』の上演は絶える。

一八一九年　四三歳
年初、大病で生死をさまよう。『ゼラーピオン同人集』第一、二巻、『ちびのツァッヘス』、『マドモワゼル・ド・スキュデリ』ほかの出版。一〇月、扇動的秘密運動調査のための国王直属委員会のメンバーに任ぜられ、警察の逮捕の不法性を衝く意見をつぎつぎと具申する。

一八二〇年　四四歳
二月、「体操の父」ヤーンへの告発の無効を宣し、当局と対立する。この年、『ゼラーピオン同人集』第三巻『ブランビラ王女』、『牡猫ムルの人生観』（第一部）などを出版。

一八二二年　四六歳
一月、執筆中の『蚤の親方』の諷刺的挿話が警察省長官の逆鱗に触れて、原稿が押収され、審問が要求されたが、病状悪化のため審問は延期される。脊髄の病で全身に麻痺がすすむなか、『蚤の親方』を口述で完成させて四月に公刊。最後の短編『隅の窓』と『無邪気』を口述したのち、六月二五日、ついに息をひきとる。

訳者あとがき

この光文社の古典新訳シリーズに加えていただくことになって、私は勇み立って仕事にとりかかりました。なにしろかつてE・T・A・ホフマンの翻訳をしたときからすでに数十年、いささか黴《かび》の生えた感じの自分の訳をいまふうに化粧直ししてみるというのは、まったく新しい経験であるだけに、きっとおもしろいだろうと迂闊にも考えたのです。ところが自分の旧訳のうちから『黄金の壺』と『ドン・ファン』(旧訳では『ドン・ジュアン』)を選んで、いざ始めてみると、そう簡単には問屋が卸さないことがわかってきました。いつも「新訳」という謳《うた》い文句が頭にとりついて離れず、どうもうまく筆がはこびません。「新しい」というのはどういうこと? 古くさい表現を捨てて、いわゆる「こなれた」、軽やかな語り口にすること? 「いまふう」の日本語というのは若い人たちの日本語のこと? 疑問ばかりが出てきます。しまいには、自分の旧訳を「新しく」するなんて、歳とともに柔軟性を失っていく私の頭ではどだい無理じゃないかと、投げ出したくなりました。

そこで厚かましくも居直ることにしました。私だって現代に生きている以上、私なりに「いま、息をしている言葉」で感じたり考えたりしているはず、だからあまり「新しさ」にこだわったりせずに自分の言語感覚を頼りに訳してみよう、と。こうい う紆余曲折をへて、なんとか改訳版を仕上げたあと、『クライスレリアーナ』中の小編と『マドモワゼル・ド・スキュデリ』の新訳に取り組んだのですが、こんどは自分の旧訳という亡霊に悩まされずにすんだおかげでしょう、作品にまっすぐ素直に向き合えました。それに『マドモワゼル・ド・スキュデリ』はホフマンのストーリー・テラーとしての才能がぞんぶんに発揮された作品だし、ルイ王朝期の女性作家スキュデリも現代につうじるような魅力の持ち主ですから、訳していて楽しくないわけがありません。むろん、先達たちの既訳を大いに参考にさせていただきました。でもふしぎなことに、自分の言葉の洗い直しに四苦八苦したせいか、ひとさまの訳にたとえ古めかしいところがあっても、それがかえっておもしろく新鮮に感じられたこともしばしばでした。ほんとうに、古いか新しいかという問題は一筋縄ではいかないものです。

私としてはこの点については結局こんなふうに考えて翻訳をいたしました。ホフマンの作品は一九世紀初葉に書かれたものですから、その文体や語彙《ごい》が古くさいのは当然です。でもその古さをなるべく大事にして、その大時代な雰囲気を殺さないようにしたい。そのために、いまは死語と化したかにみえる日本語を使っても、もしかするとその言葉がまた新たにいのちを得ていまに甦らないともかぎらない。――でもじっさいには、なかなかそのようにはいきません。そのためにとった折衷的方法の一つが、『黄金の壺』で「ですます」調を採り入れたことです。文体の古めかしさと現代のしなやかなメールヘンふうの語り口とをなんとか結びあわせてみようという試みです。

ところが他方、あの時代の、とりわけロマン派の表現の過剰さという問題もあります。ホフマンは、たとえば狂気や恐怖、熱狂や陶酔をあらわす表現を、これでもかというほどてんこ盛りにしています。それらを全部文字どおりに日本語にすると、鼻についてかえって逆効果になってしまいかねません。そこで少し抑え気味にという方針をとりました。ロマン派音楽の場合とおなじで、あふれんばかりの情感を思い入れたっぷりにうたいあげるよりも、抑制の利いた表現のほうが、いっそうロマンティシズムが匂いたつように思うからです。

ようやく訳稿を仕上げたあと、ヒンデミットのオペラ『カルディヤック』のミュンヘンのバイエルン国立歌劇場公演（一九八五年）をＤＶＤで観ました。最近のパリでの上演が舞台設定を二〇世紀はじめに移していたのにたいして、こちらはルイ一四世時代の設定のままですが、それでもこのオペラの書かれた一九二〇年代の空気が強烈に感じられます。ホフマンの原作がこうして時を超え、場所を超えて、新しい解釈と芸術的創造を生む力をもっていることを、改めて納得させられました。

昔の文学作品が新しいいのちを得るのは、いまを生きている新しい読者がいてこそです。ホフマンの、「頭がくらくらする」ほど美しくて、おかしくて、グロテスクなこれらの作品を、現代の日本の読者はどういうふうに読み、どういうふうに楽しんでくださるでしょうか。そこに大きな期待をかけております。

大島かおり

二〇〇九年一月

光文社古典新訳文庫

黄金《おうごん》の壺《つぼ》／マドモワゼル・ド・スキュデリ

著者　ホフマン
訳者　大島《おおしま》かおり

2009年3月20日　初版第1刷発行
2020年11月30日　第3刷発行

発行者　田邉浩司
印刷　萩原印刷
製本　ナショナル製本

発行所　株式会社光文社
〒112-8011東京都文京区音羽1-16-6
電話　03（5395）8162（編集部）
03（5395）8116（書籍販売部）
03（5395）8125（業務部）
www.kobunsha.com

落丁本・乱丁本は業務部へご連絡くだされば、お取り替えいたします。
ISBN978-4-334-75177-7 Printed in Japan

いま、息をしている言葉で、もういちど古典を

長い年月をかけて世界中で読み継がれてきたのが古典です。奥の深い味わいある作品ばかりがそろっており、この「古典の森」に分け入ることは人生のもっとも大きな喜びであることに異論のある人はいないはずです。しかしながら、こんなに豊饒で魅力に満ちた古典を、なぜわたしたちはこれほどまで疎んじてきたのでしょうか。

ひとつには古臭い教養主義からの逃走だったのかもしれません。真面目に文学や思想を論じることは、ある種の権威化であるという思いから、その呪縛から逃れるために、教養そのものを否定しすぎてしまったのではないでしょうか。

いま、時代は大きな転換期を迎えています。まれに見るスピードで歴史が動いていくのを多くの人々が実感していると思います。

こんな時わたしたちを支え、導いてくれるものが古典なのです。「いま、息をしている言葉で」——光文社の古典新訳文庫は、さまよえる現代人の心の奥底まで届くような言葉で、古典を現代に蘇らせることを意図して創刊されました。気取らず、自由に、心の赴くままに、気軽に手に取って楽しめる古典作品を、新訳という光のもとに読者に届けていくこと。それがこの文庫の使命だとわたしたちは考えています。

このシリーズについてのご意見、ご感想、ご要望をハガキ、手紙、メール等で翻訳編集部までお寄せください。今後の企画の参考にさせていただきます。
メール　info@kotensinyaku.jp

光文社古典新訳文庫　好評既刊

くるみ割り人形とねずみの王さま／ブランビラ王女
ホフマン
大島かおり 訳

クリスマス・イヴに贈られたくるみ割り人形の導きで、少女マリーは不思議の国の扉を開ける……奔放な想像力が炸裂するホフマン円熟期の傑作2篇を収録。（解説・識名章喜）

砂男／クレスペル顧問官
ホフマン
大島かおり 訳

サイコ・ホラーの元祖と呼ばれる、恐怖と戦慄に満ちた傑作「砂男」、芸術の圧倒的な力とそれゆえの悲劇を幻想的に綴った「クレスペル顧問官」などホフマンの怪奇幻想作品の代表傑作3篇。

変身／掟の前で 他2編
カフカ
丘沢静也 訳

家族の物語を虫の視点で描いた「変身」をはじめ、「掟の前で」「判決」「アカデミーで報告する」。カフカの傑作四編を、〈史的批判版全集〉にもとづいた翻訳で贈る。

訴訟
カフカ
丘沢静也 訳

銀行員ヨーゼフ・Kは、ある朝、とつぜん逮捕される…。不条理、不安、絶望ということばで語られてきた深刻ぶった『審判』は、軽快で喜劇のにおいのする『訴訟』だった！

車輪の下で
ヘッセ
松永美穂 訳

神学校に合格したハンスだが、挫折し、故郷で新たな人生を始める…。地方出身の優等生が、思春期の孤独と苦しみの果てに破滅へと至る姿を描いた自伝的物語。

光文社古典新訳文庫　好評既刊

デーミアン
ヘッセ
酒寄 進一 訳

年上の友人デーミアンの謎めいた人柄と思想に影響されたエーミールは、やがて真の自己を求めて深く苦悩するようになる。いまも世界中で熱狂的に読み継がれている青春小説。

ペーター・カーメンツィント
ヘッセ
猪股 和夫 訳

青雲の志、友情、失恋、放浪、そして郷愁……。青春の苦悩と故郷への思いを、孤独な魂を抱えて生きてきた初老の独身男性の半生として書きあげたデビュー作。（解説・松永美穂）

マルテの手記
リルケ
松永 美穂 訳

大都会パリをさまようマルテ。風景や人々を観察するうち、思考は奇妙な出来事や歴史的人物の中へ……。短い断章を積み重ねて描き出される若き詩人の苦悩と再生の物語。（解説・斎藤環）

寄宿生テルレスの混乱
ムージル
丘沢 静也 訳

いじめ、同性愛…。寄宿学校を舞台に、少年たちは未知の国を体験する。言葉では表わしきれない思春期の少年たちの、心理と意識の揺れを描いた、ムージルの処女作。

飛ぶ教室
ケストナー
丘沢 静也 訳

孤独なジョニー、弱虫のウーリ、読書家ゼバスティアン、そして、マルティンにマティアス。五人の少年は友情を育み、信頼を学び、大人たちに見守られながら成長していく—。

光文社古典新訳文庫　好評既刊

幸福について

ショーペンハウアー
鈴木 芳子 訳

「人は幸福になるために生きている」という考えは人間生来の迷妄であり、最悪の現実世界の苦痛から少しでも逃れ、心穏やかに生きることが幸せにつながると説く幸福論。

白魔《びゃくま》

マッケン
南條 竹則 訳

妖魔の森がささやき、少女を魔へと誘う「白魔」や、平凡な銀行員が〝本当の自分〟に覚醒していく「生活のかけら」など、幻想怪奇小説の大家マッケンが描く幻想の世界、全五編！

秘書綺譚
ブラックウッド幻想怪奇傑作集

ブラックウッド
南條 竹則 訳

芥川龍之介、江戸川乱歩が絶賛した怪奇小説の巨匠の傑作短篇集。表題作に古典的幽霊譚や妖精話、詩的幻想作など、主人公ジム・ショートハウスものすべてを収める。全11篇。

人間和声

ブラックウッド
南條 竹則 訳

いかにも曰くつきの求人に応募した主人公が訪れたのは、人里離れた屋敷だった。荘厳な神秘主義とお化け屋敷を訪れるような怪奇趣味が混ざり合ったブラックウッドの傑作長篇！

新アラビア夜話

スティーヴンスン
南條 竹則
坂本あおい 訳

ボヘミアの王子フロリゼルが見たのは、「自殺クラブ」での奇怪な死のゲームだった。「ラージャのダイヤモンド」をめぐる冒険譚を含む、世にも不思議な七つの物語。